ANDREAS SCHRÖFL

Hopfenkiller

Der »Sanktus« muss ermitteln

GMEINER

Personen und Handlung sind frei erfunden.
Ähnlichkeiten mit lebenden oder toten Personen
sind rein zufällig und nicht beabsichtigt.

Immer informiert

Spannung pur – mit unserem Newsletter informieren wir Sie
regelmäßig über Wissenswertes aus unserer Bücherwelt.

Gefällt mir!

Facebook: @Gmeiner.Verlag
Instagram: @gmeinerverlag
Twitter: @GmeinerVerlag

Besuchen Sie uns im Internet:
www.gmeiner-verlag.de

Im Ehnried 5, 88605 Meßkirch
Telefon 07575/2095-0
info@gmeiner-verlag.de

3. Auflage 2022

Lektorat: Claudia Senghaas, Kirchardt
Herstellung: Mirjam Hecht
Umschlaggestaltung: U.O.R.G. Lutz Eberle, Stuttgart
unter Verwendung eines Fotos von: © volff/fotolia.com
Druck: Custom Printing Warschau
Printed in Poland
ISBN 978-3-8392-2218-8

Im Gedenken an den Wirts-Hans von Berghaselbach

VORWORT

Diesen Sanktus-Band möchte ich ausnahmsweise mit einem Vorwort beginnen, da mir zum Erscheinen meines vierten Sanktus-Krimis einiges auf dem Herzen liegt.

Bis 2015 mein erster Sanktus-Krimi »Brauerehre« erschienen ist, bin ich Brauingenieur und Familienvater gewesen. Seitdem darf ich mich zusätzlich als Kriminalautor bezeichnen, Ehre sozusagen kein Ausdruck. Das Erschaffen der Sanktus-Fälle und vor allem die humorigen Lesungen machen mir außerordentlich Spaß und sind für mich der Kontrapost zum stressigen Berufsalltag. Der Sanktus ist bei uns inzwischen ein unsichtbares Familienmitglied und begleitet uns Schröfls das ganze Jahr hindurch überall hin, da uns auf jeder Reise oder auf jedem Ausflug eine neue Szene oder Geschichte für unseren Ermittler einfällt. Was mich aber noch mehr freut, ist, dass der Sanktus auch bei vielen Lesern schon ein ständiger Begleiter ist, was in mannigfaltigen Vorschlägen für neue Krimis resultiert. Auf Wunsch eines Lesers ist zum Beispiel Sanktus' Freund, der Inder Bhupinder, entstanden, der aus den Büchern nicht mehr wegzudenken ist, mir im Gegenteil von Leserundenmitgliedern sogar strikt untersagt worden ist, seinen Anteil am Sanktus-Geschehen zu reduzieren.

Ich freue mich außerordentlich, dass der Sanktus so großen Anklang findet, und so mancher ihn bereits schon als Kultfigur handelt und nach Verfilmung ruft.

Doch auch so manche Kritik habe ich bisher einstecken

müssen. Die Romane enthielten zu wenig Herzschmerz und Liebe, und vor allem der frühe Tod des Bummerls im ersten Teil ist von der Damenwelt mit mehr als Missfallen aufgenommen worden, was bis im Leseboykott gegipfelt hat. An dieser Stelle möchte ich mich bei allen Leserinnen entschuldigen und gelobe Besserung mit diesem Band. Leider kann ich den Bummerl nicht mehr auferstehen lassen wie Dallas den Bobby Ewing. Das wäre einfach zu kitschig.

In diesem Roman findet der Sanktus wieder zurück zu seinen Wurzeln, sprich zum Bierbrauen, er wird also mitten in die neue Craftbier-Bewegung hineinkatapultiert. Münchner Biertradition versus neu entwickelte ungewohnte Biersorten. In diesem Dilemma könnt ihr euch den Sanktus ja sicherlich vorstellen.

Diesmal möchte ich auch einem unumstößlichen Trend der Regionalkrimiliteratur gerecht werden. Auf den hinteren Seiten findet ihr ein Rezept! Auch wenn es nicht für die Küche ist. Lasst euch überraschen.

Axel, auf Deinen Wunsch hin gibt's auch einen Anhang mit Übersetzungen vom Bayerischen ins Hochdeutsche.

Den Lesern, denen der letzte Band zu blutig war, sei versichert: Dieses Mal wird's nicht so schlimm. Nicht blutig, eher »bierig«.

Viel Spaß beim Lesen,

Euer Andreas Schröfl

SOMMER 1940

Es war ein warmer Sonntagmorgen im Spätsommer, und die ersten diffusen Sonnenstrahlen fanden ihren Weg durch das offene Fenster der Kammer des Austraghofes. Rosa schlich sich leise aus dem Bett und legte die Schellackplatte auf das Koffergrammofon. »J'attendrai« von Rina Ketty aus dem Jahr 1938 begann leise und melancholisch den Raum zu erfüllen. Fritz regte sich im Bett und blinzelte Rosa verliebt entgegen, woraufhin diese zurück zu ihm unter das Plümo schlüpfte und sich an ihn kuschelte. Er streichelte über ihr rötliches Haar, das in diesem Licht wie Feuer leuchtete.

»Heut wird's ein wunderbarer Tag. Wir könnten hinten an den kleinen See zum Baden gehen. Was meinst?«, flüsterte sie ihm zärtlich zu und fuhr die Form seines Schnauzbarts mit dem Zeigefinger nach. »Schön gräuslich ist der.«

Sie begann zu kichern, und Fritz verdrehte genervt seine Augen.

»Hoffentlich ist das alles bald vorbei. Dann kommt er sofort wieder weg«, flüsterte er.

»Jawohl, mein Fritz alias Hans Hintermeier, bester Knecht, den wir je hatten. Dann hat diese Camouflage ein End', und wir heiraten endlich.«

Fritz nahm Rosa fest in die Arme und küsste sie zärtlich auf ihre vollen Lippen.

In diesem Moment wurde die Tür zur Kammer mit einem Krachen geöffnet, und ein Herr in grauem Anzug erschien, von zwei Männern der bayerischen Ordnungspolizei begleitet. Der elegante Hut des Mannes fing Rosas Blick sofort. Gestapo war ihr einziger Gedanke: Jemand hatte Fritz verraten. »J'attendrai« verklang in diesem Moment.

»Friedrich Springer. Wenn Sie bitte mitkommen würden. Wir hätten da einige Fragen an Sie«, begann der Gestapomann.

Rosa sprang aus dem Bett und baute sich vor dem Eindringling auf.

»Was wollen Sie von ihm? Und wer ist Friedrich Springer? Das ist unser Knecht Hans.«

»Netter Versuch, Fräulein. Danke für die schauspielerische Einlage. Ich würde Ihnen jedoch dringend raten, mit uns zu kooperieren, da ich Sie sonst wegen Unterstützung kommunistischer Widerstandsbewegungen verhaften müsste.«

Dabei drehte er sich um und sah in das Dunkel des Gangs vor der Kammertür. Rosa folgte seinem Blick und erkannte hinter ihm Gottfried, ihren jüngeren Bruder. Ein infames Grinsen, das an einen Teufel erinnerte, war auf seinem Gesicht zu erkennen.

»Jetzt gehst nach Dachau«, zischte er Fritz an, als dieser an ihm vorbei abgeführt wurde.

Nachdem die Männer mit Fritz die Kammer verlassen hatten, warf sich Rosa auf das Bett und weinte bittere Tränen. Würde sie Fritz je wiedersehen, und wie konnte sie ihrem Bruder zukünftig in die Augen schauen? Was hatte ihn zu diesem Verrat getrieben? Fritz hatte ihm nie etwas Böses gewollt. Plötzlich vernahm sie Geräusche eines Handgemenges vom Hof unten heraufkommend durch das Fenster.

»Haltet ihn auf!«, hörte sie eine Männerstimme kreischen.

Dann ertönte ein Schuss.

Rosa hangelte sich zitternd zum Fenster hinauf und sah zögerlich auf den Platz hinunter. Fritz lag auf dem Bauch im Staub. Sein Hemd war am Rücken blutrot gefärbt. Der Mann von der Gestapo drehte ihn gerade mit dem Fuß um, und Rosa blickte nun direkt in Fritz' ausdruckslose, tote Augen. Diese Szene würde sie bis an ihr Lebensende nicht vergessen. Der Gestapomann sah mit kaltem Blick zu Rosa herauf. Ihr Bruder folgte seinem Blick verängstigt. Es war das letzte Mal, dass Rosa Gottfried in die Augen sah. Für sie endete an diesem Tag ihr bisheriges Leben.

22. JULI 2016

Das Wetter war drückend, und es hat schon leicht nach Regen gerochen, als der Sanktus mit der Kathi die Treppen zur U4 am Max-Weber-Platz hinabgestiegen ist. Na bravo, schon wieder Regen! Mal was ganz was anderes in diesem Sommer. Der Sanktus hat bei dem Wetter ein leichtes, aber stetes Dröhnen im Schädel gehabt. Zum Verzweifeln, verstehst du? Der ganze Sommer ist bisher im wahrsten Sinne des Wortes zum Verzweifeln gewesen, weil Sonne in diesem Jahr eigentlich gar nicht vorhanden. Kein Tag am Baggersee oder im Prinzregentenbad, fast kein richtiger Abend im Münchner Biergarten, einfach gar nichts. Nada, niente. Das drückt aufs Gemüt, kannst du dir vorstellen. Und das nicht nur beim Sanktus, weil du hast die Aggressivität in der Stadt förmlich ansteigen spüren können. Aber dass sie sich an diesem Tag so entlädt, hätte sich weder der Sanktus noch sonst jemand hier träumen lassen.

Er und die Kathi hatten sich seit Wochen auf das Festival zum 500. Jahrestag des bayerischen Reinheitsgebots am Odeonsplatz gefreut, weil Treffen vieler Bekannter und das Wichtigste, kinderfreier Abend, da sich die Anna um die Martina und den kleinen Georg gekümmert hat. Klar, Vorhaben kritisch, weil der kleine Sanktjohanser-Stammhalter war bisher nicht der große Verfechter der Aktion »Ein Abend ohne Mama«. Aber Gott sei Dank ganz der Papa und doch Besinnung an diesem heutigen wichtigen Tag, also kein Zwergerlaufstand, und die beiden haben ausgehen können. Zur Unterstützung ist der alte Sanktjohanser auf der Bildfläche erschienen, weil völlig Nachwuchs-damisch, sprich Opa mit Herz und Seele. Die Anna hatte die Augen verdreht, ihn aber, weil er sich gar so gefreut hat, gewähren lassen. Hat er doch seine Freude haben sollen, der stolze Opa.

Um kurz vor 18.00 Uhr sind sie also aus der U-Bahn hinaus und an der Oberfläche am Odeonsplatz erschienen. Und wie du es dir vorstellen kannst, hat es auch schon zum Tröpfeln angefangen. Jetzt ein leises »Na bravo!« auf den Sanktus-Lippen. Ist ja schon wieder gut angegangen. Der Sanktus und die Kathi also sofort Rechtsdrehung an den ersten Ausschank der Sternbrauerei, wo der Sanktus den Schankkellner, den Gustl, gekannt hat. Nun erst einmal für ihn und die Kathi ein frisches Freibier. Sternbräu Bio naturtrüb mit Small Talk, Witz-Witz und weißt noch, früher?

Zwei Minuten darauf sind schon die üblichen Verdächtigen, also der Schlauchgernot, der Piefke, der Ehrensberger Helmut und der Giovanni aufgetaucht. Großes Hallo gar nichts. Der Giovanni hatte anscheinend schon etwas vorgeglüht, weil bereits glasige Augen und extrem laute Artikulation. Der Ehrensberger hat wie immer nicht viel gesagt, und der Schlauchgernot hat irgendwas mit »Bluads-Craftbier-Plempel« in den Piefke hineingeschimpft. Der Piefke nur betretenes Wegschauen. Sofort haben sich die vier um den Sanktus und die Kathi geschart.

»Und wie geht's mit eurer ›Haidhauser Bierwerkel‹?«, hat der Gustl wissen wollen.

»Läuft gut. Aber heute ist zu, weil eh alle auf dem Festl hier sind. Aber, der Hanspeter ist ned da. Der ist heim nach Baden-Württemberg gefahren. Mit seiner Annouk. Da hat irgendeine Oma von ihm Geburtstag.«

»Irgendwann muss ich jetzt doch amal vorbeischauen. Apropos Craftbier, warst du letzte Woch' bei dem narrischen Bärtigen?«, hat der Gustl gefragt.

»Mei, der schaut so gut aus«, hat die Kathi geschwärmt. »Wie der bekannte Geiger da!«

»Ein Depp ist er«, Einwurf aus dem Schlauchgernot-Off.

»Beim Garreth Vane?«, hat der Sanktus geantwortet. »Freilich. Brutale Aktion! Bin gespannt, was er uns heute präsentiert.«

»Isse verruckte, dieser Mann«, hat der Giovanni geplärrt.

Ja, was würde der ausgeflippte amerikanische Craftbier-Brauer heute veranstalten, um die bayerische Bierwelt zu schocken? Die Branche war nach der letzten Aktion komplett in Aufruhr, weil so etwas war im Bier-München bisher noch nicht zelebriert worden. Man war auf jeden Fall gespannt.

»Wird sich wohl was einfallen lassen, nöch«, hat der Piefke resümiert.

Den Garreth noch im Schädel hat der Sanktus nebenher die Passanten beobachtet. Der Helmut hat es ihm schielenderweise gleichgetan. Alle hektisch mit den Regenschirmen und ihren Capes beschäftigt, und wie ihm aufgefallen ist, so ziemlich jeder mit Handy am Ohrwaschel und, noch viel schlimmer, besorgte Blicke. Wie kannst du auf so einem Fest nur so grantig schauen? Wegen dem bisserl Regen? Wenn hier jemand einen solchen Blick hat haben dürfen, dann ja wohl der Sanktus allein, weil ja schon wieder mittendrin in einer Ermittlung. Er hat das ja eigentlich gar nicht wollen, jetzt wo er Vater geworden war. Ein strammer Bub, der Schorschi, also sein ganzer Stolz. Er hat eigentlich vorgehabt, sich um seine Familie und um den neuen Craftbier-Laden samt Microbrauerei, die »Haidhauser Bierwerkel«, die er mit dem Hanspeter eröffnet hatte, zu kümmern. Und um sonst nichts. Aber erstens kommt es anders und zweitens, als du denkst!

Zwei Leichen haben den Sanktus gerade beschäftigt, verstehst du? Zwei tote Brauereibesitzer und keinen Hinweis auf irgendwas. Beide hinüber, also Exitus, aber so was von. Wirklich kein Spaß. Und nicht dass du glaubst, das ist alles! Kurz vorher hat das Münchner Bier mehrere mächtige, sozusagen biochemische, Anschläge aushalten müssen. Terror Scheißdreck dagegen. Also bis dato, aber siehst du gleich, es ist noch schlimmer gekommen.

Der Sanktus hat jetzt verwundert den Kopf geschüttelt und sich wieder seinem Bier gewidmet. Wie immer hat er in die Blume des Schaums hineingerochen, doch bald ist ihm aufgefallen, dass irgendwie niemand mehr dem Gespräch gefolgt ist. Der Gustl hat in die Menschenmenge geschaut, und auch die Kathi hatte ihren Kopf weggedreht. Die vier sonst so lauten Bierbrauer waren mit einem Mal auch sehr still. Plötzlich hat sich eine Garnison Polizisten ihren Weg durch die handygebannte Menge gepflügt. Nervosität in den Polizistengesichtern kein Ausdruck. Und das Wetter jetzt immer schlechter, weil schon Schauer. Der Himmel wolkenverhangen dunkel. Dazu die düsteren Mienen!

»Da stimmt doch was ned«, hat der Gustl konstatiert, und die Kathi hat an ihrem Smartphone gewischt.

»Kein Netz«, hat sie gemurmelt. »Und das am Odeonsplatz. Schon komisch.«

Zustimmendes Murmeln seitens Gernot und Giovanni.

Just in dem Moment ist der Birkenegger Wast, ein Bierbrauer, den der Sanktus aus Freising gekannt hat, schnaufend an die Theke gestürmt und hat dem Gustl zugerufen: »Schnell! Schenk ma a Hoibe ein! Los! Mach!«

Der Gustl hat ihm ein Bier gezapft, der Wast hat es auf einen Sitz ausgetrunken und völlig entsetzt gekeucht: »Im Olympia Einkaufszentrum schießen s'! Mehrere Tote! Brutal!«

Der Schankkellner hat ihm ein weiteres Bier hingestellt, und der Wast hat auch dieses in einem Zug geleert.

»Die U-Bahnen haben den Betrieb eingestellt, und die Handynetze sind lahmgelegt«, hat die Hanni, Wasts Begleitung, die inzwischen hinter ihm erschienen war, gerufen. »Muss der Horror dort sein!«

Der Sanktus hat das Ganze erst einmal kategorisch angezweifelt, weil geglaubt hat er so schnell nichts, aber eigenartig war die Situation schon, weil so viele Polizisten hat es auf dem Odeonsplatz wahrscheinlich seit dem Hitlerputsch 1923 nicht mehr gehabt. Ein Taschendieb hat die allgemeine Verunsicherung sofort ausgenutzt und einen norddeutschen Touristen um seinen Rucksack erleichtert. Der Preuße sofort nach, aber keine Chance, da die Traube von Menschen angesichts der Meldungen aus dem Olympia-Einkaufszentrum handlungsunfähig, sprich, alle haben Dieb und Opfer mit vergeistigten Mienen nachgesehen. Engel beim Münchner im Himmel gerade Vorbild.

Der Sanktus hat an seinem Bier genippt und fragend die Kathi angeschaut. Die hat wie ein Schaf genauso zurückgeblickt, und beide haben nun versucht, Wortfetzen der vorbeiziehenden Passanten zu erhaschen. Schüsse, Olympia-Einkaufszentrum, Terror, islamistischer Angriff und so weiter. Sauber! Anscheinend war doch was dran an der Meldung vom Wast. Nicht, dass du meinst, der Sanktus wäre jetzt nervös gewesen. So eine Atmosphäre am Odeonsplatz hat ihn noch lange nicht aus der Fassung gebracht, weil er doch von seinen Mordermittlungen schon was anderes gewohnt war. Aber ein Gefühl der Unruhe ist schon in ihm aufgekeimt. Ein sehr starkes sogar. Blick in die Wolken und gleich Verstärkung dieses Eindrucks. Jetzt wieder Blick nach vorne. Irgendwie war das Gelb der Renaissancebauten der Ludwigstraße und der Theatinerkirche unwirklich kitschig. So komisch leuchtend, obwohl keine Sonne am Himmel war. Einfach irreal. Genauso unmöglich wie die Meldung eines Terroranschlags in München. Die Medien hatten ja schon lange proklamiert, dass auch München auf der Liste der Terroristen sei, aber geglaubt hat das doch keiner. Überall: Berlin, Hamburg, Köln. Aber doch nicht im Sanktus-München. Wirklich ned, oder? Der Sanktus wieder schwer am Hadern.

»Wir drehen 'ne schnelle Runde«, hat der Piefke sich mit seinen drei Begleitern verabschiedet. »Wer weiß, was da heute noch kommt. Na denn, Tschö mit Ö!«

Und weg war das Brauer-Quartett.

»Drehen wir auch eine Runde?«, hat der Sanktus die Kathi verharmlosend gefragt. Die Kathi hat recht kariert geschaut, und er hat genau erkannt, dass sie äußerst unruhig war.

»Meinst?«, hat sie gefragt. »Soll' ma ned lieber heimgehen?«

»Kathi, selbst wenn's im Olympia-Einkaufszentrum schießen. Wir sind hier am Odeonsplatz. Die Polizei hat die Lage bestimmt schon im Griff. Geh zu!«

Also sind die beiden mit aufgespanntem Regenschirm an den Ausschankbuden der bayerischen Brauereien auf dem Platz unter der Theatinerkirche entlang getingelt, aber die richtige Stimmung hat sich irgendwie nicht einstellen wollen, obwohl der Sanktus natürlich sofort befreundete Brauer getroffen hat. Weil Brauereien ja kleine Welt, wie du weißt. Nach einigem harmlosen Small Talk und Geplänkel sind die beiden am Stand einer Traunsteiner Brauerei angekommen. Dort haben sie den Besitzer und die Besitzerin gekannt. Die Menge hat sich aufgrund des Regenschauers immer dichter unter das Zeltdach des Standes gedrängelt, und hat fast den Anschein einer flüchtenden Tiermeute erweckt, die in der Höhle des Rudels Unterschlupf sucht. *Stachus, Stachus*, war zu hören. Immer wieder *Stachus* und vor allem *Schüsse*! Nach längerer Warterei hat der Sanktus doch noch ein »Pale Ale« ergattert und die Kathi und er haben sich mit der Besitzerin, der Doris, unterhalten wollen. Ihr hat jedoch gerade ihr Ehemann, der Berni, etwas ins Ohr geflüstert. Der Doris ist schlagartig sämtliche Farbe aus dem Gesicht entwichen, und sie hat sich zur Kathi und zum Sanktus gedreht.

»Ihr habts doch zwei Kinder, oder?«, hat sie gefragt.

Nicken seitens Kathi und Sanktus.

»Dann würd ich an eurer Stelle jetzt direkt heimgehen. Die sind schon am Stachus. Von dort sind auch Schüsse gemeldet worden!«

Der Blick von der Kathi hat jetzt keine Interpretation mehr zugelassen, und der Sanktus hat sein Pale Ale zügig ausgetrunken. Zügig. Nicht schnell und nicht langsam.

»Jetzt mein ich, is's vielleicht doch gscheiter, wir gehen«, hat er gesagt. »Auf geht's, Kathi!«

Die beiden sind unter dem Plastikvordach des Ausschanks hinausgetreten, und der Sanktus ist auf einmal ganz still gestanden.

»Hörst es, Kathi?«, hat der Sanktus gefragt.

»Was?«, die Kathi zurück. »Jetzt komm. Mir is's da ned wohl! Überhaupt ned. Wie lange werden die vom Stachus da her brauchen?«

»Ned lang, Kathi! Ned lang. Aber hörst es?«

»Was denn?«, hat die Kathi nervös gefragt.

»Nix! Gar nix. Man hört nix, ha? So stad is's da noch nie gwesen.«

Die Kathi hat die Ohren gespitzt. Es war wirklich totenstill. Du hast kein Auto fahren gehört, nur leises Gemurmel und die auf Boden und Dächern aufkommenden Regentropfen. Gespenstisch. Wenn du bis jetzt nicht gewusst hast, was das bedeutet, dann hättest du es an diesem Tag definitiv gelernt. Du hättest auf der Brienner Straße ein Picknick machen können, also abgesehen vom Wetter, aber vom Verkehrsaufkommen her definitiv kein Problem.

»Dann geh endlich zu. Wir haben zwei Kinder daheim. Die brauchen ihre Eltern wirklich noch ein paar Jahre länger!«

»Aber durch die Nebenstraßen, Kathi. Komm!«

So sind der Sanktus und die Kathi durch den Hofgarten entlang der Residenz in Richtung Karl-Scharnagl-Ring marschiert. Die meisten Passanten haben verstört versucht, mit dem Handy ihre Verwandten anzurufen, um ihnen mitzuteilen, dass sie unversehrt waren. Doch kein Googeln, Telefonieren, WhatsAppen oder SMSen möglich. Nur Wischen ins Leere. Verzweiflung in den

Gesichtern nahezu unbeschreiblich. Wenn der Anlass nicht so prekär gewesen wäre, hätte dem Sanktus diese Ohnmacht gefallen.

Der Weg hat sie hinter dem Ring durch die Gassen des Lehels geführt, weil der Sanktus die große Prinzregentenstraße hat meiden wollen. Höchste Vorsicht jetzt praktisch angesagt. Inzwischen ist es nicht mehr so ruhig gewesen, da Sirenen überall, also Polizeiwagen, Krankenwagen, Notarzt und Zivilfahrzeuge. Sonst war kein Auto unterwegs. Das heißt, fast, weil in den kleinen Straßen haben noch ein paar Wagen versucht, zu fahren, aber wirklich weitergekommen sind sie nicht, weil alles komplett dicht.

Die Kathi hat sich beim Sanktus untergehakt gehabt, und die Geschwindigkeit, mit der sie gelaufen ist und den Sanktus voran gedrängt hat, hat ihm signalisiert: allerhöchste Eisenbahn! Angst kein Ausdruck.

Gerade in dem Moment, als sie an einem der vielen Restaurants des Lehels vorbeigegangen sind, hat ein Mann, der an einem der gedeckten Tische draußen gesessen ist und anscheinend Netz gehabt hat, laut gerufen: »Oh mein Gott, jetzt sind sie am Odeonsplatz!«

VOR UNGEFÄHR EINEM HALBEN JAHR

Verena Weichslbaumer saß neben ihrem Ehemann an einem der wuchtigen Holztische im Bräustüberl der Brauerei »Weichslbaumer« – Braukunst seit 1895 – in Firmkirchen.

Angeekelt betrachtete sie Paul, wie er gerade eine Portion Leber- und Blutwurst mit Sauerkraut und Kartoffelpüree in sich hineinschlang. Bald würden die Knöpfe an seiner Trachtenweste abplatzen, wenn er so weitermachte. Er betrachtete sie kurz und durchdringend mit seinen Schweinsaugen und lächelte mit vollem Mund. Ein Fetzen Kraut hing in seinem Mundwinkel, und etwas Soße rann sein Kinn hinunter. Er griff zu seinem Bierglas, ein traditioneller Willybecher, wie er noch überall in Bayern zu finden war, und nahm einen großen Schluck. In diesem Augenblick durchfuhr Verena ein schlagartiger Brechreiz, und sie musste sich kurz entschuldigen, um die Toilette aufzusuchen.

Nachdem sie sich übergeben hatte, spülte sie ihren Mund und Rachen mit Wasser und betrachtete ihr Konterfei im Spiegel. Was war nur aus ihr geworden? Was hatte dieser Mann aus ihr gemacht? Sie sah eine verbitterte Frau, die sie aus roten Augen, die vom Weinen und Erbrechen herrührten, ansah. Es war der Blick einer verbrauchten Frau, nicht der einer 35-Jährigen, die mitten im Leben stand. Der Rest an ihr war immer noch bestens in Schuss, denn sie achtete auf ihre Figur, trieb Sport. Ihr dichtes, dunkles Haar, das ihr über die Schultern fiel, wies noch keine graue Strähne auf. Früher war sie die Dorfschönheit, und alle Firmkirchner Männer waren hinter ihr her gewesen. Und sie? Warum hatte sie sich für diesen fettleibigen Tyrannen entschieden?

Wie lange würde die Ehe noch so weitergehen? Diese Farce? Sie träumte seit Jahren von einer harmonischen Beziehung, von einem zärtlichen Mann, vielleicht auch Liebhaber, von einem anderen Leben.

»Vreni, wo bist'n?«, hörte sie Paul im Gastraum schreien. »Unser Besuch ist da.«

Schnell machte sie sich einigermaßen zurecht und trat aus der Damentoilette zurück in die Realität. Am Tisch ihres Mannes standen zwei Herren. Das mussten die Vanes aus Amerika sein, die sich für heute angekündigt hatten. Kurz bevor sie die drei Männer erreicht hatte, drehte sich der groß gewachsene der beiden Besucher zu ihr um und sah ihr direkt in die Augen. Verena stockte der Atem, sie spürte einen akuten Schwindel in sich hochsteigen, und in ihrer Brust begann es angenehm zu ziehen. Das konnte kein Mensch sein, das war ein göttliches Wesen! Diese blauen, warmherzigen Augen wollten sie völlig in sich aufsaugen. Die Zeit schien für sie in diesem Moment stillzustehen, und Verena nahm ihre Umgebung nicht mehr wahr. Da waren nur noch dieser Mann und sie selbst. Sonst niemand.

Garreth Vane bewegte sich langsam auf sie zu, nahm ihre Hand und deutete einen Handkuss an.

»Und Sie müssen Verena sein. I'm Garreth. Pleasure to meet you«, eröffnete er das Gespräch mit sonorer Bassstimme.

»Thank you. Sehr angenehm. Willkommen«, erwiderte Verena und versuchte, ihr Stottern mit einem Lächeln zu überspielen. Paul durfte unter keinen Umständen etwas merken. »Wollen wir uns ned setzen?«

Sie konnte nicht mehr lange stehen, so weich waren ihre Knie beim Anblick dieser Erscheinung, die sie an den bekannten Geiger erinnerte.

»Gerne, aber dazu müssten Sie meine Hand wieder loslassen«, scherzte Vane mit einem Schmunzeln.

Verena fiel erst jetzt auf, dass sie Vanes Hand krampfhaft umklammert hielt. Blitzschnell ließ sie sie los und nahm Platz. Sie konnte Pauls bohrenden Blick von der Seite förmlich spüren, vermied es aber, sich zu ihm zu drehen. Sie würde den Blick heute Abend noch ausgiebig genug zu spüren bekommen, und leider würde es nicht nur bei einem Blick bleiben. Wann würde sie es endlich schaffen, ihn zu verlassen? Sie konnte nicht sagen, wann sie endlich den Mut dazu aufbringen würde.

Garreth, dem das Verhalten der beiden Ehepartner sofort aufgefallen war, versuchte, Verena nicht mehr direkt anzusehen, um sie nicht in weitere Verlegenheit zu bringen. Seinem Begleiter, der eher den trotteligen Eindruck eines BWL-Fachidioten machte, blieb die Situation verborgen.

»Also, mach'ma den Sack zua. Unterschreib'ma?«, preschte Paul Weichslbaumer vor und hielt Garreth Vane einen Kugelschreiber unter die Nase. Garreths Cousin Dean Vane hatte die Vertragspapiere schon auf dem Tisch ausgebreitet und wollte in seiner hohen Stimmlage gerade einen Kommentar abgeben, als ihm Garreth ins Wort fiel.

»Easy tiger. Slow down«, unterbrach er Weichslbaumers Vorstoß, »bisher haben Sie nur mit meinem Cousin

Dean gesprochen. Aber ich bin derjenige, der den technischen Teil des Vertrags unterschreibt.«

Dean stieß stotternd die Luft aus. Weichslbaumer sah Vane mit verstörtem Blick an. Verena konnte den Hass, den diese Zurechtweisung in ihm erzeugte, erkennen. Sie wusste, was auf dem Spiel stand. Die Brauerei war kurz vor der Pleite, da der Bierausstoß seit Jahren kontinuierlich zurückging und bisher keine von Weichslbaumers Anstrengungen, diesen Trend umzukehren, Früchte trug. Das ließ sich jedoch nicht auf die Produktqualität zurückführen. Das Bier der Brauerei war erstklassig, doch Weichslbaumer verlor immer mehr Gaststätten, da freie Wirte aufgrund seiner Streitsucht auf andere Brauereien umschwenkten. Der Vertrag mit den Vanes, der eine Vollauslastung der Brauerei sicherte, musste unter allen Umständen zustande kommen. Hoffentlich würde Paul das nicht auch wieder vermasseln.

»Der Betrieb wurde von der Universität Weihenstephan untersucht und für passend befunden«, erklärte Garreth Vane.

Bei dem Wort *passend* loderte es erneut in Weichslbaumers Augen. *Ideal* hätte er sich definitiv erhofft.

»Ihr Equipment ist auf aktuellem Stand. Sie können alle unsere Anforderungen an das *late hopping*, also späte Hopfung in Sudhaus und Keller erfüllen. Sie garantieren höchste Qualität, die im Vertragsappendix beschrieben ist.«

Jetzt war wieder ein Leuchten in Weichslbaumers Augen zu bemerken.

»Für mich ist es jedoch wichtig, dass Sie den Craftbier-Gedanken verinnerlicht haben und leben. Wir produzieren Biere, die weder pasteurisiert noch kurzzeiterhitzt sind. They are pure nature! Das müssen Sie definitiv einhalten. Die Kühlkette muss bis zur Abholung durch uns aufrechterhalten werden.«

»Eh koa Problem«, murmelte Weichslbaumer.

»Paul«, machte Vane weiter, »Sie sind dann bis auf Weiteres Lieferant und Produzent der »Red Head Brewing«-Produkte. Ich erwarte von Ihnen, dass Sie dies auch nach außen tragen. Wir wollen die Münchner Bierwelt revolutionieren. You understand? Benehmen Sie sich bitte auch so. Ich habe dem Vertrag eine Klausel angefügt, dass ich im Falle eines Fehlverhaltens Ihrerseits den Vertrag unmittelbar aufkündigen kann. And to be honest, um ehrlich zu sein, wir haben auch noch ein zweites Angebot. Sie sind auf keinen Fall unersetzlich für uns.«

Dabei sah er seinem Gegenüber tief in die kleinen Augen und lächelte. Weichslbaumer hätte diesen arroganten Menschen am liebsten auf der Stelle umgebracht, wäre das nicht sein existenzielles Aus gewesen. Also riss er sich zusammen, so gut es ging. Verena starrte mit gesenkten Augenlidern auf den Tisch vor sich, um jeglichen Blickkontakt mit Vane zu vermeiden. Dean wies Weichslbaumer auf den von Garreth genannten Passus hin, und Weichslbaumer unterzeichnete mürrisch. Anschließend wollte er Vane den Kugelschreiber zur Unterschrift reichen, aber dieser ignorierte ihn, zog einen teuren Füller aus der Innentasche seines Jacketts und signierte endlich. Danach wurden die Seiten paraphiert, beide Parteien erhielten eine Kopie, und Hände wurden geschüttelt.

Verena, die die Gelegenheit genutzt hatte, sich von der kleinen Gesellschaft zu entfernen, kam mit vier gefüllten Pilstulpen zurück.

»So, jetzt stoßen wir an, meine Herren«, forderte sie die Runde auf, und die Männer nahmen dankend die Gläser entgegen.

Als Vane sein Pils in Empfang nahm und in die Runde prostete, konnte sie nicht anders, als ihm noch einmal in die Augen zu blicken. Wärme durchfuhr sie, und sie wusste, dass Garreth Vane auf jeden Fall der Mann ihrer Träume war. Heute Abend würde sie die Grausamkeiten ihres Ehemannes mit diesem Mann in Gedanken stoisch ertragen.

09. JUNI 2016, VOR SECHS WOCHEN

Ludwig Ampenberger war in seinem Element. Er stand etwas erhöht auf einer Treppenstufe im grün gefliesten Sudhaus seiner Brauerei und war gerade im Begriff, eine Gruppe Bio-Lebensmittelhändler durch den Betrieb zu führen. Überlegen ließ er, die Hände in die Hüften gestemmt, seinen Blick über die erwartungsvoll blickenden Gesichter schweifen. Auf seinem ebenfalls grünen Poloshirt prangte stolz das Wappen seiner fast 150-jährigen Brautradition. Es würde sich nun gleich zeigen, ob es sich bei seinen Gästen um wahre Brüder im Geiste oder lediglich um Möchtegern-Bioapostel handelte, die auf den gerade modernen ökologischen Zug aufgesprungen waren.

»Sehr geehrte Gäste, ich darf Sie heute in der wirklich einzigen Bio-Brauerei im Raum München begrüßen. Die Brauerei Ampenberger braut seit nun 20 Jahren mit rein biologischen Zutaten, also Bio-Malz und Bio-Hopfen aus ausgesuchten ökologischen Partnerbetrieben, reinste Biere. Unser Brauwasser gewinnen wir aus dem hauseigenen Tiefbrunnen. Das Wasser ist nachgewiesen Tausende von Jahren alt und frei von jedweden Umwelteinflüssen. Durch ein ausgeklügeltes magnetisches System versetzen wir dieses reinste Wasser in Schwingung, was einen einzigartigen positiven Einfluss auf den Brauprozess zur Folge hat.«

»Aha, welchen denn?«, erdreistete sich ein Besucher im Trachtenanzug zu fragen.

»Bessere Maischarbeit, qualitativ hochwertige Würzen und eine flottere Gärung«, antwortete Ampenberger prompt.

»Und wenn man die Blumen im Sudhaus damit gießt, wachsen die auch besser, oder?«, stichelte der Fragende.

Ampenberger wurde nervös. Er war es gewöhnt, nonchalant seine Bio-Lehren zu verbreiten und sein Publikum in seinen Bann zu ziehen. Freche Fragen zu beantworten, gehörte definitiv nicht zu seinem Repertoire.

»Dies selbstverständlich auch«, antwortete er gequält und ging sofort dazu über, von seinem neu erworbenen Blockheizkraftwerk zu berichten, mit dem er Wärme und gleichzeitig Strom erzeugte. Auch die geplante Trebertrocknungsanlage, die er mit einem Bekannten zur Erzeugung von CO_2-neutraler Wärme plante, machte er zum Thema. Die Welt sollte wissen, dass es nur *eine* wahre Brauerei auf diesem beschissenen Planeten gab, und das war die Bio-Brauerei Ampenberger in Olching. Er hatte es bisher geschafft, wirklich alle Zweifler zu überzeugen, was die wachsende Nachfrage nach seinen Produkten bezeugte.

»Ich denke, ich kann mit Stolz von mir behaupten, die modernste und ökologischste Brauerei der Welt zu führen. Unsere Methoden und Arbeitsweisen sind richtungsweisend, unsere Bierqualität ist perfekt, was man von den Großbrauereien hier im Raum München, die lediglich behaupten, weiterhin nach dem Reinheitsgebot zu brauen, nicht behaupten kann.«

Jetzt folgte seine lang einstudierte Hasspredigt auf das industriell hergestellte Bier, die ihre Wirkung nie verfehlte.

Durch einfallsreiche Verstrickungen von Halbwahrheiten und geschickt eingefädelten Lügen zeichnete er ein Bild von geldgierigen Konkurrenten, die minderwertigste Produkte ohne soziale Verantwortung herstellten. Er redete sich nun selbst so in Rage, dass er nicht bemerkte, wie ein stattlicher Herr, der sich bisher im Hintergrund gehalten hatte, auf ihn zukam.

»Luggi, jetzt machst an Punkt, gell!«, forderte der Besucher den Brauereibesitzer zum Schweigen auf. »Denkst du, mir Münchner Brauer sind auf der Brennsuppen daher gschwommen?«

»Der Niedermeier Willi. Wie kommst denn du da her? Jaja, der Herr Produktionsleiter vom Sternbräu! Hast du dich hier eingeschlichen?«, fragte Ampenberger, wobei er mit zitternder Hand über seine Frisur strich. Seine Zähne fletschte er wie ein Frettchen, was ihm für einen kurzen Moment einen irren Ausdruck ins Gesicht zauberte.

»Richtig. Ich bin in Vertretung aller Münchner Großbrauereien hier. Uns ist zugetragen worden, dass du uns ständig diffamierst. Ich rat dir, damit aufzuhören. Du hörst von unseren Anwälten. Servus, Luggi!«

Niedermeier drehte sich um und wollte gerade das Sudhaus verlassen, als ihm Ampenberger mit hochrotem Kopf etwas nachrief.

»Wie bitte?«, fragte Niedermeier.

»Ich mach euch fertig, mitsamt euren Anwälten«, krächzte Ampenberger.

»Aha, fertig machst du uns? Und das vor Zeugen. So wie du seinerzeit den Riedinger Bräu zerstört hast, indem du ihm unerlaubte Zusatzstoffe in den Sud gemischt und ihn dann angezeigt hast?«

»Das hat mir nie jemand beweisen können. Verleumdung. Ja, das könnts ihr. Sonst nichts. Schleich dich aus meiner Brauerei, Willi! Raus!«

Niedermeier winkte ab und verließ das Sudhaus. Die anderen Besucher taten es ihm kopfschüttelnd gleich.

Ampenberger verblieb allein inmitten der Kupferpfannen. Er trat mit solcher Wucht gegen die Sudhauswand, dass er schmerzerfüllt aufschrie.

17. JUNI 2016, VOR FÜNF WOCHEN

In der »Haidhauser Bierwerkel« war heute Probierabend, was so viel bedeutet hat, wie dass das ganze Viertel rings um den Craftbier-Shop im Verkaufsraum des Hinterhofgebäudes in der Einsteinstraße versammelt war. Der Sanktus und der Hanspeter hatten das Geschäft kurz nach den Münchner Rippermorden vor drei Jahren eröffnet. Ganz ohne Hilfe ist das natürlich nicht gegangen, aber der Hannes, dem der Häuserblock gehört hat, hatte ihnen das Gebäude zur Verfügung gestellt. Genau in diesem Hinterhof hatte das Autohaus »Meierhofer« als kleine Autowerkstatt seinen Anfang gehabt.

Der Hannes war vor drei Jahren wieder mit der Anna, Sanktus' Schwester, zusammengekommen und war darüber so glücklich, dass er den beiden Brauern diese Location nur zu gern überlassen hatte. Natürlich gegen eine günstige Miete und, wer hätt's gedacht, für viel Freibier. Weil zahlen wollte er dort für das Bier natürlich auf keinen Fall.

Der Innenraum war mit Holz verkleidet, und mehrere dunkle Regale mit zahlreichen ausgefallenen Biersorten haben die Wände geziert. Nicht dass du meinst, da sind millionenweise Flaschen gestanden, nein, jeweils genau eine Flasche pro Biersorte hast du sehen können. Weil, Bier mag eigentlich keine Wärme und kein Licht und war daher besser im großen Kühlraum zwischen Verkaufsraum und Brauerei aufgehoben. Du hast also im Regal eine Nummer ziehen müssen, und das Bier ist dir dann exakt richtig temperiert kredenzt worden. Sagst du nichts mehr, gell? Für die Biervielfalt und Sortenauswahl war der Hanspeter verantwortlich. Der hat sich tagelang damit beschäftigen können, die Regale zu arrangieren.

Und ja, du hast richtig gehört: Brauerei. Die beiden wollten natürlich als Bierbrauer unbedingt ihre eigenen Bierkreationen entwickeln, also haben sie sich kurzerhand eine kleine gebrauchte Fünfhektoliteranlage zugelegt und mit großem Erfolg die Spezialitäten der »Haidhauser Bierwerkel«, hergestellt. Vier Hauptsorten haben sie inzwischen produziert. Der »Haidhauser Stenz«, ein mit Tettnanger kaltgehopftes bayrisches traditionelles Lagerbier, also Helles, die »Münchner Weißheit«, ein mit Amarillo-Hopfen und Cara-Red-Malz verfeinertes Weißbier, das »Einstein Bitter«, ein extremes Pils mit 50 Bittereinheiten, und das »Bhupindia Pale Ale«, ein feines India Pale Ale mit zitrusartiger Aromahopfennote. Diese Sorte hatten der Sanktus und der Hanspeter ihrem indischen Freund Bhupinder, dem Koch der »Neuen Kirche«, gewidmet.

Für die Namen und die praktische Herstellung war der Sanktus zuständig, für die Zusammensetzung der Rezepte der Hanspeter. Der Schwabe hat stundenlang mit Excel-Tabellen umeinander rechnen können, bis er mit seiner Komposition zufrieden gewesen ist. Der Sanktus hat sich mehr oder weniger daran gehalten, hat aber beim Hopfen immer eine Handvoll mehr in den Sud hineingetan. Dann hat's genau gepasst. Alte Hausbrauer-Weisheit, musst du wissen.

Der Hanspeter hat immer noch in der Sternbrauerei gearbeitet, und der Sanktus war eigentlich Hausmann, aber natürlich meistens in der »Bierwerkel« zu finden. Die Kathi, weißt du ja, hat den besser dotierten Beruf gehabt und ist relativ bald nach der Geburt des kleinen Georg wieder in ihren Job zurück. So haben die beiden Brauer und Existenzgründer eigentlich ein Bombenleben gehabt, weil die »Werkel« hat abends nur von Donnerstag bis Samstag Bier ausgeschenkt. Den Dienst haben sich beide geteilt, aber oft waren sie auch zusammen im Laden und in der Brauerei. Den Bierverkauf nachmittags sowie die Bewirtung am Sonntagmittag hat Sanktus' Vater übernommen. Gebraut wurde immer montags oder dienstags. Das hat der Sanktus gut übernehmen können, da die Kathi inzwischen auch von daheim aus arbeiten konnte. Die Martina war in der Schule und der kleine Schorschi ein paarmal in der Woche vormittags im Krümeltreff. Wann immer es eng geworden wäre, ist der alte Sanktjohanser eingesprungen und hat sich um seine Enkelkinder gekümmert.

Der Sanktus und der Hanspeter waren gerade im Gespräch mit ihren Kunden vertieft, und die Kathi und die Annouk, die Hanspeter-Gattin, haben sich miteinander unterhalten. Wahrscheinlich haben sie wie immer ihre beiden Männer belächelt, weil Enthusiasmus für das Craftbier pur. Faible kein Ausdruck. Würde jemand über Wein so philosophieren, hätte ihn der Sanktus als Weintot-Schmatzer abgetan, aber beim Bier war das für ihn halt etwas anderes. Da war er schon parteiisch, der Münchner Brauer.

Da es Freitag war, waren die Martina und der kleine Schorschi ausnahmsweise auch in der »Bierwerkel« vertreten. Der Schorschi, der »Kleine Bräu«, wie ihn die

Gäste genannt haben, war vor allem bei der weiblichen Kundschaft beliebt.

Wer an Probierabenden nicht hat fehlen dürfen, war der alte Sanktjohanser, Sanktus' Vater. Der war noch viel schlimmer als sein Sohn und hat alles über den neuen Biertrend in sich aufgesogen und auch genauso wieder von sich gegeben. Sehr zum Leidwesen seiner Opfer, die er sich wahllos aus den Besuchern herausgepickt hat. Er war vor drei Jahren unverhofft aus Afrika nach München zurückgekommen und war hier hängen geblieben. Inzwischen hatte er eine eigene kleine Wohnung in der Nähe des Johannisplatzes. Die Anna war heilfroh darüber, da er zuerst bei ihr gewohnt hatte, aber seit sie mit dem Hannes wieder zusammen war, das dritte Radl am Wagen gebildet hat. Die Bian, die vietnamesische Bekannte des Alten, die immer noch in München studiert hat, war heute auch anwesend und hat ganz langsam und bedächtig an einem »Imperial Black Stout«, einem röstmalzaromatischen Dunklen genippt, weil fehlende Enzyme bei den Asiaten, weißt du ja. Der Sanktä, wie alle den alten Sanktjohanser genannt haben, hat gerade wie immer Hof gehalten, also Dozent in der Runde der Craftbier-Anfänger, die seinen Ausführungen andächtig gelauscht haben. Grad wichtig hat er's gehabt, wie er die Geschichte der Entstehung des »India Pale Ales« in den britischen Kolonien erzählt hat. Bald kommt er zu den belgischen Sauerbieren, hat sich der Sanktus gedacht. Da ist dann meistens Schluss mit dem Vortrag, weil Sauerbier doch gewöhnungsbedürftig und der Zuspruch eher begrenzt.

An einem Stehtisch im Eck sind die Sternbräu-Brauer gestanden, aber nur der Giovanni, der Italiener aus dem Lagerkeller, war zu hören, weil Südländer und lautestes

Organ. Sogar der Schlauchgernot als erklärter Craftbier-Gegner – weil neumodischer Scheiß und hamma doch früher scho ghabt – war inzwischen regelmäßiger Gast in der »Bierwerkel«. Natürlich zuerst nur unter Protest, aber inzwischen hat er sich sogar für ein Pale Ale begeistern können, und die verschiedenen Starkbiere haben ihm eh zugesagt, was man an seinem bierseligen Blick schon wieder hat erkennen können. Der Piefke war bereits leicht angeheitert, und der Ehrensberger Helmut hat seinen schon etwas angestochenen Blick schielenderweise über die Besucher und die Bierregale schweifen lassen, roter Leuchtstreifen vom Knight-Rider praktisch Anfänger dagegen.

Auch die Anna und der Hannes waren anwesend und haben sich an einem kleinen Stehtisch verliebt über zwei belgische Witbiere in die Augen gesehen und Händchen gehalten.

Ringsum eine Bombenstimmung und der Laden brechend voll. Zurzeit war ein leichtes hopfenbetontes Summer-Ale, das »Sommer in der Stadt«, als saisonale Spezialität am Hahn. Die Hopfung war dem Hanspeter so gut gelungen, dass sich die Leute am liebsten darin ertränkt hätten, und der Sanktus hat Sonderschichten beim Biersieden einlegen müssen.

Das große Thema an allen Stehtischen: der Garreth Vane. Immer nur der Garreth Vane. Der Sanktus hat es schon nicht mehr hören können. Vane war das Flaggschiff einer amerikanischen Craft-Brauerei namens »Red Head Brewing Company«, die in München Fuß gefasst hatte. Rotkopf Brauerei? Was hat das denn bedeuten sollen? Keine Ahnung, der Sanktus. Jetzt, wenn du meinst, na und, weil so eine kleine Klitsche interessiert doch in München eh niemanden, liegst du falsch. Amerikanische Kleinbrauereien sind meist größer als Großbrauereien hier in Deutschland, und diese »Red Head Brewing Company« hat die Größe der Sternbrauerei bei Weitem überschritten gehabt.

Der Vane war Anfang April nach Bayern gekommen, und jetzt hör zu, mit dem Ziel, zuerst den Münchner und dann den bayerischen Biermarkt richtig aufzumischen, und jetzt lus noch amal, mit der Kampfansage gegen die Münchner alteingesessenen Großbrauereien. Die haben ihn natürlich belächelt, so wie sie alle da waren, der Sanktus jedoch war da eher vorsichtig. Dieser Typ hat eine Entschlossenheit ausgestrahlt, so was findest du nicht oft. Ausgeschaut hat er ja wie der Geiger, auf den die Frauen so stehen, dieser David Garrett, also Name und Look ähnlich. Dem Sanktus hat es die Zehennägel aufgestellt, wenn er diesen Musiker mit seinem Bart und seinem Schopf auf dem Kopf geigen gesehen hat. Nicht, dass ihm dieser Hilfs-Stradivari unsympathisch gewesen wäre, aber dieses Weiber-Schmachten.

»Der Garrett spielt, der Garrett spielt. Mach den Fernseher an. Der is ja so süüüüß!«

Ja zum Speiben, und dann schaut der Craftbier-Heini auch noch so aus wie der, und schon wieder alle Mädels am Schwelgen. Und jetzt pass auf, macht der auch noch ein IPA d'amore. Geht's noch? Beim Gedanken an diesen US-Beer-Tycoon hat der Sanktus dem Hanspeter einen verstohlenen Blick zugeworfen, und der Schwabe hat verschwörerisch zurückgelugt, weil heute Abend war noch Brauer-Gottesdienst im Bogenhausener Georgskircherl angesagt. Und halt dich fest, die Einladung dazu ist genau von diesem Garreth Vane gekommen.

Die beiden Kleinbrauereibesitzer haben sich also von ihren Frauen verabschiedet, und der alte Sanktjohanser hat versprochen, sich um die Gäste zu kümmern und nach Feierabend abzusperren. Die beiden sind also mit dem Bus von der Grillparzer Straße zur Haltestelle Montgelasstraße gefahren. Von dieser Station an der Max-Josephs-Brücke waren es gerade noch knappe fünf Minuten zum Georgskircherl.

Vor dem Gotteshaus sind schon mehrere geladene Gäste im bekanntesten Friedhof der Stadt gestanden. Hier waren Persönlichkeiten wie die Liesl Karlstadt, Rainer Werner Fassbinder, Oskar Maria Graf, Helmut Dietl und Helmut Fischer begraben.

Der Simbacher Bertl vom Oberföhringer Brauhaus, der Neudecker Schorsch vom Neude-Bräu aus der Theresienstraße, der Mahler Heiko vom French Quarter Brewing, sozusagen ein Nachbar der »Bierwerkel«, der Chaoten Hubsy samt Preißen-Claas im bärtigen Craft-Brewer-Look und viele andere Bekannte aus der Münchner Craftbier-Szene, die du so kennst, waren versammelt. Sogar der Ampenberger, den eigentlich niemand gemocht hat, ist da gewesen.

Keiner der Anwesenden hat gewusst, warum dieser Gottesdienst hat stattfinden sollen, weil erstens gibt es alle zwei Jahre den Münchner Brauertag, und da wird in den »Alten Peter« gegangen, und zweitens, warum war niemand von den Großbrauereien da? Kein Stern-, kein Bärenbräu, kein Augustiner, Spaten und so weiter. Also angeregte Diskussionen über das Warum und Wieso, aber am Ende doch alle hinein.

Die kleine Rokokokirche, in der einst Pater Alfred Delp gewirkt hatte, war hell erleuchtet, und die Besucher haben die Reihen von hinten her gefüllt, weil in der Kirche und in der Schule sitzt du nicht in der ersten Reihe wie beim ARD und ZDF. Beim Reingehen hat der Sanktus einen Unbekannten in der letzten Bankreihe entdeckt. Neue Brauerei? Noch so ein Spinner, der gemeint hat, er müsste sein eigenes Bier pritscheln? Würde er schon noch rausfinden …

Als dann alle im Kirchenschiff Platz genommen hatten, ist ein gespenstisches Orgelspiel erklungen und die Beleuchtung gelöscht worden. Nur noch einzelne Kerzen haben gebrannt und im Windhauch geflackert. Dem Sanktus war nicht klar, wo der Windhauch hergekommen ist, da alle Fenster und Türen geschlossen waren, aber ihm war, als würde er das leise Surren eines Gebläses hören. Komische Veranstaltung. Wirklich.

Plötzlich ist vom Altar her langsam Rauch aufgestiegen, und ein Geistlicher in Kutte mit Kapuze über dem Kopf ist aus dem diffusen Dunkel hinter dem Altar aufgetaucht. »Der unheimliche Mönch« von Edgar Wallace ist es dem Sanktus durchs Hirn gefahren. Kann ja wohl nicht sein. Was hat dieser Kitsch bezwecken sollen? Die Gestalt hat ein Buch geöffnet, so wie es ausgesehen hat die Bibel, und die Hände gefaltet. Die Kerzen haben weiter im Luftzug geflackert. Der Geistliche hat seine Hände geöffnet und sie langsam zur Kapuze gehoben und diese nach hinten gestreift.

Es war niemand anderes als Garreth Vane, der mit geisterhaftem Blick zu seiner Gemeinde in den Bankreihen geblickt hat.

»Friends«, hat er mit sonorer Stimme und amerikanischem Akzent begonnen. »Thanks for coming today. Danke, dass ihr meiner Einladung gefolgt und heute hierhergekommen seid.«

Der Sanktus hat in die Runde geschaut und sprachlose Gesichter erkennen können. Alle Anwesenden waren von diesem Auftritt beeindruckt. In den Ampenberger-Augen hat der Sanktus Ehrfurcht gesehen. Wahrscheinlich inszeniert dieser Depp seinen Auftritt bei der nächsten Brauereiführung genauso. Der Simbacher Bertl und der Mahler Heiko haben geschaut, als ob ihnen ein wirklicher Geist erschienen wäre. Trotz der düsteren Stimmung im fahlen Kerzenschein hast du gesehen, dass die beiden aschfahl im Gesicht waren. Aber warum, hat der Sanktus sich gefragt. Ist doch alles nur Theater.

»Freunde«, hat Garreth Vane weitergemacht, »wir leben in einer Zeit, die immer schneller wird, immer konsumorientierter, immer grausamer. Wir haben Angst vor Terror, vor Zuwanderung, vor Armut im Alter. Wir trauen unseren Politikern nicht mehr, und nur wenige Menschen blicken zuversichtlich in die Zukunft. Dabei verlieren wir totally den Blick auf das Now, das Jetzt. Wir vergessen aufgrund all dieser Ereignisse die wichtigen Dinge des Lebens. Freundschaft, Liebe und sogar unsere eigene Gesundheit. Wir stopfen jeden Tag minderwertiges Essen und Fast Food in uns hinein. Wir wollen immer weniger Geld für Quality Food, also hochwertige Lebensmittel, ausgeben. Eine Kiste Bier kann man in Deutschland für sechs Euro haben.«

Jetzt hat er eine kleine Pause gemacht.

»Seht euch die Leute an. Sie werden fett und krank. Wir vergiften unseren Körper täglich mehr und mehr.«

Ja genau, aber bestimmt nicht wegen der günstigen Kiste Bier, du Aff', Meinung vom Sanktus. Die ist genauso gesund oder ungesund wie ein teurer Kasten.

»Wir müssen die Menschen überzeugen, Qualität zu

suchen. Das ist das, wofür wir Craft Brewer stehen. Bier, hergestellt mit Responsibility. Beste Zutaten, beste Verfahren und garantiert gesund.«

»Werbung für Bier und Gesundheit in Deutschland. Da wird er sich angugga«, hat der Hanspeter geflüstert.

»Alles Propaganda«, hat der Sanktus zurückgeflüstert. »Der will mit seinem Red-Head-Gwasch nur bei uns auf den Markt und sonst gar nichts.«

»Friends, lasst uns zusammenhalten und miteinander gegen die Großen vorgehen. Der Craftbier-Markt in Munich und Umgebung ist am Boomen. Viele lehnen das pasteurisierte Industriebier bereits ab. Sie erkennen, was in diesen Braustätten getrieben wird.«

»Jetzt wird's spannend«, hat der Sanktus zum Hanspeter gewispert. »Märchenstunde! Schau dir den Ampenberger an!«

Der Ampenberger war voll in seinem Element. Das war genau sein Wetter. Motto: alles Deppen außer Ludwig. Er ist dem Garreth Vane geradezu an den Lippen gehangen. Grausam. Teuflisches Lächeln Scheißdreck dagegen. Hast du trotz der Dunkelheit noch sehen können. Mephisto Anfänger.

»Keiner möchte mehr stabilisierte und pasteurisierte Biere haben. Unsere Kunden wollen *Pure Natural Brands,* und sie werden sie von uns kriegen. Darum, Freunde, verbündet euch mit mir, und wir werden erfolgreich sein und das Industriebier verdrängen. Lasst uns mit Aktionen beweisen, dass unser Bier das einzig Echte ist. Und was noch wichtiger ist«, und jetzt hat er noch einmal eine kurze Pause eingelegt, »lasst uns zusammen das verlogene Reinheitsgebot kippen!«

Er ist dagestanden wie ein Prediger. Sein Gesicht war

beleuchtet und hat eine messiasähnliche Wirkung ausgestrahlt.

Nun völlige Stille im Kirchenschiff.

»Ja sag a mal, spinnst du? Kann ja ned sein so was!«, hast du von hinten eine Stimme hören können, und einer der Besucher ist aufgesprungen. Garreth Vane hat es gerissen, schnell hat er mit den Händen eine Bewegung à la »Cut« gemacht, die Kirchenorgel hat zu spielen begonnen und der Altar war in null Komma nix in dichten Rauch eingehüllt.

Kurz darauf sind die Lichter angegangen, und als sich der Nebel verzogen gehabt hatte, war Garreth Vane verschwunden.

Draußen vor dem Kirchenportal natürlich noch lebendige bis hitzige Diskussionen, da circa 20 Kleinbrauer anwesend. Die Gemüter nicht zu beschreiben. Zwei Lager waren sofort gefunden, wobei das Lager gegen die Großbrauereien nur aus drei Leuten bestanden hat. Anführer, wie soll's auch anders sein, der Ampenberger Ludwig. Vane-treu, aha, hat sich der Sanktus gedacht. War ja eigentlich klar. Das zweite Lager war zwar schon von der Distanzierung zum industriell hergestellten Bier begeistert, aber Brauer halten zusammen. Daher keine Aktionen und schon gar keinen Krieg, auf den die Ankündigungen Vanes zweifelsfrei hinauslaufen würden. Der Ampenberger hat die Gelegenheit genutzt, um sein Gift zu versprühen, der Simbacher Bertl vom Oberföhringer Brauhaus hat versucht, ihn herunter zu holen, und der Neudecker Schorsch wär ihm am liebsten an die Gurgel gegangen. Nur der Mahler Heiko vom French Quarter Brewing hat dem Ludwig die Stange gehalten.

Der Sanktus und der Hanspeter haben dem Treiben gelauscht, sich aber rausgehalten. Für den Sanktus war klar, das gibt Ärger, und den Vane muss man erst einmal im Auge behalten.

Nachdem sich die Gruppe aufgelöst hatte, wollte der Hanspeter auch in Richtung Bus davonlaufen, aber der Sanktus hat ihn zurückgehalten.

»Momenterl noch, Hanspeter. Wir bleiben noch a bisserl da und drehen eine kleine Runde in den Isarauen.«

Der Hanspeter hat ihn mit einem fragenden Blick angeschaut, hat aber gewusst, dass das Argumentieren nichts gebracht hätte, und schon nach einigen Minuten waren sie nach einem kurzen Spaziergang beim Georgskircherl zurück. Gerade als sie entlang der Friedhofsmauer angekommen sind, haben sie einen dunklen Schatten zur Kirche huschen sehen. Die beiden also sofort nach und leise in das Gotteshaus hinein.

Vorsichtig haben sie im Schutz des Eingangs ins Schiff gespäht. Vorne am Altar war der kleine unscheinbare Unbekannte, der vorhin ganz hinten in der Bank gesessen war, dabei, die Nebelmaschine, die unter dem Altar versteckt war, wieder zu entfernen.

»Servus«, ist's vom Sanktus gekommen.

Der Unbekannte hat die Maschine fallen lassen, sodass sie ihm auf dem Fuß gelandet ist. Schmerzverzerrter Blick als Folge.

»Was machst denn da?«, hat ihn der Sanktus gefragt.

»Und wer sind Sie überhaupt?«, hat der Hanspeter draufgesetzt.

Der Unbekannte jetzt weiß wie die Wand hinter ihm und am Zittern.

»Auf geht's, Bürscherl! Sonst setzt's was«, hat der Sanktus gedroht.

»V-v-v-vane, D-d-d-dean Vane«, hat das Bürscherl mit hoher Stimme gezittert. »Der C-Cousin von Garreth.«

22. JUNI 2016, VOR CIRCA 4 WOCHEN

Verena Weichslbaumer wartete auf einer verborgenen Parkbank im Englischen Garten auf Garreth Vane. Nach ihrem ersten Treffen vor einem halben Jahr zur Vertragsunterschrift war Garreth wieder zurück in die USA gereist, und sie dachte, sie würde ihn nie wiedersehen. Doch dann war er im April zur Verkostung der ersten Red-Head-Brewing-Sorten nach Firmkirchen zurückgekommen. Verena war Feuer und Flamme, dass sie Garreth wiedersehen konnte, doch als dieser in der Brauerei ankam, schien er kein Auge für sie zu haben. Er präsentierte sich mit Paul in trauter Einigkeit vor den Reportern und Fotografen. Eine vielversprechende Partnerschaft für die Zukunft. Verena wäre am liebsten von einem Kirchturm gesprungen. Sie fühlte sich wie ein Teenager beim ersten Liebeskummer. Doch in einem unbeobachteten Augenblick hatte sich Garreth zu ihr gedreht, mit dem rechten Auge gezwinkert und einen Zeigefinger auf die Lippen gelegt. Da Paul das große Comeback seiner Brauerei gewittert hatte, war alle Prominenz zu diesem Happening eingeladen, und er, der den großen Reibach erhoffte, ließ sich in seinem Glück nach allen Regeln der Kunst volllaufen, sodass er früh besoffen ins Bett fiel. Garreth blieb bis zum Schluss und schickte Dean allein ins Hotel zurück.

Sie verbrachten den restlichen Abend zusammen und Garreth gestand ihr, dass auch er sich sofort in sie verliebt hatte. Doch auf die Frage, wie der Weg in eine gemeinsame Zukunft aussehen könnte, hatten beide noch keine Antwort. Aber an diesem Abend war ihnen das egal, da erst einmal wichtig war, dass sie zusammen waren.

Bereits nach einigen Minuten sah sie Garreth von Weitem. Als er Verena auf der Parkbank sitzen sah, beschleunigte er seine Schritte und lief schließlich auf sie zu. Ihr Herz fing an zu rasen, und sie erhob sich von der Bank, um ihren Geliebten in die Arme schließen zu können. Bei ihr angekommen, küssten sie sich eine Ewigkeit. Dann sah er ihr wie immer tief in die Augen.

»Verena. Ich habe eine Idee, wie wir zusammenbleiben können. Ich brauche noch ein paar Wochen, bis ich den Taproom eröffnet habe, aber dann ist es soweit.«

Er erläuterte ihr seinen Plan und Verena hörte ihm aufmerksam zu.

Die Gestalt beobachtete Verena und Garreth aus einem verborgenen Winkel hinter einem Busch. Unglücklicherweise konnte sie die beiden nicht hören, da die Entfernung zu groß war. Die Gestik war jedoch eindeutig. Das sehnsüchtige Treffen eines heimlichen Liebespaares. Jetzt schien er ihr etwas zu erklären, da sie gebannt lauschte. Plötzlich hielt sie sich erschrocken die Hand vor den Mund. Es trieb die Gestalt fast zum Wahnsinn, dass nichts zu verstehen war. Er musste sie mit irgendeiner Aussage kurz schockiert haben. Doch nun lagen sich die beiden bereits wieder in den Armen und küssten sich. Gemeinsam, Hand in Hand, verschwand das Pärchen aus dem Blickfeld der Gestalt, deren Augen vor Wut leuchteten.

24. JUNI 2016, VOR VIER WOCHEN

Der Lkw mit der Malzladung durchfuhr um kurz nach 6.30 Uhr die große Einfahrt der Münchner Bärenbrauerei und stoppte. Der Fahrer meldete sich bei der Pforte an und zeigte seinen Lieferschein vor. 25 Tonnen feinstes Pilsener Gerstenmalz aus Tschechien. Der Pförtner nickte ab, und das Fahrzeug bewegte sich in Richtung Malzturm zum Abladen. Aufgrund des schlechten Wetters in diesem Sommer lieferte diese Spedition seltener als normal an. Der Fahrer war ein Freelancer und hatte diese Tour um jeden Preis fahren wollen. Niemandem bei der Spedition war das absonderlich vorgekommen, und er hatte den Zuschlag erhalten.

Während der Fahrer mit dem Mitarbeiter der Malzannahme sprach, öffnete sich leise die Beifahrertür des Vehikels und ein dunkler Schatten entglitt der Führerkanzel. Die Gestalt trug die Arbeitskleidung der Bärenbrauerei und fiel deshalb nicht weiter auf. Den Säurekanister, den der Schatten in der Hand trug, beachtete niemand.

Die Gestalt betrat den Eingang zum Sudhaus, als ihr ein Bierbrauer entgegenkam.

»Was suchst'n?«, wollte der Arbeiter wissen.

»Nichts. Ich bringen Mittel von Füllerei für Putzen Sudhaus«, entgegnete die Gestalt in gebrochenem Deutsch.

»Ah so. Dann weißt ja wohin?«

»Ja, ja. Alles klar! Klar wie Himmel über Bayern«, bestätigte der Eindringling und begab sich ins Treppenhaus, um in den Keller des Sudhauses zur Hopfengabe zu gelangen.

Sofort entdeckte er die charakteristischen Gefäße, deren Deckel mit den sechs schwarzen Stellschrauben geschlossen waren. Von seiner Quelle wusste er, dass die nächsten beiden Sude Pils waren, die zusammen in einen Tank laufen sollten. Er öffnete jeweils ein Gefäß der beiden Hopfengabeanlagen und sah hinein. Perfekt. Die Hopfendosen waren bereits vorgelegt. Er schüttete jeweils einen Teil des Kanisters in die Edelstahlbehälter und verschloss sie wieder.

Vorsichtig schlich er sich aus der Antriebsebene des Sudhauses zurück auf den Brauereihof und schlenderte, dem Anschein nach locker und gelöst, zum Lkw zurück.

28. JUNI 2016, VOR DREIEINHALB WOCHEN

Er war ein Meister der Verkleidung und des Schauspiels. Schon immer gewesen. Diese Eigenschaft hatte ihn beim Bärenbräu gerettet, als er den Mitarbeiter im Sudhaus getroffen und ihn hatte täuschen können. Heute gab er den gesetzten, älteren Touristen. Er hatte sich der »Münchner Bier Tour«, die vom Fremdenverkehrsamt angeboten wurde und die Besichtigung der Sternbrauerei beinhaltete, angeschlossen. So konnte er unbemerkt in das Herz der Braustätte vordringen.

Der Guide holte die Gruppe am Eingangstor des roten Backsteingebäudes ab. Sofort fingen die anderen Gruppenmitglieder an zu drängeln, da jeder als Erster die Brauerei betreten wollte. Er verstand diese Eigenart der älteren Generation nicht. Penibel rückte er seine randlose Brille zurecht und streichelte seinen aufgeklebten, grauen Schnurrbart. Diese Geste würde er immer wiederholen. Wenn er später beschrieben werden würde, würden sich alle Besucher definitiv an diesen Bart erinnern.

Im warmen Sudhaus fächelte er sich mit einem Werbeblatt des Fremdenverkehrsamts ständig Luft zu und öffnete demonstrativ seinen Hemdkragen. Aber nur ein wenig, sodass niemand bemerkte, dass sein Hals faltenfrei war. Die Fächeraktion diente lediglich dazu, das Schwitzen unter der Schminke zu verhindern.

Im kühlen Lagerkeller unter der Münchner Oberfläche angekommen, ließ er sich, ein altes Holzfass genauer betrachtend, etwas zurückfallen und verschwand blitzschnell in einer Tür, die seitlich in einer Wand eingelassen war. Er nahm seine karierte Kappe ab, zog die Jacke aus und streifte einen weißen Laborkittel mit der Aufschrift eines Reinigungsmittelherstellers über. Den Kittel hatte er in seinem Rucksack verborgen gehalten. Er öffnete die Tür und spähte in den Gang des Lagerkellers. Die Luft war rein, und er machte sich auf den Weg in den Drucktankkeller.

Auch heute hatte er Pech. Im Drucktankbereich war gerade ein Brauer dabei, einen der zahlreichen großen Edelstahltanks zur Reinigung vorzubereiten. Der Brauer kontrollierte alle Rohrverbindungen, und im Moment, als er am Touch-Bildschirm der Steuerung die Reinigung anfahren wollte, bemerkte er den Fremden.

»Konn i Eahna helfen?«, fragte der Brauereimitarbeiter.

»Nöö, nöö«, sächselte er. »Isch söll hier Pröben vön der CIP nehm!«

»Ah, so. Na bist ja richtig da. Viel Spaß!«, sagte der Brauer und verschwand aus dem Drucktankraum. Es war völlig normal, dass ab und zu Reinigungsmittelvertreter ihre Produkte überprüften.

Flink zog er eine Ampulle aus dem weißen Kittel und verband diese mit dem Probenahmehahn eines Drucktanks. Sorgfältig injizierte er die Flüssigkeit in den Tank. Dies wiederholte er mit zwei weiteren Tanks der neuen Sorte »Stern Bio Naturtrüb«. Da diese Sorte nicht kurzzeiterhitzt wurde, hatte das Bakterium alle Zeit der Welt, dieses Bier zu verderben.

Schnell machte er sich auf den Weg in die Füllerei und versetzte sich, nachdem er seinen Rucksack aus dem Versteck geholt hatte, in der dortigen Toilette wieder in seinen Ausgangszustand. Kurz darauf stand er direkt vor dem Guide und hörte ihm demonstrativ aufmerksam zu. Er stellte sogar eine kurze Frage. Jeder sollte den Eindruck haben, er hätte die Gruppe nie verlassen.

30. JUNI 2016, VOR DREI WOCHEN, MÜNCHEN

Wie hat die Kathi in dieser Herrgottsfrühe schon duschen können, hat sich der Sanktus gefragt und sich im Bett herumgedreht. Seine Lebensgefährtin ist jedoch gleichmäßig atmend neben ihm unter der Decke gelegen. Aber woher dann das Plätschern? Sicherlich nicht von der Martina, weil die hatte sich inzwischen zur Langschläferin entwickelt. Wirst du sagen tipptopp, weil jetzt können die Eltern ja ausschlafen. Aber weit gefehlt, da warst du zu voreilig. Den Part des Frühaufstehers hatte inzwischen der kleine Georg, also der Schorschi, der schon drei Jahre alt war, übernommen. Also wieder nix. Wenn er dann mal in die Schule kommt, wird's anders, haben dem Sanktus alle versichert, also noch weitere drei Jahre. Na bravo. Aber eines war auf jeden Fall sicher: Der Schorschi hat nicht geduscht. Also raus aus dem Bett und nachsehen.

Der Sanktus hat so ein 80er Jahre Seriengedudel hören können. So »Hart aber Herzlich« Spannungsgeigen, und wie er aus dem Schlafzimmer raus ist, ist die Melodie zusätzlich von Klaviertönen untermalt worden. Wer hatte da den Radio gestern Abend spielen lassen? Das rauszufinden Aufgabe Nummer zwei, jetzt aber erst Dusche. Er hat durch den Schlitz unter der Badtür Licht brennen sehen können und das Prasseln der Tropfen ist immer lauter geworden. Der Sanktus hat die Tür leise geöffnet.

Zum Musikthema sind nun weitere laute Geigen hinzugekommen, die wuchtig den Spannungsbogen eingeleitet und den Höhepunkt angekündigt haben. Ein Mann war verschwommen in der Duschkabine zu erkennen. Geigen jetzt am Glühen und der Sanktus hat mit einem Ruck die mit Kondensat bedeckte Tür geöffnet. Vor ihm hat sich der Bummerl in der nassen Duschkabine umgedreht, ihn angelächelt und gesagt »Guten Morgen, Pam!«

Der Sanktus ist mit einem Schrei aus dem Bett hochgeschossen und die Kathi hat ihn nur verwirrt und müde angeschaut.

»Schon wieder?«, hat sie im Halbschlaf gemurmelt.

»Ja«, hat der Sanktus leise geantwortet. »Er war wieder in der Dusche. Wieder wie der Bobby Ewing bei Dallas. Ich werd schön langsam wahnsinnig. Das träum ich jetzt bald jeden zweiten Tag von ihm. Und immer diese kitschige, amerikanische Musik. Zum Narrischwerden, zefix!«

»Apropos Musik«, hat die Kathi gemeint. »Da drüben spielt dein Handy.«

»Mein Smartphone, Frau Müller. So viel Zeit muss sein, weil ich bin ja inzwischen sozusagen auch modern«, hat der Sanktus, der inzwischen komplett wach war, gewitzelt und ist in die Küche, wo die Apparate auf dem Buffet über Nacht deponiert waren. Eine unbekannte Nummer am Display.

»Sanktjohanser!«

»Guten Morgen, Sanktus. Hier Vasily Romanov. Bitte entschuldige die frühe Störung, aber hast du schon Zeitung gelesen?«, hat eine kratzige, mit russischem Akzent gefärbte Stimme aus dem Telefonierkasterl heraus geplärrt.

»Ja, der Herr Romanov. Lang nichts mehr ghört, gleich wieder kennt. Nein, Zeitung hab ich noch ned gelesen, weil Sie mich ja eigentlich grad erst aufgeweckt haben. Was gibt's?«

»Es ist eine Katastrophe. Ein Anschlag auf das Münchner Bier!«, hat der Geschäftsführer des Münchner Bärenbräus gewinselt.

Ja genau, du Depp, hat sich der Sanktus gedacht. Wie der Genweizen, den du seinerzeit ins Weißbier gekippt hast?

»Ich hol mir schnell die Zeitung. Rufen S' mich in einer Viertelstunde wieder an, Herr Romanov«, hat der Sanktus das Gespräch beendet, ist in eine Jeans geschlüpft und mit Flipflops gazellengleich die Treppe zu den Briefkästen im Erdgeschoss des Mietshauses am Johannisplatz hinuntergeschwebt und hat die Zeitung aus dem Briefkasten geholt.

Als der Sanktus völlig außer Atem zurück in der Wohnung war, hat er gemerkt, dass es vielleicht doch einfacher gewesen wäre, im Internet nachzusehen, als diese Morgensportaktion durchzuführen. Äußerst dumm, Depp Anfänger. So fortschrittlich war er halt leider trotz Smartphone doch noch nicht. Jetzt hat er sich zuerst einmal einen Nespresso-Kaffee gemacht und genüsslich die Münchner Morgenpost aufgeschlagen. Titelseite gesehen! Alles klar. Lage äußerst kritisch! *»Phosphorsäure im Münchner Bier! Institut Mehringer klagt Bärenbräu an!«* Sauber, hat sich der Sanktus gedacht. Hat er wieder Sparmaßnahmen durchgeführt, der Russe. Aber Phosphorsäure reinkippen? Schön blöd. Richtig ist, die Bierwürze im Sudhaus kannst du säuern, um eine bessere Bierqualität zu erreichen, also Geschmack und Glanz und so weiter. Das machst du aber im Rahmen des Reinheitsgebotes mit biologischer Milchsäure, die du aus derselben Würze im Sudhaus erzeugst. Also so à la L-Casei, sprich höchst natürlich! International wird halt Phosphorsäure verwendet. Und die haben sie jetzt im Bärenbräubier nachgewiesen? Schon komisch.

»Sanktus, hast du die Zeitung? Und hast du es gelesen?«

»Ja. Und? Hand auf's Herz«, hat der Sanktus den Russen herausgefordert.

»Bist du verrückt? Ich bin doch nicht blöd. Hab ich gelernt vom Skandal 2008. Außerdem hab ich gebaut eine nigelnagelneue biologische Milchsäureanlage dieses Jahr. Komm, schau sie dir an. Funktioniert wie Glöckerl.«

»Okay, ich glaub's Ihnen. Und was wollen Sie jetzt von mir?«

»Du musst wieder ermitteln. Musst rausfinden, wer das war. Mein Ruf, meine Brauerei, also mein Leben steht auf dem Spiel.«

»Ich geb Ihnen jetzt eine Nummer«, hat der Sanktus gesagt. »Das ist die Handynummer vom Kommissar Bichlmaier. Bitte rufen S' den an. Ich ermittle nimmer. Wirklich ned. Das ist mir zu gefährlich. Servus, Herr Romanov. Und bitte nix für ungut.«

Der Sanktus ist am Frühstückstisch in der Küche gesessen und hat in seinen Kaffee gestarrt. Irgendwie war er nach diesem Anruf aufgewühlt. Natürlich hat er eins und eins zusammenzählen können und hat die Vane-Ansprache mit der Phosphorsäure in Verbindung gebracht. Zu Aktionen hatte dieser Aff' aufgerufen. Ein Depp war er ja nicht, der Sanktus, und es hätte ihn jetzt gerade wieder sehr in den Fingern gejuckt, dass er wieder ermitteln tät, aber warum eigentlich? Soll diesen Angeber doch der Bichlmaier zur Strecke bringen. Wie hat er überhaupt an das Kriminalisieren denken können, jetzt wo er Vater geworden war? Also, irgendwie war er ja schon seit längerem Vater, weißt du, also von der Martina. Aber jetzt halt auch noch vom kleinen Schorschi, seinem selbst gezeugten Filius. Stell dir vor Sanktjohanser, dir passiert was, und der Bub muss ohne Papa aufwachsen. Bei dem Gedanken hat es dem Sanktus gleich Tränen in die Augen getrieben, weil praktisch Weichei-Anwandlung. Kaum bist du ein waschechter Familienvater, mutierst du zur Heulsuse. Echt Wahnsinn.

Er hat gar nicht gemerkt, dass sich die Kathi angeschlichen und ihn, gerade als er hat trinken wollen, von hinten umarmt hat. Der Sanktus jetzt so erschrocken, dass er den Kaffee über die ganze Zeitung und den Tisch sozusagen durch die Zähne und die Nase katapultiert hat.

»Ja das ist eine Begrüßung«, hat die Kathi gelacht. »Auch guten Morgen!«

Der Sanktus hätte sich schon wieder wegen seiner Tollpatschigkeit verfluchen können, hat dann aber selber lachen müssen, und die Kathi hat eingestimmt.

»Ich bin so ein Depp, echt«, hat er zugegeben und den Tisch mit einem Lappen trocken gewischt. Die Zeitung hat er samt Kaffee und Phosphorsäure in den Abfall geworfen.

»Wer war denn vorher am Telefon?«, hat die Kathi wissen wollen.

»Der Romanov vom Bärenbräu«, hat der Sanktus geantwortet und der Kathi jetzt die Geschichte vom mutmaßlichen Säureanschlag auf das Bärenbier erzählt.

»Und jetzt pass auf! Jetzt muss ich dir noch alles genau von der Einladung ins Georgskircherl berichten«, hat der Sanktus weitergemacht, und du hast jetzt einen düsteren Zug im Kathi-Gesicht erkennen können, weil der Herr Sanktus am Tag direkt nach dieser Aktion wieder einmal *nicht* alles erzählt gehabt hatte. Natürlich mit gutem Grund, weil die Kathi sonst gleich besorgt, dass ihr Sanktus wieder zum Ermitteln anfängt. Also wie du's machst, ist's falsch, hat sich der Sanktus gedacht, die Mimik der Kathi ignoriert und weiter erzählt. Zweifelnder Blick jedoch nicht besser.

»Das gefällt mir überhaupt nicht«, hat die Kathi seinen Vortrag kommentiert. »Ich weiß ned. Dieser Vane macht doch so einen netten Eindruck.«

Der Sanktus jetzt Blutdruck, weil *er* kriegt den bösen Blick von der Kathi, und der Vane, der mutmaßlich schuld dran ist, wird verteidigt. Typisch Frau. Immer dasselbe. Ungerecht kein Ausdruck!

»Viele Verbrecher sind sympathisch, und man meint, es handelt sich um den netten Nachbarn von nebenan, und dann hat der drei Leichen im Keller, oder?«, hat der Sanktus versucht, seinen Standpunkt klarzustellen.

»Ja, schon. Aber schau dir doch seinen Blick an«, hat die Kathi geschwärmt und dem Sanktus die Rückseite des Fernsehhefts, das auf einem Stuhl gelegen ist, unter die Nase gehalten. Darauf war der Vane mit nacktem Oberkörper abgebildet und auf einer Schulter hatte er einen Träger Bier geladen. Der Sanktus jetzt kurz vor dem Explodieren. Er ist aufgestanden und hat so getan, als würde er sich einen Schluck Wasser direkt aus dem Hahn des Küchenwaschbeckens genehmigen, hat aber dabei sein erhitztes Gesicht gekühlt. Schon gleich besser!

Inzwischen war die zwölfjährige Martina schlaftrunken in die Küche gekommen und hat der Kathi die Zeitschrift aus der Hand genommen und das Vane-Bild begutachtet.

»Wow, ist der süß«, hat sie gesäuselt. »Und die Muskeln.«

»Das ist ein Arschloch!«, hat der Sanktus aus Versehen laut herausgeschrien.

Blick der Kathi jetzt auf Angriff.

»Ist doch wahr«, hat er gemurmelt.

»Halt ein süßes Arschloch«, hat die Martina gemeint und den Sanktus angelächelt.

»Martina«, hat die Kathi gerufen, »jetzt ist aber Schluss. Und Sanktus, du hast jetzt auch Sendepause.«

Sanktus und Martina jetzt betretene Blicke auf den Frühstückstisch.

»Was schleits ihr so?«, hat der Schorschi, der gerade in die Küche hereingewackelt gekommen ist, gefragt.

»Schrei' ma ja gar ned«, hat der Sanktus geantwortet und hat den Kleinen auf den Schoß genommen.

»Jetzt tun wir erst einmal in Ruhe frühstücken, gell«, hat die Kathi die Situation überspielt.

»Und der ist doch süß«, hat die Martina gemurmelt, dem Sanktus die Zunge herausgestreckt und gelächelt.

Der Sanktus hat ihr einen zärtlichen Wischer durch die Haare gegeben und ebenfalls geschmunzelt.

»Und wenn er noch so süüüüß ist«, hat er geflüstert, »für mich ist er ein reinrassiges A…«

Doch weiter ist der Sanktus nicht gekommen, weil ihm der Schorschi in dem Moment ein volles Glas Orangensaft über die Hose geschüttet hat.

Hat gut angefangen der Tag, oder?

1. JULI 2016, VOR 3 WOCHEN, BERCHTESGADEN

Die beiden Männer waren kurz nach Sonnenaufgang am Parkplatz in der Schönau gestartet, da sie die frühmorgendliche Ruhe der Berchtesgadener Alpen genießen wollten. Heiß würde es im diesjährigen Sommer ohnehin nicht werden. Die Stille war das Ausschlaggebende. Er war gespannt, ob er seinen Begleiter doch noch von seinem Standpunkt überzeugen würde. Seine Existenz stand auf dem Spiel, und dieser launische Fettsack besaß die Frechheit, sich ihm in den Weg zu stellen, sich ihm gar zu widersetzen.

Schon bald, nachdem sie losgewandert waren, passierten sie die Königsbachalm und gelangten später, nach einem steilen Anstieg, zur hölzernen Enzian-Brennhütte. Sie beschlossen, sich dort am Rückweg einen Brand der Brennerei Grassl zu genehmigen.

Als sie an der Priesbergalm anlangten, wollte Bertram Simbacher eine kurze Pause in Form einer Brotzeit einlegen. Käse- und Speckbrot waren auf dieser Hütte legendär, doch er konnte den Brauereibesitzer überzeugen, erst am Rückweg zu rasten. Glücklicherweise ging dieser auf den Vorschlag ein, da er ja zurzeit vorhatte, etwas auf sein Gewicht zu achten. Auf dem Rückweg jedoch wäre er dann unerbittlich, konstatierte Simbacher mit einem Lächeln.

Von Zeit zu Zeit wollte Simbacher schon die Diskussion, die sie hier in der Abgeschiedenheit der Berge führen wollten, anschneiden.

»Erst am Seeleinsee«, beendete er die Versuche kurzerhand. »Spar dir deinen Atem. Du wirst ihn brauchen.«

Nach einem abfallenden Wegstück überquerten sie im Schatten der Bäume einen kleinen Gebirgsbach. Von da ab ging es einen schier nicht enden wollenden Trampelpfad steil bergauf bis hin zu einem Geröllfeld. Das Shirt seines übergewichtigen Partners war schweißgetränkt, und er stellte sich vor, der Mann würde einen Herzanfall erleiden, so war dieser am Keuchen. Das würde ihm sein Unterfangen regelrecht erleichtern und sein Problem mit einem Schlag lösen. Da war er sich sicher.

Am Sattel des Berges bogen sie nach links ab, und vor ihnen tauchte ein klarer, dunkelblauer Gebirgssee auf. Umgeben von Bergen, Geröll und kleineren Grasflächen lag der Seeleinsee seelenruhig in einer Gebirgssenke. Sein Begleiter stolperte an das Ufer, zog seine Bergschuhe aus, erfrischte sein Gesicht mit dem eiskalten Wasser und streckte seine Füße in den See.

»Das hättst nicht gedacht, dass ich es bis hier rauf schaff, oder?«, fragte ihn Simbacher. »Du unterschätzt mich. Du meinst, ich bin schwach. Weit gefehlt. Wirklich weit gefehlt, sag ich dir. Ich weiß, was du getan hast. Das hatten wir nie vereinbart. Da ziehst du mich ned rein. Gewiss ned. Never, hast du mich verstanden? Es muss einen anderen Weg geben, um unser gemeinsames Ziel zu erreichen.«

Einen anderen Weg? Er spürte unendliche Aggression in sich aufsteigen. Das selbstgefällige Grinsen bei der

Frage, ob er ihn verstanden hätte, hatte irgendwie einen Schalter in seinem Gehirn umgelegt. Plötzlich war ihm klar, dass das Ziel dieser Wanderung in seinem Innersten nie die Verständigung mit Simbacher gewesen war.

Als sich sein Weggefährte noch einmal zum klaren Wasser hinunterbeugte, griff er sich flink einen der herumliegenden scharfkantigen Steine und wollte gerade zuschlagen, als in diesem Moment mehrere Wanderer, die über den Windschartenkopf gekommen waren, auf der gegenüberliegenden Seite des Sees auftauchten. Schnell ließ er den Stein fallen und sah sich um. Keine Menschenseele hatte etwas von seiner Absicht mitbekommen.

Er starrte auf die blaue Fläche des Seeleinsees und kochte innerlich vor Wut, dass er versagt hatte. Simbacher deutete sein Verhalten anscheinend als innere Einkehr und klopfte ihm freundschaftlich auf die Schulter.

»Uns fallt schon was ein. Kriegen wir schon«, versicherte er zuversichtlich.

Langsam stiegen sie zum Bergsattel zurück und traten den Rückweg ins Tal an. Seine Baseballmütze hatte er tief ins Gesicht gezogen und die wuchtige Sonnenbrille verbarg seine Augen. Selbst wenn ihm nun jemand entgegenkam, würde ihn derjenige später niemals identifizieren können. Niemand sollte wissen, dass er an diesem Tag mit Simbacher im Gebirge unterwegs war. Auf der Alm musste er seinem adipösen Gegenüber zusehen, wie dieser ein Speck- und ein Käsebrot in sich hineinschlang sowie mit zwei Wieninger Weißbieren nachspülte. Er selbst trank ein Helles und versuchte, so wenig wie möglich aufzufallen.

An der Grassl-Brennhütte warfen sie jeweils einen Euro in das dafür vorgesehene Behältnis und genehmigten sich einen Gebirgsenzian, bevor sie sich an den Abstieg machten.

1. JULI 2016, VOR 3 WOCHEN, MÜNCHEN

»Sagt dir der Begriff *Pectinatus* und *Megasphaera* was, Sanktus?«, hat der Zistlmeier Sepp, der neue junge technische Leiter der Sternbrauerei gefragt und den Sanktus dabei fest mit seinem Blick fixiert. Der Zistlmeier hatte mit ihm in Weihenstephan seinerzeit angefangen, aber das Studium halt beendet. Und das mit super Noten im Gegensatz zum Studienabbrecher Sanktjohanser. Der Hanspeter, der den Sanktus hierher beordert hatte, jetzt ganz Hobbykriminologe, ist im Brauergewand mit gefalteten Händen lauschend neben ihm auf einem Stuhl gesessen.

»A bisserl was weiß ich auch noch, Sepp«, hat der Sanktus geantwortet. »Pectinatus und Megasphaera sind aerobe Bakterien und vor allem Bierschädlinge. Treten normalerweise in Biofilmen auf, die an den Füllorganen vom Flaschenfüller entstehen, wenn der nicht ausreichend gereinigt wird. ›Wenn Sie die haben‹, hat unser Dozent in Weihenstephan gesagt, ›stinkt Ihr Bier, mit Verlaub gesagt, nach Scheiße!‹ Dabei hat er das *ei* immer so lang gezogen. Sepp, frag mich jetzt bitte ned, ob sie grampositiv oder gramnegativ sind, die zwei.«

»Respekt, Sanktus. Ist eh schon mehr, als ich gedacht hab. Und jetzt sag, können die in unserer Brauerei vorkommen?«, hat der Zistlmeier wissen wollen.

»Nie im Leben«, hat der Sanktus zuversichtlich geantwortet. »Zumindest solange der Ehrensberger Helmut in der Füllerei ist. Bei dem ist's so sauber, dass du am Boden essen könntest. Brauchst du ned in die Kantine gehen. Wieso? Habts ihr welche gehabt?«

Der Hanspeter hat jetzt die Gunst der Stunde gewittert, den Zeigefinger gehoben und gerade eine seiner berühmten schwäbisch-wissenschaftlichen Erklärungen zum Besten geben wollen, da hat ihn der Zistlmeier unterbrochen.

»Versprich mir's, dass d' es für dich behaltst?«, hat er den Sanktus beschworen.

Jetzt Nicken seitens Sanktus und treuer Hundeblick.

»Eine ganze Charge Sternbräu Bio war kontaminiert. Wir haben in den Drucktanks vor der Abfüllung die biologischen Proben gezogen. Alle o. B.«

»Ohne Befund«, hat der Hanspeter neunmalklug dazwischengeworfen.

»Ja, ja, schon klar!«, vom Sanktus und gleich strafender Blick zum Hanspeter.

»Und als wir dann am Füller beprobt haben, Treffer. Also schon in der Bierleitung, die vom Keller heraufkommt. Und, was meinst?«, hat der Sepp gefragt.

»Im Keller nach der Probenahme im Tank irgendwann bewusst kontaminiert, oder?«, hat der Sanktus gefolgert.

»Bin ganz deiner Meinung, Sanktus. Vorsätzlich«, hat der Zistlmeier Sepp bestätigt.

»Passt zur Phosphorsäure beim Bären, oder?«

»Genau. Bei einer anderen Münchner Großbrauerei, deren Namen nicht genannt werden soll …«, hat der Sepp angefangen.

»Oh, Potter Harry, Voldemort, oder wie?«, ist's vom Sanktus gekommen.

»Geh Sanktus, du weißt doch selber, wie phlegmatisch wir Brauer bei so was sind. Jetzt mach's mir ned schwerer, als es schon ist. Also beim anderen Bräu in unserer Straße sind ganze Paletten mit Schimmelkulturen samt Nährboden besprüht worden. So, dass die Bierkästen bei den gemäßigten Temperaturen und bei der Feuchte, die wir haben, schön schwarz werden und keiner mehr das Bier anlangt.«

»Na bravo«, vom Sanktus. »Da meint's einer ned gut mit euch Münchner Großbrauern. Und warum erzählst des mir?«

»Ja weißt«, hat der Zistlmeier herumgedruckst, »du bist ja einschlägig vorbelastet. Könntst ned wieder amal a bisserl ermitteln? Was meinst?«

Der Sanktus hat den Sepp angeschaut, geseufzt, hat sein Portemonnaie herausgeholt und eine Visitenkarte herausgekramt.

»Das ist die Nummer vom Bichlmaier, dem Kriminalkommissar. Den rufst an. Ich ermittle ganz gwiss nimmer. Pfiat di Sepp. Vielleicht treff' ma uns wieder a mal auf a Halbe.«

Abgang Sanktus ohne weiteren Kommentar, Zistlmeier und Hanspeter verdatterte Blicke.

5. JULI 2016,
VOR ZWEIEINHALB WOCHEN

Nach der Pleite in Berchtesgaden hatte er nur schlaflose Nächte gehabt. Sein Versagen nagte schwer an seinem Selbstbewusstsein, und krasse Existenzängste wallten in ihm auf. Er war zerfressen vor Selbstzweifel und der Befürchtung, dass alles herauskommen würde und man ihn als Sündenbock durch alle Medien und die gesamte Branche schleifen würde. Ihm blieb keine andere Wahl, er musste sein Werk vollenden und Simbacher töten. Koste es, was es wolle.

Er joggte bedächtig gegen 6.00 Uhr morgens von der Thomas-Mann-Allee entlang der Isar in Richtung Stauwehr Oberföhring. Irgendwo auf der Höhe dieses 1924 fertiggestellten Bauwerks sollte er nach seinen zeitlichen Berechnungen auf Simbacher stoßen. Der Brauereibesitzer lief inzwischen jeden Tag vor Arbeitsbeginn eine Runde von seinem Haus im Grüntal zur neu errichteten Holzbrücke bei Sankt Emmeram und auf der anderen Isarseite über das Wehr zurück.

Langsam bewegte er sich über das Einlaufbauwerk, das in einem 45-Grad-Winkel zum Rest des Stauwehrs stand, auf die Brücke vor dem beigefarbenen Hauptgebäude zu. Niemand war zu sehen. Gähnende Leere zu dieser unchristlichen Stunde. Weder andere Jogger noch irgendwelche Hundebesitzer waren in der Nähe. Er stützte sich mit den Händen an der massiven steinernen Mauer der Brücke auf und versuchte den Anschein zu erwecken, Dehnungsübungen zu vollführen.

Nach kurzer Zeit erschien ein voluminöser Jogger von der Schwabinger Seite her. Es handelte sich definitiv um Simbacher, der auf ihn zu hechelte. Ungestört setzte er sein Stretching fort und wartete, bis der Dicke auf seiner Höhe war. Sofort gab er sich zu erkennen, und der Brauereibesitzer zeigte sich erstaunt, aber nicht unerfreut, dass sie hier aufeinandertrafen. Er schaffte es, Simbacher gleich in ein Gespräch zu verwickeln, und nun begann auch dieser mit Dehnungsübungen, da er Angst hatte, seine Muskeln würden während der Diskussion erkalten. Er schlug Simbacher vor, die aufgehende Sonne zu genießen, und beide lehnten sich weit auf beide Unterarme gestützt über die steinerne Brüstung. Er brachte den Brauereibesitzer sogar dazu, die Fische, die sich unterhalb des Stauwehrs in der Isar tummelten, zu bewundern.

Äußerst vorsichtig und lautlos wich er einen halben Schritt zurück und zog die Waffe unter seiner Funktionskleidung hervor. Ein leises Ploppen ließ den Schuss erahnen, und Simbacher sackte zusammen. Da der Tote weit über die Mauer hing, war es nun nicht mehr allzu schwer, den massigen Körper darüber zu hieven.

Er konnte ein lautes Platschen hören und sah zum Isarbecken hinunter. Simbacher schwamm, mit dem Gesicht nach unten, im Fluss.

Die kleinen Fische waren nicht mehr zu sehen.

8. JULI 2016, VOR ZWEI WOCHEN

Wie jede Nacht war die Advokaten-Lissy mit ihrem altmodischen Kinderwagen in der Landeshauptstadt unterwegs. Mal streifte sie durch den Englischen Garten, mal durch den Olympiapark, mal hierhin, mal dorthin. Unentwegt summte sie Songs von Tom Waits. Ein Spleen von ihr. In dieser Nacht hatte es sie hinter den Ostbahnhof verschlagen, da sie im Obdachlosenasyl für mittellose Frauen am Abend vorher Ärger provoziert, man sie hinausgeworfen hatte und sie somit an diesem Tag ohne Verpflegung war. Sie trieb sich gerne vor dem Taproom der French Quarter Brewing Company herum, da im Sommer bei schönem Wetter ab und zu etwas zu essen und sogar das eine oder andere Glas Bier für sie abfiel. Die reichen Haidhausener Schickis meinten es meist gut mit ihr, ja es war sogar hip, die Advokaten-Lissy zu kennen und ihr einen auszugeben.

Die Nacht war einigermaßen klar und die Temperatur angenehm, was im diesjährigen Sommer nicht unbedingt normal war. Lissy erreichte mit einem Quietschen ihres Gefährts die lange, hell erleuchtete Fensterreihe des Bierlokals. Drinnen saßen an Holztischen fröhlich trinkend junge Leute, die allem Anschein nach eine Menge Spaß hatten und sich zu jeder Gelegenheit zuprosteten. Lissy drückte ihre Nase an der großen Fensterscheibe platt, presste beide Hände auf das Glas und spähte sehnsüchtig in den Gastraum. Sie wusste nicht mehr, wie lange sie nun schon auf den Straßen Münchens lebte, und sie konnte sich auch fast nicht mehr an ihr Leben als arbeitsgierige Juristin erinnern. Das Einzige, das sie aus dieser Zeit im Gedächtnis behalten hatte, war jener Tag, als sie als junge Staatsanwältin, hochschwanger, beim Spazierengehen in den Isarauen von einem Familienmitglied einer ihrer Angeklagten überfallen und halb totgeprügelt wurde. Sie verlor ihr Kind, ihren Lebensmut und schließlich ihre Identität. Nie wieder fand sie in ihr geregeltes Leben im Wohlstand zurück, verfiel dem Alkohol und fristete seitdem ein Dasein als Obdachlose in München.

Langsam zog sie eine Flasche Rotwein aus der Decke des Kinderwagens, zog den Korken mit den mittlerweile schlecht gewordenen Zähnen aus dem Flaschenhals und nahm einen tiefen Schluck. Drinnen entdeckte ein junger, blonder Gast die Advokaten-Lissy, winkte ihr zu, stand auf, nahm an der Theke ein Glas Bier mit und kam zu Lissy heraus.

»Hallo Lissy, haste Durst?«

»Immer, Schatzi«, entgegnete Lissy mit bereits schwerer Zunge. »Aber noch mehr hätt ich an Hunger, Hast ned a Kleinigkeit?«

»Klar, Lissy. Warte kurz.«

Der junge Mann eilte zurück ins Lokal und kam mit einer Breze zu der Pennerin zurück.

»Hier, nimm. Gibt leider nichts mehr anderes. Ist ja schon fast 1.00 Uhr morgens«, verteidigte der junge Mann seine magere Ausbeute.

»Passt scho, Herzi! Besser wie nix«, entgegnete Lissy,

und der junge Mann konnte sie aufgrund ihres vollen Mundes fast nicht verstehen.

Kurz darauf verabschiedeten sich die beiden, und die Advokaten-Lissy schob ihren Wagen etwas gesättigt und high von Wein und Bier weg vom Taproom in Richtung Brauerei.

Das große Einfahrtstor war angelehnt und sie konnte vom Hof her Stimmen hören. Lissy verharrte vor dem Tor auf dem Gehsteig und lauschte. Die Stimmen schwollen etwas an, waren aber dennoch gedämpft. Die beiden Gestalten, denen die Stimmen gehörten, schienen zu streiten. Mühsam spähte Lissy in die Richtung einer Pflanzinsel, hinter der die Eindringlinge anscheinend diskutierten. Sie konnte schemenhaft zwei Menschen ausmachen. Einer davon schubste den anderen mit den Armen, der Zweite versuchte, das abzuwehren.

»Ich hör mir das nicht mehr an«, konnte sie die männliche Stimme der einen Gestalt vernehmen, woraufhin sich diese, so viel sie erkennen konnte, umdrehte und sich zum Gehen wandte.

In diesem Moment bückte sich der Gesprächspartner, hob, so wie es den Anschein hatte, etwas Schweres vom Boden auf, setzte seinem Gegenüber nach und schlug zu. Direkt auf den Hinterkopf. Lissy konnte ein Knacken in der Stille und dann einen Aufprall hören. Sie sah, wie ein lebloser Körper zur Pflanzinsel gezogen und abgelegt wurde. Anschließend machte sich der Angreifer in Richtung Tor auf den Weg. Lissy versteckte sich blitzschnell hinter einem Gebüsch an der Einfassungsmauer der Brauerei. Den Kinderwagen zog sie, so gut es ging, nahe zu sich. Das Tor wurde leise zugezogen und der Schatten wanderte langsam in Richtung Berg-Am-Laim-

Straße. Direkt vor Lissy zündete er sich eine Zigarette an und die Obdachlose konnte das Gesicht des Schattens im Flackern des Feuerzeugs erkennen. Sie kannte dieses Gesicht irgendwoher. Aus einem Zeitungsartikel?

9. JULI 2016,
VOR KNAPPEN ZWEI WOCHEN

Am nächsten Nachmittag pflügten sich Jacqueline Huthansl und Chantal Prantl ihren Weg durch die Straßen hinter dem Ostbahnhof. Sie hatten weder Augen für andere Passanten noch für sonst irgendwas. Ihre Aufmerksamkeit galt einzig und allein ihren wandernden Avataren der Pokémon-Go-App auf den Displays ihrer Smartphones. Sie hatten heute schon einige Karpadors, Nebulaks, und mehrere andere virtuelle Gestalten gefangen. Dass sie dabei fremde Leute anrempelten, knapp von Autos überfahren wurden und Pflanzarrangements zertrampelten, störte die Mädchen herzlich wenig. Passanten schüttelten verwundert ihre Köpfe, als die Pokémon-Jägerinnen an ihnen vorbeizogen.

Da es Samstagnachmittag war, standen Jacqueline und Chantal nun vor dem geschlossenen Tor der French Quarter Brewing Company und spähten durch die Gitterstäbe in den Brauereihof hinein. In einem Container unter einem Rohr, das aus der Wand des Sudhauses herauskam, bewegte sich ein wildes Digdri auf und ab. Ein seltenes Pokémon, das sie unbedingt einfangen wollten. Ein gegenseitiger Blick, ein kurzes Schulterzucken und die beiden Mädchen machten sich daran, über den Zaun zu steigen.

Außer Atem landeten sie auf dem Gelände und nahmen

sofort die Verfolgung auf. Auf dem direkten Weg zum Container, in dem das Digdri saß, versperrte ihnen eine dicht bepflanzte Verkehrsinsel, die als Sichtschutz diente, den Weg. Ihren Blick rein auf die virtuelle Welt gerichtet, stolperten die Jägerinnen durch das Gebüsch der Insel. Kurz vor der ersehnten Beute hörte Chantal ihre Gefährtin aufschreien. Sie war in den Sträuchern anscheinend über etwas gestolpert und musste sich verletzt haben, da ihr Gebrüll nicht verebben wollte. Chantal ließ das Digdri schweren Herzens im Container zurück, um Jacqueline zu helfen. Doch ihre Freundin schrie nicht aufgrund einer Verletzung Zeter und Mordio, sondern wegen eines leblosen Körpers, dessen Augen sie ausdruckslos, aus einem teilweise zertrümmerten Schädel, ansahen.

Inzwischen hatte der Kommissar Bichlmaier die beiden Mädchen vernommen gehabt, aber viel war nicht aus ihnen herauszukriegen. Sie waren unrechtmäßig in das Gelände eingedrungen, aber mehr nicht. Die Leiche hatten sie zufällig entdeckt. Finito.

»Und was habts ihr da herin wollen?«, hat der Bichlmaier gefragt.

»Mann, hey, da war'n riesen Digdri dort. Das ist echt selten. Das mussten wir getten«, hat die Chantal gefaselt.

»Jo, klar ey«, die Jacqueline.

»Soso, ein Dicktree!«, hat der Bichlmaier versucht zu rekapitulieren.

»Digdri! Kein Tree. Is japanisch, boah ey«, ist's von den Pokémon-Jägerinnen gekommen.

»Digdri. Is recht. Und deswegen betritt man widerrechtlich fremden Grund?«, hat der Bichlmaier wissen wollen.

»Hey, du bist ja voll der Söder, wegen Blumenbeete in Nymphendorf und so, Mann!«

»Nymphenburg, aber … Aber wisst's was? Lass ma's gut sein. Des bringt samt dem Digdri nix«, hat der Bichlmaier geschlossen.

»Chef?«, hat sich der Kriminalassistent Demuth eingemischt, »Chef, alles klar? Sollt na ich vielleicht a weng …?«

»Lassen Sie's gut sein Demuth. Oder sind Sie ein begnadeter Pokémon-Go-Fanatiker?«

»Naa, aber Geocacher. Seit dem Dings da seinerzeit mit dene Studenten. Na sach, den Altherrenmorden. Glabn S' es oder ned. Des is a Mords-Spaß …«

»Ja, passt, Demuth. Kümmern S' eahna um den Tatort!«, hat der Bichlmaier den Kriminalassistenten angewiesen und mit leiser Stimme hinzugefügt: »Vielleicht finden S' ja an Geocache hier, oder ein Pokémon frisst Sie. Wär mir grad a so wurscht, fei echt.«

Der Demuth hat den Kommissar beleidigt durch seine Hornbrille angeschaut. Abscheu gar nichts dagegen.

Die Spurensicherung war bereits zugange und hat jeden Krümel in der näheren Umgebung der Verkehrsinsel umgedreht. Der Kriminalassistent ist ganz wichtig hin und her gesprungen und hat den Leichenwagen des Bestattungsdienstes Hingerl eingewiesen. Gerade, als der Leichen-Seppi und sein wahnsinniger Vater den Toten in den Kunststoffsarg legen haben wollen, ist eine hübsche Blonde in Bistroschürze aus einer Tür geschossen gekommen, hat verstört um sich geblickt, ist kreischend auf den Toten zugelaufen, und hat sich sozusagen auf ihn draufgeworfen.

»Chef, des maan ich, is die Frau Mahler«, hat der Demuth konstatiert.

»A gehen S'. Meinen S' wirklich, Demuth? Heut kombinieren wir aber wieder haarscharf«, hat der Kommissar seinen Assistenten gefoppt.

Der hat aber schon nichts mehr gehört, weil er sofort vergeblich versucht hat, die Ehefrau vom Toten zu trennen. Eine Sanitäterin ist zu der Witwe hin und hat sie erst einmal zum Krankenwagen geführt, um ihr ein Beruhigungsmittel zu verabreichen. Der Demuth natürlich immer an ihrer Seite, Klette Scheißdreck dagegen.

»Frau Mahler«, hat der Bichlmaier angefangen, als er am Krankenwagen angekommen war und die Witwe sich etwas beruhigt hatte. »Frau Mahler, ist das Ihr Mann Heiko?«

Die gut aussehende Frau hat nur zitternd mit dem Kopf genickt.

»Wir gehen davon aus, dass Ihr Mann hier gestern Opfer eines Gewaltverbrechens geworden ist. Den Todeszeitpunkt haben wir ungefähr auf heute Nacht 1.00 bis 2.00 Uhr datiert. Können Sie uns sagen, wann Sie Ihren Mann das letzte Mal gesehen haben?«

»Gestern Morgen«, hat die Frau zitternd zu Protokoll gegeben. »Er ist in die Brauerei gegangen und dann weggefahren. Er wollte erst heute wieder zurückkommen. Eine Dienstreise irgendwohin. Ich weiß es nicht mehr. Er wollte sich irgendeinen Inspektor anschauen.«

»Was na für an Inspektor?«, hat der Demuth wissen wollen. »An weiblichen vielleicht?«

Blick vom Bichlmaier jetzt Gift. Demuth verständnisloses Kopfschütteln. Auch die Frau Mahler nun fragender Ausdruck.

»Einen Leerflascheninspektor. Der prüft die Flaschen vor der Abfüllung.«

»Oh! Ja klar«, hat der Demuth betreten genuschelt und verlegen auf den Boden gestarrt.

»Demuth, Flasche leer. Passt bei Ihnen. Herrschaftszeiten. Jetzt reißen S' sich amal z'samm!«, hat der Kommissar gezischt. »Tja, Frau Mahler. Da ist er anscheinend nicht hingefahren. Wissen Sie, was er anstatt gemacht haben könnte?«

Jetzt aber leider nur Kopfschütteln seitens der Mahler-Witwe.

»Hadde Ihr Mann Feinde?«, hat der Demuth wissen wollen.

Wieder Kopfschütteln mahlerseitig.

»Und Sie meinen, jemand hat Heiko umgebracht?«, hat die Frau Mahler leise sprechend gefragt.

»Sieht ganz danach aus. Ja«, hat der Bichlmaier bestätigt.

»Dann muss ich ihn anrufen«, hat die Frau Mahler mit einem Leuchten in den Augen gemurmelt. »Der Heiko hat gesagt: Wenn mir etwas zustößt, ruf ihn an. Der hilft dir.«

»Wen?« Frage vom Bichlmaier.

»Was hab ich eigentlich verbrochen, dass ich immer diese Fälle krieg«, hat der Kommissar Bichlmaier etwas abseits der Witwe geseufzt.

»Chef, warum? Wie maanen S' denn des? Des wird diesmal bestimmt spannend«, hat der Demuth mit einem Leuchten in seinen fränkischen Augen gefragt.

»Ja, schon, Demuth. Aber haben Sie nicht zugehört?

»Naa, die Frau hat a weng leise gsprochen.«

»Schauen S' amal, wo wir sind!«

»Am Ostbahnhof!«

»Schon, aber wo genau?«

»In aner Brauerei«, hat der Demuth gemeint und dann gezögert.

»Mhm«, vom Bichlmaier und wissendes Kopfnicken.

»Ach, du Schande. Jetzt dämmert's«, hat der Demuth geseufzt. »Herr Bichlmaier, bidde nein. Ned wieder der. Wirklich ned! Ned der Sanktus?«

»Doch, Demuth. Ich befürchte schon. Ich ruf ihn an. O mei o mei«, hat der Kommissar Bichlmaier aus tiefstem Herzen geseufzt.

»Wer war dran«, hat die Kathi, an einer Hand den kleinen Georg, in der anderen eine Tasse Earl Grey Tee, gefragt.

»Der Bichlmaier. Das war jetzt komisch«, hat der Sanktus geantwortet. »Den Mahler Heiko haben s' umgebracht.«

Die Kathi ist ganz still geworden und hat den Georg losgelassen und sich am Küchentisch festgehalten.

»Um Gottes willen. Was ist denn genau passiert?«, hat sie wissen wollen.

»Kann er mir am Telefon nicht sagen. Er kommt morgen vorbei, sagt er.«

»Sanktus? Warum kommt er vorbei? Was ist da los? Geht das jetzt wieder los?«, hat die Kathi mit zornigem Ausdruck gerufen.

»Typisch Frau!«, hat der Sanktus gekontert und mit den Augen gerollt. »Da ruft mich einer an. Ich mach gar nichts, und du nimmst schon wieder den Super-GAU an. Könnts ihr Frauen bitte einmal nicht gleich vom Schlimmsten ausgehen? Muss das sein?«

»Aber ich seh's dir doch an. Lüg ned. Du würdest schon wieder am liebsten kriminalisieren.«

»Ja, genau. So wie der Fischer Otti als Pfarrer Braun. Rosshauptnerin, tu mir den Schnupftabak her!«, hat der Sanktus gesagt und die Kathi gleich noch ärgerlicher.

»Kannst du einmal ernst bleiben, Herr Sanktjohanser. Wir haben inzwischen zwei Kinder«, aber weiter ist die Kathi nicht gekommen, weil der Sanktus geplärrt hat.

»Ich hab dem Romanov mit seiner Phosphorsäure nicht geholfen und dem Zistlmeier mit seinem Megasphaera hab ich auch einen Korb gegeben. Aber is ja guad! Ich ruf den Bichä an und sag, er soll mir meine Ruhe lassen. Ich weiß zwar nicht, was er will, aber den Sanktjohanser interessiert's jetzt schon nicht. Zefix! Weiber! Echt. Tu das Telefon her!«

Die Kathi hat ihm das Telefon gereicht und hat es ihm gerade in die Hand drücken wollen, als es zum Klingeln angefangen hat.

»Müller – wie bitte? – Sanktus, die Frau Mahler.«

Telefon zum Sanktus, und Blick der Kathi jetzt völlig ratlos.

Die beiden sind später zusammen am Küchentisch gesessen und haben einen »Haidhauser Stenz« getrunken. Die Kathi hat Tränen in den Augen gehabt.

»Ich weiß genau, wie's kommt. Ich weiß's genau. Diese Goaß hat jetzt so lang in dich hineingeschluchzt, dass du weich geworden bist, und morgen kommt der Bichä, und der redet dann auch so lang in dich hinein, bis du dann doch wieder mitmachst. Und ich sitz daheim mit dem Schorschi und der Martina und hab Angstzustände. Und obendrauf textet mich dann noch dein Papa zu, dass das alles nicht gefährlich ist. Wirst schon sehen. Genauso wird's kommen. Glaub's mir. Ich geh jetzt ins Bett. Mir langt's nämlich!«

Abmarsch Kathi.

»Danke für das Vertrauen, Kattl. Guad Nacht. Mir reicht's auch!«

Hysterisches Weibsbild, hysterisches, hat der Sanktus gedacht, einen Zettel geschrieben und diesen auf den Küchentisch gelegt. »Bin in der ›Neuen Kirche‹«, ist draufgestanden.

»Oh, welsch hoher Besuck in meiner bescheidenen Hutte«, hat der Bhupinder, der indische Koch von Sanktus' Stammkneipe, der »Neuen Kirche«, geflötet, aber der Sanktus hat ihm nur unmerklich zugenickt und »A Weiße!« bestellt.

»Oh, Sanktus. Bist du wieder grantig. Na lass i dick lieber amal alloa!«

Das *alloa*, also auf Bayerisch »allein«, hat er wie das hawaiianische *Aloha* ausgesprochen, woraufhin der Sanktus normalerweise einen blöden Kommentar gebracht und der Schlagabtausch begonnen hätte. Aber heute war er zu schlecht drauf, um sich auf die ständige Hänselei einzulassen.

Der Bhupinder hat eingeschenkt und hat dem Sanktus das geschwungene Glas mit dem naturtrüben Inhalt vor die Nase gestellt. Der Sanktus hat wie immer den Kohlensäureblasen beim Aufsteigen zugeschaut, Askese jetzt Scheißdreck dagegen. Dann hat er traditionell einen tiefen Atemzug knapp über dem Schaum genommen, hat seine Augen geschlossen und das fruchtige Bananenaroma auf sich wirken lassen.

»Is it better now, Sanktus?«, hat der Bhupinder wissen wollen.

»Der braucht noch a bisserl«, hat die Ramona, die

blonde Bedienung, die auf einmal von hinten gekommen war, geantwortet und hat dem Sanktus über den Kopf gestrichen. »Hamma wieder an Herzschmerz, Fredl?«

Der Sanktus hat die Augen verdreht, den Kopf geschüttelt und das Glas in einem Zug fast ausgetrunken.

»Hanse«, hat der Sanktus den Bhupinder, dem er diesen Spitznamen gegeben hatte, angesprochen, »schenk noch a Halbe ein, bitte.«

Der Bhupinder hat gegrinst und dem Sanktus ein neues Weißbier hingestellt.

Im Sanktus-Kopf sind die Gedanken gekreist, wie die Kometen im Weltall. Hin und her im luftleeren Raum. Lauter Fragen, aber keine Antworten. Er hat wie immer nicht aus seiner Haut können. Er hat einfach das Gen gehabt, es allen recht machen zu wollen. Zuerst der Kathi und seiner Familie, aber dann halt auch dem Bichä und der Frau Mahler, die ihn um Hilfe angefleht hatte. Wenn den Sanktus jemand um Hilfe gebeten hat, hat er sie vom Sanktus gekriegt. Solange das halt möglich war. Er hatte den Heiko schon lange gekannt. Der Besitzer der French Quarter Brauerei war ein feiner Kerl. Und Bierbrauer helfen untereinander, quasi Ehrenkodex. Verpflichtung kein Ausdruck. Aber die Kathi hat halt auch recht gehabt, wie immer. Das war Pech, großes Pech. Jetzt hat der Sanktus an die Martina und den Schorschi denken müssen, und da war er sich einen kurzen Augenblick mit sich selber einig, dass er dem Bichlmaier eigentlich einen Korb hat geben müssen. Unbedingt! So eine Sache des Selbstschutzes.

Aber du kennst ja den Sanktus. Immer hin- und hergerissen zwischen Gut und Böse, gestern und heute, da und dort, und so hat dieser Entschluss nicht lange in ihm angehalten. Tief in seinem Inneren war da dieser

Drang. Dieser Drang nach Gerechtigkeit und Ordnung. Der Drang, einem Hilfesuchenden zu helfen. Eigentlich war er ganz schön selbstlos und ein guter Mensch, der Sanktus. Hätte er aber nie zugegeben, und sagen hättest du ihm das auch nicht dürfen. Klar, oder?

»Und, was is *heut* los, Sanktus?«, hat ihn die Ramona gefragt? »Komm, erzähl's mir.«

Der Sanktus hat noch einen großen Schluck genommen und hat der Ramona von seiner Meinungsverschiedenheit mit der Kathi, seiner Ansicht nach lediglich ein rechtes Gschieß, erzählt.

»Und ich will da ja eigentlich gar ned mitmachen. Ich bin jetzt Vater und hab eine Familie. Aber sie glaubt's mir nicht. Und je mehr ich es beteuere, desto weniger glaubt sie's. Und je weniger sie's mir glaubt, desto mehr hab ich Lust, in den Fall einzusteigen. Weil, wenn der Mahler Heiko seiner Frau gesagt hat, sie soll sich bei mir melden, wenn ihm was passiert, dann heißt das Alarm im Weltall. Also eher Alarm im Brauereiwesen.«

»Ja. Und da musst du ja sozusagen obligatorisch mitmachen, oder?«, hat ihn die Ramona gepiesackt.

»Ramakrishna sagt: Sei niemals der Ansicht, nur du und sonst niemand besitze das Verständnis der Wahrheit und die anderen seien Narren«, hat der Bhupinder philosophiert, woraufhin ihn die Ramona und der Sanktus recht dumm angeschaut haben.

»Recht hat er, der Bhupi«, hat die Ramona nach einer Kontemplationspause gesagt. »Du musst die Kathi schon auch verstehen. Deine Ausflüge ins Polizeileben werden immer wilder. Beim letzten Mal ist deine Schwester fast umgebracht worden. Also?«

»Ja, was? Was *also*?«

»Also, was machst?«

»Weiß ich ned, Ramona. Zefix, ich weiß es ned! Jetzt trink ich erst a mal noch ein Weißbier, und dann geh ich heim. Wo is'n eigentlich die Ashwini?«

»Die is grad daheim bei ihrer Familie in Bangalore«, hat die Ramona geantwortet.

Daheim im Bett hat der Sanktus der schlafenden Kathi ein Bussi gegeben und hat sich mit einer Hand an ihrem Busen ganz nah an sie gekuschelt. Löffelliegen heißt man das, hat sich der Sanktus gedacht und ist mit den Worten »Mir fallt schon was ein, Kathi«, entspannt eingeschlafen.

9. JULI 2016, VOR KNAPPEN ZWEI WOCHEN – AM GLEICHEN ABEND

Sabine Mahler saß mit geröteten Augen und einem Glas Chardonnay auf der hellen Ledercouch ihres modernen Wohnzimmers und strich sich ihr blondes Haar aus dem Gesicht. Sie starrte unentwegt auf das tragbare Telefon in ihrer Hand, legte es auf den schweren Holztisch und nahm es dann aber wieder auf. Sie fing an, eine Nummer einzutippen, und löschte sie wieder. Sie fasste sich ein Herz, wählte erneut und drückte das Gerät fest an ihr Ohr, wobei sie sich ständig mit der Zunge über ihre trockenen Lippen strich.

»Ja bitte«, meldete sich eine sonore Bassstimme.

»Er ist tot, Michael«, krächzte sie in das Telefon. »Heiko ist tot!«

»Das ist ja schrecklich. Wie ist denn das passiert?«, die Frage.

»Er wurde ermordet. Auf dem Hof der Brauerei.«

»Um Gottes willen. Hast du etwa …?«

»Michael! Wo denkst du hin. Ich war zu Hause.«

»Und nun?«, fragte der Mann auf der anderen Seite der Leitung.

»Nun müssen wir abwarten. Alles andere wäre zu auffällig. Ich melde mich nächste Woche. Tschüss.«

Etwa zur gleichen Zeit hat eine etwas dickliche Frau, die vom Auftreten und von der äußeren Erscheinung her an eine Matrone erinnert hat, das Polizeipräsidium in der Hansastraße betreten. Der Kriminalassistent Demuth, der gerne Überstunden geschoben hat, rein um zu beweisen, wie wichtig er war, hat an diesem Abend Pech gehabt. Da er der einzige noch anwesende Zuständige war, hat man die Dame zu ihm geführt, und sie hat sich stöhnend auf einen Stuhl in dessen Büro gesetzt. Ihre kubikmetergroße Handtasche hat sie auf ihrem Schoß platziert und tief durchgeschnauft. Die fränkische Nase des Assistenten hat Kuhstall gepaart mit Achselschweiß riechen können, was ein Rümpfen des Riechorgans zur Folge gehabt hat.

»Frau äh? Wie war Ihr Name?«, hat der Demuth wissen wollen.

»Simbacher. Hannelore Simbacher. Und Sie sand?«

»Kriminalassistent Demuth, Frau Simbacher.«

»Demuth? Hamma a mal an Optiker ghabt. Lustig.«

»Wie kann ich Ihnen helfen?«

»Ich möchte jemanden vermisst melden. Meinen Mann!«

Die Demuth-Augen waren nun weit aufgerissen. Der Kommissar nicht im Haus und er mit einem Fall allein. Der große Auftritt da!

»Des müssen S' ma a weng näher erklären, Frau Simbachä!«

»Simbach*er*, bitte. Des is ganz einfach. Ich glaub, meinen Mann ham s' umbracht.«

»Umbracht … wo?«, keuchte Demuth.

»Weiß ned.«

»Wie lang ham Sie Ihren Mann nimmer gsehen?«

»Seit vier Tagen ungefähr.«

»Ungefähr? Und warum komma Sie na erst jetzt zu mir, Frau Breitwieser?«

»Simbacher, aber macht ja nix. Also sagen wir einmal so, er ist mir jetzt ned direkt abgegangen, mein Bertl. Wir sind halt schon recht lang verheiratet.«

»Ja, aber des is ja doch ka Grund. Es ist schon gut, dass Sie gekommen sind, Frau Simbacher«, hat der Demuth völlig aufgeregt konstatiert. »Können Sie mir sagen, wo Sie ihn zum letzten Mal gesehen haben?«

»Er ist am Dienstag in der Früh zum Joggen in die Isarauen. Wissen S', er will grad a bisserl abnehmen, wegen derer Schixn«, hat die Frau Simbacher gesagt.

»Was na für a Schixn?« Frage vom Demuth.

»Ja wegen seiner Geliebten hoid, also halt. Ich wär auch noch ned gekommen, weil ich mir gedenkt hab, also gedacht habe, dass er mit seinem Pupperl da unterwegs ist. Aber dann ist mir eingfallen, also habe ich mich erinnert, dass mein Mann immer gesagt hat, wenn mir amal irgendwas passiert, was ned normal ist, also Hanni, was dir komisch vorkommt, na gehst zum …«

»Kommissar Bichlmaier«, hat Demuth siebengescheit den Satz vollendet.

»A naa, woher! Wo denken S' denn hin. Zum Sanktus! Nur wenn ich den nicht erwisch, dann soll ich zum Bichä gehen, hat er gsagt, mein Bertl.«

Die Frau Simbacher hat jetzt gestaunt, weil der Demuth hat gewürgt und ist wie der Blitz aus dem Zimmer hinaus ins Nebenzimmer. Dort hat er die Tür des Kleiderschranks geöffnet, ist hinein, hat die Tür hinter sich wieder geschlossen und im Dunkeln einen Wutschrei herausgelassen, da sagst du Sie. Brutal!

10. JULI 2016,
VOR 12 TAGEN

In den frühen Morgenstunden hat die Münchner Polizei mit Hunden die Isarauen zwischen dem Stauwehr und der Oberföhringer Holzbrücke durchkämmt. Die Isar hat aufgrund des nassen Sommers etwas mehr Wasser als zu dieser Jahreszeit üblich geführt, was die Suche nicht erleichtert hat. Die Temperaturen haben an diesem Tag ausnahmsweise in Richtung Sommer geschielt, aber trotzdem war die Luft feucht vom immer noch nassen Untergrund.

Flussabwärts, auf der rechten Seite kurz vor der hölzernen Brücke, die an die Salzbrücke, die Heinrich der Löwe 1158 zerstört hatte, erinnert hat, haben die Hunde angeschlagen. Die Beamten haben sich mit Rufen verständigt und sich am Flussufer gesammelt. Unter einer Ansammlung von Schwemmholz, das sich in einem Busch, der aus dem Wasser geragt hat, verfangen hatte, war ein neongelber Turnschuh zu erkennen.

11. JULI 2016, VOR 11 TAGEN

Spät nachmittags sind der Sanktus, die Kathi, der Hanspeter und der Bichlmaier begleitet von der Schranner Bine in der »Haidhauser Bierwerkel« gesessen. Die Bine hatte die Möglichkeit bekommen, nach ihrer Tätigkeit in der Soko »Ripper« vor drei Jahren, in der Mordkommission beim Kommissar Bichlmaier zu bleiben. Die hatte sie nur zu gerne angenommen und der Bichlmaier mehr als happy, weil sonniger Gegenpol zum Demuth, verstehst?

Die Kathi war, wie der Drengler sagen würde, auf Krawall gebürstet, so wie sie dreingeschaut hat. Ablehnungshaltung gar nichts dagegen, also verschränkte Arme und eine Lätschen, also missmutiges Gesicht, dass dir das Grausen kommt.

Die Luft im Geschäft war durch den morgendlichen IPA-Sud immer noch hopfengeschwängert und der Sanktus hat allen erst einmal einen Pfiff vom »Bhupindia Pale Ale« eingeschenkt. Alle haben einen Schluck getrunken. Alle außer der Kathi und dem Hanspeter. Die Kathi, weil Ablehnungsmodus aktiv und der Hanspeter, weil er mit geschlossenen Augen, die Nase im Schaum, die Hopfennoten tief in sich eingesogen hat.

»Also«, hat der Bichlmaier angefangen, »wir haben gestern in der Früh den Simbacher Bertl tot aus der Isar gefischt. Jetzt haben wir inzwischen zwei Morde.«

»Und ihr seids drei Polzisten, ihr zwei und euer Assistent. Was wollts na von uns?«, hat die Kathi den Kommissar provokativ abgewürgt.

»Wo ist denn eigentlich der Demuth«, hat der Sanktus verschmitzt gefragt.

»Dem geht's ned gut. Seelisch anscheinend«, hat die Bine mit einem Lächeln auf den Lippen erwidert.

»Aha«, der Sanktus und der Hanspeter im Chor.

»Früher is ma zur Bolizei gegangen. Und wenn jetzt was bassiert, na ruft ma den Sankdus an«, hat die Bine den Demuth nachgemacht.

»Frau Schranner, jetzt langt's wieder«, hat der Bichlmaier die Bine gestoppt, woraufhin die, genauso wie die Kathi, die Arme verschränkt hat. Unterschied nur, die Bine ein Lächeln, die Kathi überhaupt gar keines im Gesicht. Der Bichlmaier hat laut geseufzt und die Augen verdreht.

»Also Sanktus, Kathi, es ist Folgendes. Wir haben, wie schon gesagt, zwei Morde«, Bichlmaier Blick jetzt streng zur Kathi, die aber still und in Habtachtstellung. »Einer am Stauwehr in Oberföhring, einer am Ostbahnhof. Normalerweise würden wir die Morde nicht miteinander in Verbindung bringen, aber beide weisen eine nicht zu unterschätzende Parallele auf.«

»Barallele«, hat die Schranner Bine grinsend dem Sanktus zugeflüstert. Der jetzt kurz vor dem Losprusten. Albern kein Ausdruck.

»Und die isch?«, hat der Hanspeter eingeworfen.

»Langsam reiten, Häberle«, hat der Bichlmaier gelacht. »In Oberföhring ist der Bertram Simbacher wahrscheinlich am Stauwehr erschossen worden.«

»Am Wehr?«, hat der Sanktus ausgerufen. »Sauber!«

»Genau, und am Ostbahnhof ist der Heiko Mahler durch einen heftigen Schlag ebenfalls ins Jenseits befördert worden«, hat der Kommissar vervollständigt.

»Da hast du ja vorgestern angerufen«, hat der Sanktus bestätigt.

»Und wo ist jetzt die Parallele?«, hat die Kathi verärgert gefragt.

»Ganz einfach«, ist's vom Bichlmaier gekommen, »beide sind Brauereibesitzer und jetzt kommt's, sie haben beide ihren Frauen aufgetragen, sich beim Sanktus zu melden, falls ihnen etwas Ungewöhnliches zustößt.«

Jetzt war die ganze Runde still, sogar die Kathi.

In diesem Moment ist die Tür der »Bierwerkel« aufgegangen, und der Giovanni, der Schlauchgernot und der Ehrensberger Helmut sind mit einem großen Hallo und Ciao hereingeplatzt.

»Oh, da isse Commissario Brunetti, aber wo isse der Sergente Vianello?«, hat der Giovanni geplärrt.

»Den Franken-Vianello mag ich eh ned. Die Frau Schranner is ma da sowieso viel lieber«, hat der Schlauchgernot gegluckst, und die drei haben sich an den nächstgelegenen Stehtisch gestellt.

Der Hanspeter hat alle mit einem Bier versorgt und nun Stille und drei fragende Gesichter in Richtung Ermittler.

»Was?«, vom Sanktus.

Weiteres Starren.

»Was schauts denn so?«, hat der Sanktus seine Frage verdeutlicht.

»Isse wieder eine Morde?«, hat der Giovanni gefragt.

»Hamma an Fall, an Fall?«, der Ehrensberger Helmut.

»I hob scho wieder so a Hopfenzeug gekriegt. I mog

a Weißbier, zefix«, hat der Schlauchgernot geschimpft und sein IPA mit demonstrativem Grausen im Gesicht auf einen Zug hinuntergewürgt.

Nie in diesem Leben hätte er zugegeben, dass ihm diese Biersorte inzwischen geschmeckt hat. Der Bichlmaier hat derweil sein Gesicht in den Händen vergraben gehabt und hat den Kopf geschüttelt.

»Ich weiß ned, womit ich des verdient hab«, hat er immer wieder geseufzt. »Also gut. Ja. Wir haben zwei Morde und die Toten haben ihren beiden Frauen angeschafft, sie sollen sich beim Sanktus melden, wenn ihnen was passiert.«

Blicke der Brauer jetzt in Habtachtstellung. Spannung in Reinform.

»Und was soll da der Sanktus machen?«, hat der Sanktus gefragt.

»Nix«, ist's von der Kathi wie aus der Pistole geschossen gekommen.

»Na hörts es!«, hat der Sanktus bestätigt. »Nix!«

»Na ja«, hat die Bine gemeint. »Normal können wir des schon selber. Da brauchen wir eigentlich keinen Fremden, aber …«

»Siehst es!«, hat die Kathi gezischt.

»Also ich seh des Ganze so. Die beiden Opfer han sich doch bestimmt Gedanken gemacht, warum die Frauen zum Sanktus geha han solla. Des sollda mir scho berücksichtiga. Mein i zumindescht.«

»Der Herr Häberle hat ganz recht«, hat der Bichlmaier bestätigt. »Der Simbacher und der Mahler werden schon irgendeinen Grund gehabt haben, warum sie auf dich verwiesen haben, Sanktus.«

Die Kathi jetzt Gewitterwolkenstimmung.

»Da ich aber die Kathi voll und ganz verstehe, hätt ich den Vorschlag, dass du uns sozusagen nur als Berater zur Verfügung stehst«, hat der Bichlmaier gesäuselt. »Ich hab das im Urin, dass wir da auf irgendwas stoßen und dich dann brauchen. Somit bist du aus der Schusslinie und wir haben trotzdem deine Unterstützung. Passt des?«

»Und ich pass auf, dass das auch so bleibt, Kathi«, hat die Bine versichert.

Der Sanktus hat gerade ein »Passt« erwidern wollen, hat aber schnell gemerkt, dass der Bichlmaier gar nicht in seine Richtung, sondern zur Kathi geschaut und die Frage überhaupt nicht ihm gegolten hatte.

»Weng meiner«, hat die Kathi zähneknirschend zugegeben und dem Kommissar die Hand hingestreckt und eingeschlagen.

Jetzt haben die Ermittler zum Giovanni, Gernot und Helmut geschaut. Immer noch kein Ton und der gleiche Gesichtsausdruck wie vorher. Der Giovanni hat dann die Stille gebrochen.

»Und wir helfe wieder. Isse klare, oder?«

»Na schauts gleich amal, was man über die Morde in Brauerkreisen so sagt«, hat der Bichlmaier die Combo angewiesen.

Einstimmiges Nicken und Zustimmung vom Rest. Die Kathi und die Bine haben noch miteinander getuschelt, aber der Sanktus hat nicht gewusst, ob das jetzt gut oder schlecht war. Auf jeden Fall erst einmal Ruhe und nun endlich entspannte Lage. Dann großes Prost! Lediglich der Sanktus hat nicht genau gewusst, ob das so gut gehen würde.

12. JULI 2016, VOR 10 TAGEN

Der Sanktus war am Dienstagmorgen gerade dabei, nach dem gestrigen Sudtag die automatische Reinigung des Sudhauses zu fahren und anschließend die Gärtanks zu gradieren, sprich Temperatur- und Vergärungskontrolle, als er einen Besucher in der Brauerei bemerkt hat.

»Schneidig schaust aus, in deine Gummistiefel«, hat der Bichlmaier mit seiner sonoren Stimme durch die Edelstahlgefäße getönt. »Hat sie sich jetzt schon wieder beruhigt, oder? Hab ich gut gmacht, gell.«

»Die Kathi?«, hat der Sanktus gefragt. »Ja, schon. Mei, ich kann sie ja verstehen, weißt.«

»Ja, klar. Freilich. Aber so, denk ich, sollt's passen. Hmh, Sanktus, was machst denn grad?«

»Reinigen. Geht aber automatisch. Warum?«

»Hättest nicht Lust, die Frau Simbacher a bisserl zu befragen?«, hat der Kommissar gestichelt.

»Jetzt wennst mich grad so fragst, Bichä … Warum eigentlich ned? Um 13.30Uhr muss ich aber daheim sein, weil da kommt die Martina von der Schule.«

»Und der Schorschi?«, hat der Kommissar wissen wollen.

»Den müssma mitnehmen. Des hilft nix. Der geht erst ab September in den Kindergarten, und Krümeltreff ist leider nicht jeden Tag.«

Der Kommissar hat zwar geseufzt, hat aber, da ja *er* was vom Sanktus wollte, nachgeben müssen. Der Sanktus hat den Schorschi, der wie ein wilder mit seinem Bobbycar durch die Brauerei und den Shop gerast ist, an der Hand genommen und die beiden sind in das Polizeiauto, ein dunkler Kriminal-Fünfer – irgendwie hat sich der Bichlmaier für kein anderes Modell begeistern können – eingestiegen.

»Des is a schneller BMW, gell. Da simmer bald da«, hat der Schorschi gestaunt, und schon ist's losgegangen.

»Schorschi, wennst der Mama nichts von unserem Ausflug erzählst, dann kriegst den als Spielzeugauto«, hat der Sanktus versprochen.

»Ui ja!«, hat der Bub gejuchzt und in die Hände geklatscht.

»Und zahlen tut ihn der Onkel Bichä, gell Onkel Bichä!«, hat der Sanktus bestimmt.

»Habts scho recht«, hat der Kommissar lächelnd zugestimmt. »Sackelts mich nur aus. Passt scho.«

Das Haus der Simbachers hat den Sanktus an die Wohnung seiner Oma erinnert. Die ganze Einrichtung hat nicht wirklich in die Gegenwart gepasst. Das Sofa im Wohnzimmer, auf dem sie gesessen sind, hat an die 60er Jahre erinnert und die dunkle, vertäfelte Schrankwand vielleicht etwas moderner, also 70er. Auf dem Wohnzimmertisch, der zum Hochkurbeln ausgeführt war, ist eine gehäkelte Tischdecke gelegen, und die Untersetzer unter den Wassergläsern, die ihnen die Frau Simbacher gebracht hat, waren rot mit pink und orange gemischt. Das einzig Moderne im ganzen Raum ist der Flachbildfernseher gewesen. Anscheinend hat die alte Röhre bereits das

Zeitliche gesegnet gehabt. Das Ganze hat ein muffiger Geruch, der durch die Nachtspeicheröfen irgendwie verstärkt worden ist, untermalt. Der Schorschi ist beim Sanktus auf dem Schoß gesessen und hat mit einem Auto, das die Frau Simbacher zufällig daheim gehabt hat, gespielt.

»Frau Simbacher, wir haben ja vorgestern den Leichnam Ihres Mannes in der Isar gefunden«, hat der Bichlmaier die Konversation eingeleitet.

»Ja, des hat mir des Fräulein, des was da an dem Tag da war, schon alles erzählt. Ein nettes Mädl, die Frau Schranner. So hübsch war ich auch einmal, wie ich noch jung war. Schauen S' amal des Foto da an!«

Die Frau Simbacher hat dem Kommissar und dem Sanktus ein Foto, das auf einer alten Holzkommode gestanden ist, gereicht. Darauf ist eine fesche junge Dame zu sehen gewesen.

»Waren das Sie?«, hat der Sanktus wissen wollen.

»Freilich!«

»Da waren S' aber sauber beinand«, hat ihr der Sanktus geschmeichelt.

»Ja«, hat die Frau Simbacher mit verträumten Blick gesagt, »da hab ich den Bertl noch nicht gekannt.«

»Wie meinen S' des jetzt?«, hat der Bichlmaier wissen wollen.

»So wie ich's gsagt hab. Dieser Mann hat mich kaputt gmacht mit seinem Geiz. Nichts haben wir uns gegönnt. Schauen Sie sich doch um hier. Nie sind wir in den Urlaub. Immer nur war er in dieser gschissenen Brauerei. Grad jetzt mit seinem Kraftbier-Wahn. So ein Schmarrn! Schauen S' mich an, was ich heut bin. Ein fettes, heruntergekommenes altes Weib. Ich bin fei erst 50. Aber das wird jetzt anders.«

»Jetzt wird's interessant«, hat der Sanktus gestaunt.

»Als Erstes verkauf ich die depperte Brauerei, und dann geh ich auf eine Kreuzfahrt. Da nehm ich vorher ab, richt mich wieder her und lass es mal so richtig krachen. So schaut's aus, meine Herren. Mein Leben fängt heute an!«, hat die Simbacherin triumphiert.

»Motiv!«, haben der Sanktus und der Kommissar gleichzeitig herausgebracht.

Die Frau Simbacher hat sie aber nur durchdringend angeschaut und die Hände im Schoß gefaltet.

»Wenn S' meinen. Ich kann Sie ja verstehen, aber ich hab ihn nicht umgebracht, den Bertl. Wirklich ned.«

»Mir wär es aber trotzdem lieber, Sie würden München erst einmal nicht verlassen, Frau Simbacher«, hat der Bichlmaier gefordert.

»Ja, Sie san guad. So schnell geht's ja auch ned. Ich muss ja erst einmal einen Käufer für des Glump finden.«

»Haben S' schon jemand im Visier?«, hat der Sanktus wissen wollen.

»Vielleicht den komischen Bartigen da. Der, wo ausschaut wia der Geiger!«, hat die Frau Simbacher gelallt, und der Sanktus war sich sicher, dass sie auf den plötzlichen Tod ihres Gatten schon einige Proseccos intus gehabt hatte. Oder hätt's Prosecci heißen müssen? War dem Sanktus aber grad so was von wurscht.

»Dem Vane? Warum das?«, hat der Sanktus gebohrt.

»Der braucht eine Brauerei, hat der Bertl oft gesagt. Die waren manchmal beinand und haben die Kraftbier-Dings revolutionieren wollen.«

Jetzt war es offensichtlich, dass die Simbacher-Witwe bereits einen Sauberen im Tee gehabt hat.

»Ah so«, hat der Sanktus gelächelt. »Die beiden haben die Szene aufmischen wollen. Sehr interessant.«

»Ja eh«, hat die Frau Simbacher weitergemacht. »Der Geiger, also nein, der Bartige, des ist ein Idealist, wissen S'. Dem Bertl ist's nur ums Geld gegangen.«

»Und was genau haben die Zwei machen wollen?«, hat der Sanktus gefragt.

»Meinen Sie, der Bertl hat mir das gesagt? Keine Ahnung. Und es ist mir auch scheißegal. Das ist meine Zukunft! Schauen S'«, hat die Frau Simbacher geschrien, den beiden Ermittlern einen Prospekt einer Kreuzfahrtgesellschaft vor die Nase gehalten und auf ein gut aussehendes Model in einem Liegestuhl, das von einem muskulösen, braun gebrannten Playboy eingecremt worden ist, gezeigt.

»Themenwechsel. Und warum haben Sie sich an den Sanktus wenden sollen, wenn Ihrem Mann etwas passiert, Frau Simbacher?«, hat der Kommissar gefragt.

»Ich weiß es ned. Glauben S' es mir. Wenn mir was passieren sollte, na gehst zum Sanktus, Stopferl, hat er gesagt. Der weiß, wo er graben muss«, hat die Frau Simbacher gelallt.

»Stopferl?«, simultan aus beiden Mündern der Ermittler.

»Ja. Mein Kosename.«

Der Sanktus ist rechtzeitig zurück gewesen, um den beiden Kindern Mittagessen kochen zu können. Heute hat's Spaghetti Carbonara gegeben, Sanktus' Lieblingpasta. Damit hat er zwar bei der Martina eine große Ehre aufgehoben, aber der Blick des Kleinen war niederschmetternd, Verachtung gar nichts dagegen.

»I mog des ned«, hat der Schorschi immer wieder bestätigt. »I mag a Ketschap zu die Nudeln.«

»Ketchup gibt's ned. Du isst a gescheite Soße. So schaut's aus«, hat der Sanktus versucht, das Kind umzustimmen. Insgeheim hat er sich gefreut, dass der Schorschi als eines der letzten Münchner Kinder so schön Bayerisch geredet hat. Da haben er und die Kathi schon drauf geachtet. Nach der Schrift redet er noch früh genug, der Sanktus-Ansatz.

»I mog a Ketschap«, hat der Schorschi vehement gefordert.

»Nix da«, hat der Sanktus gelächelt.

Der Schorschi hat die Arme verschränkt, eine Schnute gezogen und gar nichts mehr gegessen. Nicht einmal mehr das Ketchup, das ihm der Sanktus, dann doch noch resignierend, auf den Tisch gestellt hat. Sieg Schorschi.

Am Nachmittag ist der Sanktus in die »Bierwerkel« zurück, hat die Sudhausreinigung fertig gemacht und noch einige Fässer »Summer Ale« für den abendlichen Ausschank abgefüllt. Die Martina war bei einer Freundin und der Schorschi inzwischen bei der Kathi, die heute ihre Arbeit von daheim aus fertig gemacht hat.

Am späten Nachmittag hat der Sanktus gemerkt, dass bereits Besucher eingetreten waren. Dieses Mal waren es mehrere. Er hat sich umgedreht, und der Bichlmaier und eine gut aussehende blonde Dame in den 40ern sind vor ihm gestanden.

»Servus Sanktus«, hat der Kommissar angefangen, »ich hab gerade die Frau Mahler vernommen und fahr sie jetzt noch geschwind heim. Da hab ich mir gedacht, schauen wir noch beim Sanktus vorbei, gell.«

»Soso, Bichä. Hast du dir gedacht, gell?«, hat der Sanktus geschmunzelt. Mögts ein kleines ›Summer Ale‹?«

»Klar«, ist's vom Kommissar gekommen.

»Für mich bitte einen Espresso«, hat die Mahler gemeint.

»Maschine läuft noch ned«, hat der Sanktus gekontert. »Ein Wasser können S' haben.«

Irgendwie war ihm diese künstlich wirkende, aufwendig geschminkte Dame suspekt und wahnsinnig unsympathisch. Sie hat so einen Touch von Schickimicki gehabt, den der Sanktus, und da kennst du ihn ja, überhaupt nicht hat vertragen können.

»Dann nehm ich 'n stilles Wasser. Haben Sie Evian?«

»Klar«, hat der Sanktus gesagt, ein Glas unter den Wasserhahn gehalten und es dieser Schnepfe mit einem »Bittschön« hingestellt.

Der Bichlmaier hat die Hand vor die Augen gehalten, weil er jetzt nicht gewusst hat, was da noch kommen sollte. Die Mahler hat verschnupft in Richtung Sanktus geschaut, sich aber nichts anmerken lassen und an ihrem stillen Wasser genippt, als ob es sich um den Schierlingsbecher handeln tät.

»Das ist jetzt der berühmte Sanktus, den Ihr Mann gemeint hat«, hat der Bichlmaier angefangen.

»Oh, fein«, hat die Mahler kurz angebunden gesagt. »Na ganz toll.«

»Frau Mahler, haben Sie irgendeine Ahnung oder Idee warum Sie Ihr Mann, falls ihm etwas passieren sollte, an den Herrn Sanktjohanser verwiesen hat?«, hat der Bichlmaier zuckersüß gesäuselt.

Die Mahler hat noch einmal fad an ihrem Wasser genippt und überspannt die Augen verdreht. Krasses Gegenteil zur Frau Simbacher. Brutal!

»Also mein Mann ist am Morgen in Richtung Frankfurt aufgebrochen«, hat die Mahler die Frage ignoriert und angefangen zu berichten. »Er wollte sich dort bei einem

Bekannten einen Leerflascheninspektor ansehen. Wissen Sie, die Produkthaftung hängt wie ein Damoklesschwert über dem deutschen Unternehmer. Wenn nur das Geringste passiert, können Sie zusperren. Da wir inzwischen immer mehr Glasgebinde abfüllen, müssen wir diese Maschine anschaffen. Dort kam er jedoch anscheinend nie an.«

»Hat es den Inspektor wirklich gegeben, oder war das nur ein Vorwand?«, hat der Sanktus gefragt und in die schönen dunklen Augen der Besucherin geblickt.

Eigentlich war die Dame sehr hübsch. Feine Züge, glatte, weiche Haut, wohlgeformte Wangenknochen. Vielleicht etwas zu hoch, was ihr einen stolzen Touch und Sex-Appeal gegeben hat. Der Sanktus hat am Tresen vorbei an ihr heruntergesehen. Minirock, schlanke, gebräunte Beine, und in offenen hochhackigen Schuhen gleichmäßige, wohl pedikürte Zehen mit durchsichtig lackierten Nägeln. Auf schöne Füße ist er gestanden, der Sanktus, weißt du ja. Nur diese Dame hat so unverschämt schöne Zehen gehabt, dass der Sanktus in seine erste Schickimicki-Zwickmühle geraten ist. Zwiespalt jetzt gar nichts. Dann hat er ihr wieder in die Augen gesehen und hat einen kurzen Moment lang gedacht, dass das Hochnäsige vielleicht nur aufgesetzt war.

»Den Inspektor hat's gegeben«, hat sie kalt erwidert. »Ich habe ihn heute gekauft.«

Respekt. Der Mann noch nicht unter der Erde und sie kauft einen Leerflascheninspektor. Irgendwie haben weder sie noch die Simbacherin recht ausgiebig um ihre verflossenen Gatten getrauert. Komisch. Da hat der Sanktus noch nachhaken müssen.

»Was kann er dann an diesem Tag gemacht haben?«, hat der Kommissar gefragt.

»Ich weiß es nicht«, hat die Mahler, für sein Empfinden viel zu schnell, geantwortet.

Irgendwie hat der Sanktus da etwas Verzweiflung in ihrem Blick ausmachen können. Harte Schale, weicher Kern, hat er sich gedacht. Na schau' ma mal.

»Wann haben Sie gemerkt, dass Heiko gar nicht in Frankfurt war?«, Frage vom Bichlmaier.

»Kurz bevor wir uns auf dem Brauereihof trafen, kam der Anruf meines Bekannten, dass Heiko nicht zum Termin erschienen war«, hat die Mahler geantwortet.

»Und am Abend? Haben Sie da nicht miteinander telefoniert?«, hat der Sanktus nachgehakt.

Nur Kopfschütteln seitens Sabine Mahler.

»War der Heiko mit anderen Brauereien in näherem Kontakt? Hat er irgendwelche Fusionsverhandlungen geführt? War er hinter einem besonderen Deal her? Wollte er ein neues Produkt auf den Markt bringen? War er mit dem Simbacher in Kontakt?«, hat der Sanktus seine Fragen der Mahler geradezu entgegengeschossen. »Und warum sollten Sie eigentlich zu mir kommen?«

Die Mahler hat immer wieder nur den Kopf geschüttelt und verneint.

»Ich weiß nicht, warum ich zu Ihnen kommen soll, Sanktus. Ich weiß es wirklich nicht«, hat sie gehaucht, und Tränen sind in ihren Augen gestanden.

»Hat der Heiko Kontakt zu Garreth Vane gehabt?«, hat der Sanktus ins Blaue geschossen und ihr fest in die Augen geschaut.

Er hat sich eingebildet, ein kurzes Aufleuchten, ein Zucken gesehen zu haben. Nur eine Millisekunde, aber dann hat sich die Mahler wieder unter Kontrolle gehabt.

»Ich denke nicht«, hat sie schnell verneint.

Der Sanktus hat leider nicht mehr nachfragen können, weil die Tür schon wieder aufgegangen und der Drengler im Gastraum erschienen ist.

»Huhu, Sanktus. Hast du für 'ne arme ausgedörrte Kehle 'nen kleinen Schluck von diesem köstlichen ›Summer Ale‹. Ich liebe diese leichte Erfrischung, die du geschmacklich so vortrefflich kreiertest«, hat er gerufen und ist mit einem Elan, da sagst du »Sie«, um die Ecke geschossen.

Der Drengler ist plötzlich stehen geblieben, hat seine Arme geöffnet und ist auf die Mahler zugegangen.

»Sabinchen. Du hier? Lass dich drücken. Mein herzlichstes Beileid. Ach, das mit Heiko ist ja schrecklich. Das tut mir so leid. Komm her.«

Die Mahler hat sich vom Drengler in die Arme schließen lassen, und der Steuerberater hat ihr zärtlich den Rücken gestreichelt, dann ihre Oberarme mit den Händen festgehalten und ihr mitleidig in ihre dunklen Augen gesehen. Vom Aussehen her eine rundum tolle Frau, hat der Sanktus feststellen müssen.

»Ach Jens, das ist alles so unwirklich«, hat sie geschluchzt, und der Drengler hat ihr über die Wange gestreichelt und väterlich gelächelt.

»Möchtest du was trinken? Etwas Alk hat noch nie geschadet. Sanktus, schenk doch mal was von diesem ›Bhupi Ale‹ ein«, hat der Drengler angewiesen.

»Ja, Frau Mahler«, hat der Kommissar angefangen, »ich müsst dann weiter.«

»Kein Problem, Herr Kommissar«, hat sie geantwortet. »Ich nehm mir 'n Taxi.«

»Kommt ja gar nicht in Frage, Sabinchen. Ich fahr dich später nach Hause«, hat der Drengler konstatiert.

»Na dann, servus«, hat der Bichlmaier gerufen und ist mit einem »Pfiat di und vui Spaß, Sanktus« durch die offene Eingangstür verschwunden.

Der Sanktus hat ein IPA und ein »Summer Ale« eingeschenkt, und der Drengler hat sich mit der Mahler über den Mord an ihrem Ehemann unterhalten. Recht viel Neues ist dabei nicht rumgekommen. Die gleiche fade Geschichte vom Flascheninspektor, und dass der Heiko dort nie angekommen war. Auch die Ermittlungsansätze seitens Drengler haben die Sabine nicht aus der Reserve locken können.

Um 18.00 Uhr ist der Hanspeter aufgeschlagen und die nächsten Gäste sind eingetrudelt. Unter ihnen war heute auch die Lena, die der Sanktus schon einige Zeit nicht mehr gesehen hatte. Der Sanktus hat die Lena schon seit der Schule gekannt, aber nach dem Abitur aus den Augen verloren. Erst 2012 waren sich die beiden bei den Ermittlungen zu den Altherrenmorden wieder begegnet. Sie hatte bei einem Unfall, der mit dem Fall in Verbindung stand, ihr rechtes Bein verloren. Inzwischen hatte sich bei den beiden eine richtige Freundschaft entwickelt. Heute war sie in Begleitung eines dunkelhaarigen, jungen Herrn, der in seinem schwarzen Sakko und dem weißen T-Shirt etwas an den Erol Sander oder den Mehmet Kurtulus erinnert hat. Die Lena heute auf zwei Beinen, also Prothese, hat der Sanktus bemerkt. Klar, weil ja in Männerbegleitung. Gut hat sie mit ihrer Kurzhaarfrisur und wie immer in engen Jeans und knappem Top ausgesehen, hat der Sanktus zugeben müssen. Die beiden haben sich zum Drengler und der Sabine an den Tresen gesetzt und ein »Summer Ale« und ein Weißbier bestellt.

»Das ist der Quirin, ein Bekannter von mir«, hat die Lena stolz verkündet. »Und das ist der berühmte Sanktus, Quirin.«

Der Quirin hat den Sanktus gemustert und der Sanktus den Quirin. Die Münder beider Männer hat ein Lächeln umspielt.

»Servus Graffiti«, hat der Sanktus gesagt.

»Servus Sanktus«, hat der Graffiti, alias Quirin, erwidert. »Hamma uns lang scho nimmer gsehn, gell.«

»Ewig lang scho nimmer. Bist wieder heraußen?«

»War nie drin, Sanktus. Blütenreine Weste. Wie immer.«

»Kennts ihr euch?«, hat die Lena wissen wollen.

»Logisch«, hat der Graffiti geantwortet. »Er war der Capo von der Johannisplatz-Gang und der Kammerlander Bene der Chef von der Ostbahnhof-Blasn. Und i, Lena, i war der Stolz von der Au. Auer Mühlbach und Umgebung, alles in meiner Hand. Da ham die zwei ned dagegen anstinken können. Triffst an Bene no?«

»Der Bene ist seit vier Jahren tot, Graffiti«, hat der Sanktus gesagt, und die Lena hat jetzt fast ein bisserl hilflos geschaut.

»Tut mir leid. War a Pfundskerl. Unfall?«

»Umbracht«, hat der Sanktus knapp erklärt.

»Respekt!«, vom Graffiti.

Er hat den Arm um die Lena gelegt und ihr tief in die Augen geschaut.

»Und bevor der Herr da aus dem Nähkästchen plaudert. Wir sind zusammen praktisch aufgwachsen. Beide war' ma mehr auf der Straß' als daheim. Er hat's aufs Gymi gschafft. Ich ned. Ich hab mich mit Import und Export von Konsumgütern beschäftigt.«

»Gschachert hast. Red doch ned um den heißen Brei herum. Hehlerei nennt man des.«

»Er hat ja recht, der Herr Sanktjohanser«, hat der Graffiti zugegeben und der Lena tief in die Augen geschaut. »Aber das war einmal. Heute ist alles legal. Quirin Himsl, Import-Export International. Ganz brav.«

Der Sanktus hat gelacht und dem Graffiti auf die Schulter geklopft.

»Passt, Graffiti. Passt. Magst noch was trinken?«

Aber der Graffiti hat sich schon wieder abgewandt gehabt und war ganz auf die Lena fixiert. Er hat ihr tief in die Augen gesehen, eine Hand auf ihrem Oberschenkel, eine um ihre Schultern. Der Drengler war genauso vertieft mit der Sabine, wobei er seine Hände bei sich gelassen hat, und der Sanktus hat die Gelegenheit genutzt und hat sich selbst ein Weißbier eingeschenkt.

Der Drengler war ganz in seinem Element und hat der Mahler gerade seine Geschmackserlebnisse beim »Bhupindia Pale Ale« erläutert. Er hat geschnüffelt, das Glas ins Licht gehalten und immer wieder probiert. Wissender Gschaftlhuber-Blick Scheißdreck dagegen.

»Oh, da haben wir gleich diesen unnachahmlichen fruchtig-würzigen Duft zu Beginn. Das erinnert mich immer an zypriotische Zitrushaine im Abendrot. Und schau dir den Schaum an. So feinporig, wie geschlagenes Eiweiß. Der Schaum kommt ja auch aus den Eiweißfraktionen des Malzes, nö. Auch 'ne schöne Rezenz hat das Bier. Rezenz ist die Kohlensäure, die so schön geprickelt hat in … na ja, lassen wir das. Und nun kommt er, der kräftige Antrunk, ist ja 'n IPA und kein Karneval für Kinder, nö. Mhm, mhm.« Jetzt hat der Drengler geschlürft wie ein Weinkenner. »Im Hauptteil extrem ausbalanciert, diese erdig-würzigen Noten. Die Bittere und der Alkoholgehalt wirken dezent, obwohl sie das nicht sind. Wunderbare Komposition, wunderbare Komposition. Im Nachtrunk bleibt der angenehme Bittereindruck. Und, Sabinchen, was meinst du?«

Der Sanktus hat sich schiefgelacht, und kaum hat er an seinem Weißbier angesetzt, sind auch schon seine Schwester und der Hannes in das Lokal gekommen. Der Sanktus hat der Anna ein »Summer Ale« gezapft. Der Hannes ist wie immer erst einmal ratlos vor den Regalen gestanden und hat versucht, ein Bier zu finden, dass er noch nicht probiert hatte. Der Hanspeter hat ihren Vermieter ausführlich beraten.

»Da san die richtigen zwei beinand«, hat die Anna gelacht und dem Sanktus zugeprostet. »Des kann dauern!«

Um 20.00 Uhr abends ist der Sanktus dann in Richtung Johannisplatz aufgebrochen. Der Drengler und die Sabine haben nach dem x-ten Bier nur noch gegluckst, und der Graffiti und die Lena haben aggressiv geflirtet. Das war das Signal für den Sanktus, dass der Hanspeter hat übernehmen können.

Wie du aber sicher weißt, liegt mit einem kleinen Umweg die »Neue Kirche« zwischen der »Bierwerkel« und dem Johannisplatz, also auf zum Absacker.

Der Bhupinder hat gegrinst, wie der Sanktus das Lokal schnaufend durch die Eingangstür betreten hat.

»Servus Hanse«, hat der Sanktus durch das Lokal gerufen. »Schenk mir eine Halbe ein.«

»Hab ick neue Bier. »Imperial Stout«. Macks du probieren?«

»Naa, Hanse. Ein normales Helles würd's tun. Ich hab heut schon genug Hopfen erwischt.«

»Okay. No problem, Sir«, hat der Bhupinder gejodelt, und dem Sanktus ist schon komisch vorgekommen, dass der Inder so gut drauf ist.

Kurz darauf ist er mit einem Glas naturtrüben Bier zum Sanktus an den Tresen zurückgekommen und hat ihm das Getränk serviert. Jetzt hat der Sanktus einen Fehler gemacht, der ihm nie wieder passieren würde. Er hat nicht in den Schaum gerochen. Völlig untypisch für ihn. Er hat also angesetzt und angezogen. Geschmacksexplosion auf der Sanktus-Zunge. Sauer, Pappendeckel, Essig, Brechreiz kein Ausdruck. Der Sanktus hat das Bier auf den Tresen geprustet, dass er sich selber geschämt hat, und frage nicht, wie die Leute geschaut haben.

Der Bhupinder und die Ramona haben sich schiefgelacht.

»Willst du mi umbringen, Hanse?«, hat der Sanktus gerufen. »Was is'n des?«

»Indian beer, Sanktus. Local brand. Seit drei Jahren abgelaufen. Hab ick gestern durch Sufall im Keller gefunden. Hab ick mir gedacht, Vintage is so modern sur Seit. Das servierst du dem Sanktus ...«

»Bubi, du machst mich fertig! Wirklich!«

»Du, sag ned immer Bubi su mir, Sanktus. Des mag ick ned. Weißt du scho, oder?«

»Selber schuld, wennst mir so was einschenkst.«

Jetzt hat der Bhupinder dem Sanktus ein richtiges Bier hingestellt und die beiden haben sich über den neuen Fall unterhalten. Der Bhupinder hat dem Sanktus versichert, dass er ihm, wenn es notwendig wäre, als alter Freund jederzeit helfen würde. Der Sanktus hat eingeschlagen und sich bedankt.

Die Kathi war bereits im Bett, weil leider Migräne. Ist nicht oft bei ihr vorgekommen, aber wenn, dann war das auch nicht so ein Gezicke, sondern dann hat's die Kathi richtig gehabt. Der Sanktus hat ihr einen kühlen Lappen auf die Stirn gelegt und ihr einen Kuss gegeben. Dann ist er zum Schorschi und zur Martina ins Zimmer und hat den schlafenden Kindern ein dickes Gute-Nacht-Bussi draufgedrückt.

Zurück im Bett hat der Sanktus noch ein wenig gelesen, aber die Biere, die er getrunken hatte, während der Drengler geschäkert und der Graffiti geflirtet hatten, haben mit dem Absacker langsam zu wirken angefangen und so ist er schnell eingeschlafen.

Kurz nach 23.00 Uhr ist er aufgewacht und war sich sicher, dass eine fremde Person im Raum war. Dem Sanktus ist der kalte Angstschweiß ausgebrochen. Wie hatte jemand in die verschlossene Wohnung gelangen können? Und was wollte der Eindringling? Ihm ist auf einmal schrecklich klar geworden, dass die Person bei ihm im Schlafzimmer war. Er konnte ihr flaches Atmen hören. Langsam haben sich seine Augen an die Dunkelheit gewöhnt, und er hat eine Gestalt am Rand des Betts ausmachen können. Vor ihm ist der Bummerl, also der Hirschberger Harald gesessen. Aber wie hat das sein können? Der Bummerl war seit acht Jahren tot.

»Was schaust denn so blöd, Sanktus? Kennst mi nimmer?«, hat ihn der Bummerl gefragt.

»Aber du bist doch tot, Bummerl«, hat der Sanktus gestottert.

»Na und? Deswegen kann ich dich doch besuchen, oder?«

»Ja, ja, freilich, Bummerl, freilich«, hat der Sanktus gestammelt und gehofft, dass der Spuk schnell ein Ende finden würde. »Und?«

»Steckst wieder tief in Ermittlungen, gell? Und die Kathi soll ned alles wissen, oder? Pass ja auf, Sanktus. Spiel nicht mit ihr. Das geht schief. Und pass auch auf dich auf. Ned, dass's dir so geht wie mir seinerzeit. Ich schau schon auf dich! Denk dir nichts. Aber dieses Mal wird's haarig. Das sag ich dir. Sei auf der Hut, alter Spezl. Pfiat di derweil, Sanktus.«

»Bummerl, halt! Wart, Bummerl! Zefix!«, hat der Sanktus ins Dunkel geschrien, aber der Geist war verschwunden und er schweißgebadet.

Scheiß Albträume, wirklich, hat er sich gedacht und erst einmal eine neue Boxershort und ein neues T-Shirt angezogen, weil pitschnass vor Schweiß. Die Kathi hat ihn nur verschlafen angeblinzelt und den Kopf geschüttelt.

Ludwig Ampenberger saß bis tief in die Nacht im Betriebslabor seiner Biobrauerei. Der Nährboden mit den Schimmelkulturen war bereitet und in eine große Sprühflasche abgefüllt. Die angenehmen Temperaturen und das feuchte Wetter würden ihm in die Karten spielen. Er würde die Suspension am nächsten Tag über die Palette Bier sprühen, die sein Konkurrent in den größten Getränkemarkt Münchens zur Präsentation seiner neuen Biersorte bringen würde. Eine Nacht bei warmer Temperatur und die Flaschen samt Träger würden mit einem schwarzen Schimmelteppich überzogen sein und die Premiere versaut. Ein schöner Denkzettel für den industriellen Möchtegern-Biobier-Pritschler und Scharlatan.

15. JULI 2016, VOR EINER WOCHE

An diesem Tag ist die die Eröffnung des »Red Head Brewing Tap House« angestanden. Schon die zweite Einladung von Garreth Vane, und der Hanspeter und der Sanktus waren sich wirklich alles andere als sicher, ob sie daran teilnehmen wollten, weil nach der ersten? Na, ja. Außerdem Tap House? Früher hättest du gesagt, Brauereiausschank oder Schwemme, aber heute halt moderner. Aber am Ende hat sie doch die Neugierde hingetrieben und die beiden sind mit ihren Frauen nach Giesing gefahren. Wird sich der dort ansässige Giesinger Bräu recht freuen, wenn der Vane da als Konkurrenz anfängt, Meinung vom Sanktus. Der Giesinger hat aber wenigstens noch ein Bräustüberl gehabt.

Heute hat der Sanktus der Kathi gegenüber ganz still sein müssen, weil Weltpremiere. *Er* ist zum Losgehen fast nicht fertig geworden. Seit Jahren hatte er sich schon mokiert, dass die Kathi und die Martina nie rechtzeitig fertig sind, wenn die Familie irgendwo hingehen wollte. Aber heute anders herum. Kurz bevor die Kathi fertig war, hat das Telefon geklingelt und der Giovanni hat einen Zwischenstand abgegeben, sprich eigentlich hat er nicht viel zu sagen gehabt, weil keiner der Bierbrauer irgendetwas großartig Neues in Brauerkreisen rausgefunden hatte. Aber das war dem Giovanni so peinlich, dass er ewig um den heißen Brei herumgeredet und den Sanktus somit komplett ausgebremst hat. Eine interessante Mitteilung war aber doch dabei. Die Ehe zwischen Sabine und Heiko Mahler hat seit einiger Zeit nur noch auf dem Papier existiert, über die Simbacher-Ehe war leider nichts in Erfahrung zu bringen. Da hat sich der Sanktus aber sowieso schon ausgekannt.

Schön war es schon eingerichtet, das Tap House, musst du zugeben. Also Innenarchitektur großgeschrieben, weil alles mit dunklem Holz vertäfelt und lange Tischreihen. An den Wänden neue helle Europaletten gepaart mit indirekter Beleuchtung und die gleichen Paletten auch als Tischunterbauten einiger Stehtische beim Tresen. In der Mitte hat ein Edelstahl-Schankbalken geprotzt, da sagst du »Sie«! Wirklich beeindruckend. Gediegene Atmosphäre kein Ausdruck. Überall Bilder der amerikanischen Filialen und der bisherigen großen Events. Und am Eingang eine lebensgroße Pappstatue vom Garreth Vane, der dich beim Eintreten schon so siebengescheit mit seinem Craftbrewer-Bart und seinem Schopf anschaut, dass du aggressiv wirst.

Der Sanktus hat sich sehr zusammennehmen müssen, dass er dem Ding als allererstes nicht gleich einen Tritt verpasst und der Pappdeckel-Depp hinter dem Tresen zum Liegen kommt. So ein Pappdenkmal hat er bis jetzt nur einmal gesehen. Das war in Ellmau beim Bergdoktorhaus. Musst du gesehen haben. Da wälzt sich alles, was gerade noch gehen kann, die Straße zu dieser Hütte hinauf. Es gibt anscheinend einmal in der Woche eine Führung, und es sind sämtliche alten Weiber aus ganz Deutschland, Österreich und Schweiz da und huldigen dem Karton-Bergdoktor, der vor dem Bauernhaus grinst. Massenansturm Scheißdreck dagegen. Der Sanktus, der mit der Kathi, der Martina und dem kleinen Schorschi in der Kraxen seinerzeit auf den Hartkaiser hatte hinauf wollen, hatte vor Angst die Flucht nach vorne ergriffen und sich so auf dem Weg zum Gipfel mindestens fünf Minuten aufgrund der erhöhten Geschwindigkeit gespart.

Die Kathi, die genau gewusst hat, was im Sanktus vorgeht, hat ihn an dem Papp-Garreth vorbeigezogen und ins Restaurant, Entschuldigung, in den Taproom geschleppt. Drinnen großes Hallo, weil wieder alle aus dem Georgskircherl anwesend, also alle außer dem Simbacher Bertl und dem Mahler Heiko, weil ja tot. Die Sabine Mahler war aber da. Wie beim letzten Mal tadellos gekleidet und zurechtgemacht. Heute geschlossene Schuhe, hat der Sanktus gleich geprüft. Der Ampenberger Ludwig wieder ganz vorne und selbstverständlich neben dem Vane und allen anderen wichtigen Typen. Es war halt alles mit Rang und Namen aus München geladen, sogar der neue Bürgermeister samt Stadtrat.

In einer Vitrine sind die Biere der Red Head Brewing Company gestanden. Das »Hell of a Lager«, das »Munich Kindl Imperial Porter« und das »Crazy Towers IPA« mit den Frauentürmen, wahrscheinlich im LSD-Rausch gemalt, auf dem Etikett. Und ganz in der Mitte das »Chilli(ng) in Giasing«, ein Imperial Black Stout mit Chilli geschärft. Da Chillis nicht wirklich im Reinheitsgebot vorgekommen sind, ist diese Sorte in Österreich in Lizenz gebraut worden. Bravo, sagst du, oder? Ganz besonders hat ein neues Weißbier, das »Fruity Fritz« hervorgestochen, das im Vordergrund gestanden ist. Auf dem Schild davor ist »Created by Founder Rose Vane« gestanden.

Neben den lokalen Sorten sind die traditionellen amerikanischen Biere der US-Produktlinie ausgestellt gewesen. Alles ausgeknobelt beleuchtet. Eigentlich schön aufgemacht und den »Chili-Stout« sowie den »Fritz« hat der Sanktus unbedingt probieren müssen.

Hinter dem Tresen sind sechs Edelstahltanks, die auf Hochglanz poliert worden waren, gestanden. Die Ausschanktanks. An jedem ist eine Tafel mit der Biersorte samt Alkohol- und Stammwürzegehalt gehangen. Auch die Hopfensorten, die verbraut worden waren, wurden angegeben. Neben dem Arrangement hast du das 500 Liter, also 5 Hektoliter-Edelstahl-Sudwerk, betrachten können und durch eine große Glaswand dahinter den Kaltbereich, sprich Gär- und Lagerkellertanks. Schon ein bisserl pompöser, als ihre »Bierwerkel«, hat sich der Sanktus gedacht. Aber mei …

Zur Begrüßung haben alle ein Pale Ale gekriegt und das typische Brauergelaber ist losgegangen. Hast es von dem gehört? Der ist jetzt Braumeister da und dort und blabla. Und die neuen Hopfen- und Biersorten, und wird der amerikanische Hopfen nächstes Jahr in der Hallertau angebaut, und welche neuen Gerstensorten werden zugelassen …?

»Huuhuu, Sanktus! Hallihallo Kathi«, hat es auf einmal von einem der schon gut gefüllten Tische her getönt. »Annouuuk, Hanspeeeter. Hier sind wir!«

Der Sanktus hat ad hoc Bauchweh gekriegt. Wie hat er denn das verdient gehabt? Zusätzlich zum Craftbier-Unsympathen Vane, auch noch der Drengler. Na bravo! Gott sei Dank, hat er die Ulli, seine Frau, dabeigehabt. Dann hat's nicht gar so schlimm werden können. Die hat ihn immer ein bisserl im Zaum gehalten, den Jens.

»Ja, der Jens. Sakrament, was tust du denn da? Servus, Ulli«, hat der Sanktus gute Miene zum bösen Spiel gemacht.

»Ich vertrete Herrn Vane mit seiner Red Head Brewing Company in steuerlichen Angelegenheiten hier in Deutschland. Haste wohl nicht geglaubt, dass wir uns hier treffen. Wir, also Ulli und ich, haben schon gehofft, dass ihr kommen würdet. Ach, ich freu mich. Übrigens, es war sehr zünftig am Dienstag, nö«, hat der Drengler gejauchzt und in die Hände geklatscht.

Na ja, drollig war er, und was Böses hat er auch nicht gehabt, aber der Abend würde stressiger werden, als gedacht. Das war einmal sicher. Die vier haben sich also zur Ulli und zum Drengler gesetzt und das IPA probiert. Der Drengler hat das Glas an seiner Nase vorbeigezogen, als würde er an einem Parfümflakon riechen. Grad, dass er nicht alles verschüttet hat, so hat er herumgefuchtelt. Er hat die Augen geschlossen gehabt und hat stets wiederholend tief eingeatmet.

»Oh, dieser Duft der Mandarine. Sanktus, riechst du es auch. Und halt! Halt! Ich rieche noch etwas. Melone. Ulrike, riech doch auch mal. Ist das nicht Melone mit einem Hauch von Mango?«, hat der Drengler geschwafelt.

»Ich rieche Hopfen«, hat die Ulli geantwortet.

»Sag ich doch, Melone. Das muss Hüll Melon sein. Da bin ich mir ganz sicher.«

Der Hanspeter hat dem Sanktus einen Flyer hingehalten, der die Biere beschrieben hat und hat auf das IPA gedeutet. Hopfen: Citra und Cascade ist draufgestanden. So viel zu Hüll Melon. Der Sanktus hat die Hände hinter dem Kopf verschränkt und grinsend den Drengler-Ausführungen gelauscht.

»Ist etwas, Sanktus?«, hat ihn der Drengler gefragt.

»Na, na, Jens. Passt schon. Hab gar nicht gwusst, dass du auch ein rechter Bierkenner bist. Simmer froh, dass du dabei bist, sonst würd ma uns einen rechten Plempel bestellen, gell Hanspeter?«, hat ihn der Sanktus hochgeschossen. »Prost, Hanspeter! Auf unseren Doktor Allwissend.«

Der Drengler hat süßsauer gelächelt, aber doch angestoßen. Die Ulli hat ihm dann wortlos den Flyer vor die Augen gehalten, und der Drengler ist rot geworden und hat sich ständig mit vorgehaltener Hand geräuspert.

»Ah, kuckt mal! Da kommt Garreth Vane. Es scheint wohl loszugehen«, hat er sich, laut rufend, aus der Affäre zu ziehen versucht.

Tatsächlich ist der Garreth auf der Bildfläche erschienen. Wieder großer Auftritt, aber nicht so spektakulär wie in der Georgskirche. Heute hat er ein Gewand wie die Leute im 19. Jahrhundert angehabt. Schwarzer Rock mit aufgestelltem Kragen und Spazierstock. Darunter eine wahrscheinlich sündhaft teure Weste. Einen Zylinder hat er nicht aufgehabt. Hat den Sanktus ein bisserl an die Rippermorde vor drei Jahren erinnert. Hinter ihm ist sein Cousin Dean wie ein persönlicher Depp hergeschlichen und hat drauf geachtet, dass für seinen berühmten Verwandten *ja* der rote Teppich ausgerollt worden ist, also bildlich gesprochen.

»Folgen Sie mir in den Beer Garden. Ich habe vor dem Essen etwas vorbereitet«, hat der Vane mit seiner wohlklingenden Stimme gesäuselt, und alle wie die Lemminge bedingungslos nach, Rattenfänger von Hameln gar nichts dagegen. Der Drengler natürlich ganz vorne dabei. Er hat ständig versucht, seinen prominenten Mandanten in ein Gespräch zu verwickeln, aber der hat überhaupt kein Ohr für ihn gehabt. Der Hanspeter hat dem Sanktus mit dem Ellenbogen in die Seite gestoßen und mit dem Kopf in Richtung Drengler gezeigt. Großes Grinsen Anfänger.

Der Vane hat sie also in den Biergarten geführt, und die Besucher haben sich verteilt. Das Wetter hat einigermaßen gepasst, aber an draußen sitzen war nicht zu denken. War auch nicht nötig, weil alle Tische waren zur Seite geräumt. In der Biergarten-Mitte sind mehrere Paletten Bierdosen aus Münchner Brauereien auf dem Boden gelegen. Von den Brauereien wie dem Sternbräu, die keine Dosen gehabt haben, sind einige Träger danebengestanden. Am Ende des Stilllebens hat der Sanktus eine gelbe Walze, die zum Teeren von Straßen verwendet worden ist, ausmachen können.

»Friends«, hat der Garreth angefangen. »Thanks for coming everybody. Danke, dass ihr heute zur Eröffnung des ›Red Head Munich Tap House‹ gekommen seid.«

Und dann ist wieder die Sülze mit dem gesunden Bier und den industriellen Erzeugnissen samt Reinheitsgebot gekommen. Der Sanktus hat es schon nicht mehr hören wollen, weil ihn dieser Typ mit seinem Propagandamist so was von aufgeregt hat, kannst du nicht glauben. Aber pass auf, es kommt jetzt noch härter.

»Ihr wundert euch bestimmt alle, was diese Biere da am Boden zu bedeuten haben. Das ist alles Munich Industrial Trash«, hat er angefangen.

Dem Sanktus ist der Kamm geschwollen und der Rauch ist aus dem Genick raus, weil da war ja schließlich auch ein Sternbier dabei, und das war ja wohl alles andere als Mist. Die Kathi, die den Gemütszustand ihres Sanktus sofort gedeutet hat, hat seine Hand genommen und sie fest gedrückt. Ein Blick von ihr und dem Sanktus ist es gleich besser gegangen. Angewandte Hypnose praktisch. Der Hanspeter und die Annouk waren ganz still, die Hanspeter-Lippe hat jedoch leicht gebebt.

»Oh jemine«, ist's vom Drengler gekommen. »Ach herrje!«

»Eigentlich wollte ich heute von diesen Brauereien Fassbier ausschenken. Aber nicht für euch. Ich wollte es an die Schweine verfüttern, aber mir ist etwas Besseres eingefallen. Guys, so vernichtet man schlechtes Bier in Sri Lanka. Have a look!«

Jetzt ist Garreth Vane auf die Teerwalze gestiegen und hat den Motor angelassen. Das Vehikel hat geraucht und gequalmt, dass es dir gleich schlecht wird. Dann hat er sich eine Schutzbrille aufgesetzt, dass er wie ein TIE-Fighter Pilot aus Star Wars ausgeschaut hat und hat das Gefährt in Bewegung gesetzt.

Der wird doch jetzt ned über das Bier drüber fahren wollen, hat sich der Sanktus gedacht, aber pfeilgrad hat dieser Craftbier-Idiot darauf zu gesteuert.

Die Dosen sind unter dem Gewicht der Walzen zerquetscht worden und mit lautem Knallen aufgeplatzt. Der Schaum hat gespritzt, dass es eine wahre Freude war. Ein Dunst aus Biernebel hat den Garten erfüllt. Die Leute sind verschreckt und doch amüsiert und erstaunt einen Meter zurückgewichen. Als die Walze die Bierträger mit den Glasflaschen erreicht hat, sind alle still geworden. Alle haben sich die Hände schützend vor die Augen gehalten, und Vane ist mit lautem Krachen, Scheppern und Klirren über die Gebinde gewalzt.

Der Biergarten war ein einziges Bier-Aerosol und du wärst fast von den Dämpfen, die du über die Nasenschleimhäute aufgenommen hast, betrunken geworden. Beim Überfahren der Sternbräu-Träger hat es dem Sanktus einen Stich ins Herz versetzt, dass er gemeint hat, er muss laut rausbrüllen. Die Kathi hat seine Hand noch fester gedrückt, und der Hanspeter hat gebannt das Geschehen beobachtet. Wenn du den Sanktus kennst, weißt du, was in seinem Brauer- und Münchner-Ich jetzt vorgegangen ist, und so ist es auch nicht verwunderlich gewesen, dass er sich von der Kathi losgerissen hat und auf den Vane auf der Walze zugesprintet ist. Später hat der Sanktus nicht mehr gewusst, was an diesem Tag in ihn gefahren war, aber er ist auf die Walze gesprungen, und schon hat er den Garreth Vane am Schlawittl gehabt und wüst beschimpft. Quintessenz, was treibt einen dahergelaufenen amerikanischen Bierbrauer dazu an, die Münchner alteingesessenen Brauereien den Leuten madig zu machen? Schleichen hat er sich wieder sollen und sich entschuldigen, weil so etwas wie er gehöre hier weg!

Auf einmal hat der Sanktus gespürt, dass ihn von hinten jemand packt, hat vom Garreth abgelassen, sich herumgedreht und das wutverzerrte Gesicht vom Cousin Dean vor sich gehabt, der ihn gerade, vor lauter Nervosität stotternd, zurechtweisen wollte.

»Ja Finger weg, du Tanzbär. Schleich dich doch, du Saudepp!«, hat ihn der Sanktus brüllend gar nicht zu Wort kommen lassen und hat den Dean von sich weggestoßen, sodass der in einer Mischung aus Bier und Schlamm, also in einem wunderbaren Baatz, auf-, beziehungsweise eingeschlagen ist.

Der Sanktus hat die Kathi an der Hand gepackt und mit einem »Kathi, komm. Da hamma nix verloren!«, aus der Szene gezogen.

Die Annouk hat kein Wort herausgebracht. Selbst der Drengler ist still gewesen, was, wie du ja weißt, eher selten war.

Der Dean hat ihm mit wutverzerrter Fratze nachgeschaut. Ein paar Verwünschungen hat er dem Sanktus auch noch hinterher gezischt. Da seine Stimme jedoch vor Wut noch höher war als sonst, hat ihn der Sanktus beim besten Willen nicht mehr hören können. Fledermaussyndrom sozusagen.

16. JULI 2016, VOR SECHS TAGEN

Am nächsten Tag haben der Sanktus und die Kathi ausgeschlafen. Also ausgeschlafen ist relativ, weil schlaf du einmal aus, wenn du einen Dreijährigen daheim hast, für den 7.30 Uhr normalerweise schon das Maximum bedeutet. Aber heute ist der Herr Schorschi gnädig gewesen und hat die beiden bis um halb neun noch ein bisserl kuscheln lassen. Der Sanktus hat es genossen, Arm in Arm mit der Kathi im Bett zu liegen und einfach nichts zu sagen. Diese angenehme Stille, nichts als tonlose Gedanken und enger Körperkontakt. Er hat ihre Brüste gestreichelt und die Kathi hat die Augen geschlossen gehabt und hat die Liebkosungen genossen. An mehr war am frühen Morgen nicht zu denken, weil natürlich jeden Augenblick die Martina oder der Schorschi im Schlafzimmer haben auftauchen können. Aber so war's auch schon schön.

»Wie geht's dir?«, hat die Kathi geflüstert.

»Besser. Viel besser als gestern«, hat der Sanktus geschmunzelt und sich ganz nah an die Kathi geschmiegt.

Aber um 8.30 Uhr war das Kuscheln vorbei, weil der Kleine mit Karacho zu ihnen ins Bett gesprungen ist. Jetzt wildes Schmusen angesagt und dann endlich zum Frühstück. Der Sanktus hat Semmeln aufgebacken und die Kathi Kaffee und Tee gekocht. Der Schorschi ist in seinem Holz-Kinderstuhl gesessen und hat die Kommandos gegeben.

»Honig! Nutella! Butter blauch ma no!«

Mit dem »R« hat er noch seine Probleme gehabt.

Um 10.00 Uhr ist eine verschlafene Martina in die Wohnküche geschlurft, hat sich wortlos an den Tisch gesetzt, sich einen Tee eingeschenkt und erst einmal getrunken. Die Eltern haben ihr schmunzelnd zugeschaut. Gerade, als die Martina mit einem »Und wie war's gestern?« das Gespräch eröffnen wollte, hat das Telefon geklingelt und der alte Sanktjohanser war dran. Der hat nämlich am Sonntagvormittag die »Bierwerkel« übernommen, weil Weißwürscht zu dieser Zeit angesagt, und einen Tag hat der Sanktus auch für seine Familie frei haben wollen. Sein Vater hat das gerne gemacht, da ja, wie bekannt, alter Craftbeer-Gschaftler, und so war allen geholfen.

»Fredl«, hat er die Stimme seines Vaters aus dem tragbaren Telefon hören können, »da ist einer, der mit dir reden will. Kannst du schnell vorbeikommen?«

»Papa, heut ist Sonntag und wir frühstücken grad. Ist's so wichtig?«

Er hat seinen Vater murmeln hören können. Im Hintergrund war eine Stimme zu vernehmen, die er zwar gekannt, aber nicht zuordnen hat können.

»Er sagt ja, es ist wichtig, Fredl!«

»Wer ist denn da? Sag!«, hat der Sanktus wissen wollen.

Wieder Murmeln.

»Er sagt, er heißt Vane. Garreth Vane!«

Der Sanktus jetzt sprachlos. Unverständnis Scheißdreck dagegen.

»Was ist los?«, hat ihn die Kathi gefragt.

»Der Garreth Vane ist in der ›Bierwerkel‹ und will mich sprechen«, hat der Sanktus geantwortet.

»Cool! Ich komm mit!«, hat die Martina gerufen.

»Scheibenkleister«, hat die Kathi ausgerufen. »Meinst, der will dich anzeigen?«

»Keine Ahnung. Ist mir auch scheißegal. Wirklich, Kathi. Bleib du lieber mit der Martina da. Vielleicht wird's ungemütlich.«

»Ja, genau, Herr Sanktjohanser. Sonst noch was. Das machen wir schön miteinander. Weil sonst geht's schief. Außerdem lass ich mir den Kerl sicherlich ned entgehen«, die Kathi und verwegenes Grinsen.

Der Sanktus jetzt saure Miene, Zitrone Anfänger dagegen.

»Hi there. I'm Garreth«, hat der Garreth Vane zuerst die Damen und dann den Sanktus begrüßt.

Der Schorschi hat den Besucher misstrauisch beäugt. Die Kathi und die Martina haben ihren Blick gar nicht von diesem amerikanischen Brauer lassen können. Der Vane hat ein enges, weißes T-Shirt mit dem Logo der »Red Head Brewing Company« angehabt, das seine Brustmuskulatur samt Sixpack hervorragend zur Geltung gebracht hat. Seine extrem blauen Augen haben im Ausschankraum geradezu geleuchtet. Die Kathi und die Martina, völlig hin und weg, haben ein leichtes »Hi« gehaucht. Der Sanktus da schon eher auf Konter.

»Ja, auch hi there, also Servus. Ich bin der Sanktus. Lass' ma doch die amerikanischen Floskeln, weil das ist unglaubwürdig.«

»Warum? Wie kommst du darauf, Sanktus?«, hat der Garreth Vane gefragt.

»Man redet da was von deutschen Wurzeln. Sie wissen ja, Herr Vane, in der Brauerszene bleibt nichts verborgen. Irgendjemand kennt wieder irgendwen, der wen gekannt hat, der was weiß!«

Der Garreth Vane hat geseufzt und verständnisvoll genickt.

»In der Tat, Sanktus. Ich habe Münchner Wurzeln. Meine Großmutter kam aus der Nähe von hier. Aber wollen wir nicht du sagen?«

»Ja, gern«, ist's unisono aus der Kathi und der Martina herausgeplatzt.

»Great! Äh, ich mein, sauber. Danke!«

»Alles klar!«, seitens Sanktus. »Aber was führt dich hierher? Willst du mich anzeigen, weil ich dir gestern an die Gurgel gegangen bin? Nach deiner Ansprache im Georgskircherl und nach deiner Aktion gestern geschieht dir das ganz recht, und ich würd's jederzeit wieder tun.«

»Glaub ich dir gern, Sanktus. Ich bin dir auch nicht böse. Passt schon. Aber das gehört zum Geschäft. Ich soll im Auftrag meiner Brauerei aus Chicago mit dem Ableger des ›Red Heads‹ in München Fuß fassen. Die Aktion gestern gehört zum Geschäft. Das war Posen, verstehst du?«

»Posen, ja schon. Aber das war unter der Gürtellinie. Es macht echt böses Blut. Das solltest' in Zukunft lassen«, hat der Sanktus zögerlich geantwortet.

»Die Ansprache vom Georgskircherl hab ich aber ernst gemeint. Wir machen uns kaputt mit dem ganzen Fast und Convenience Food. Die Fette, die da drin sind, sind länger haltbar, aber extrem ungesund. Beim Craftbier trinkst du im Gegensatz zum Industriebier kleinere Mengen und mit viel mehr Verstand. Da wird nicht literweise gesoffen. Nichts ist pasteurisiert. Alles ist natürlich und erhalten. Das ist die Zukunft«, hat der Garreth Vane zum Dozieren begonnen.

»Ja, also beim Essen stimm' ich dir zu, aber das Industriebier ist genauso gut wie das Craftbier. Zumindest hier in Deutschland«, hat der Sanktus dagegengehalten, aber der Garreth Vane hat in diesem Punkt nicht mit sich diskutieren lassen.

»Und das Reinheitsgebot wird kippen, Sanktus. Davon bin ich überzeugt. Es bringt den deutschen Brauern nur Nachteile. Sie sind eingeengt, können sich nicht frei entfalten«, hat der Vane proklamiert.

»Schmarrn, Garreth. Das Reinheitsgebot ist das einzig wahre Gütesiegel«, hat der Sanktus gekontert.

»Das die Großkonzerne mit allen Kräften ausreizen, um ewig haltbare Biere herzustellen? Erzähl mir keinen Scheiß.«

»Und das Einzige, was sie daran hindert, einen kompletten Plempel zu produzieren, willst du aushebeln? Versteh ich nicht!«

»Sanktus, wenn wir von Chemie reden, bin ich voll bei dir. Ich möchte nur, dass mehr natürliche Zutaten, wie Früchte oder Gewürze, zugelassen werden. Koriander zum Beispiel. Das ist eine Zutat der Gose, eines der ältesten deutschen Biere. Oder was ist an Reis, Mais oder Sorghum verwerflich? Und wenn du dein Gütesiegel behalten willst, brau nach dem und schreib es drauf. Das Reinheitsgebot hat seine Berechtigung und Fans. Aber verschließt euch nicht vor dem, was die Leute heute wollen. Sie wollen ein Natürlichkeitsgebot!«

Die Ansprache hat auf den Sanktus gewirkt und ihn zum Nachdenken gebracht. So dumm war der Gedanke gar nicht. Warum nicht einmal eine belgische Geuze mit Kirschen produzieren. Solange keine Chemie drin ist …«

»Irgendwie versteh ich dich schon, Garreth«, hat der Sanktus zugegeben, »Aber wie willst du das Reinheitsgebot kippen?«

»Was als Bier gelten darf, ist in der Bierverordung von 2005 geregelt, die das vorläufige Biersteuergesetz von 1993 ersetzt hat. Die Brauerlobby könnte das Reinheitsgebot kippen. Oder jemand klagt sich durch alle Instanzen. Das sollte in Europa inzwischen möglich sein. Warum sollte es hier Unterschiede geben? Der Milkstout einer bayerischen Brauerei wird in Österreich gebraut, weil es hier nicht erlaubt ist, und dann wird das Bier reimportiert. Das kann's doch nicht sein! Crazy, oder?«, hat der Garreth gesagt und den Sanktus angegrinst.

»Verstanden«, hat der Sanktus gemeint, »aber da muss ich jetzt erst einmal eine Nacht drüber brüten.«

»Cool. Schlag ein!«, hat der Garreth den Sanktus aufgefordert und der hat eingeschlagen.

»Gilt scho!«, vom Sanktus. »Samma wieder guad!«

»Ich suche noch Partner, die diesen Weg mit mir gehen. Craftbier boomt. München ist noch am Anfang. Sanktus, schließ dich mir an, und wir werden gemeinsam die Münchner Szene revolutionieren. Ich habe schon so viel von dir gehört, und ich bin mir sicher, dass du der Richtige bist. Und wenn ich deine Frau ansehe, bin ich mir definitiv sicher. Du hast Geschmack und triffst die korrekte Wahl.«

Dabei hat er der Kathi einen angedeuteten Handkuss gegeben. Sanktus schon wieder Druck auf dem Kessel, weil so ein Gesülze hat er auf den Tod nicht ausstehen können.

»Warum sollte ich das tun? Gibt's sonst auch Aktionen bei mir? So wie beim Stern und beim Bärenbräu, oder was?«, ist der Sanktus etwas lauter geworden.

Der Garreth Vane hat jetzt etwas kariert dreingeschaut, kurz innegehalten und dann den Kopf geschüttelt.

»Ich weiß, dass du das nach dem Georgskircherl denken musst, aber das ist anders rübergekommen, als ich geplant habe. Ich habe an Aktionen, wie die Biervernichtung gestern gedacht und nicht an diese Phosphorsäure-Sache.«

»Und die Enzyme beim Sternbräu nicht zu vergessen!«, hat der Sanktus gelogen.

»Von Enzymen beim Sternbräu weiß ich nichts. Ich habe überhaupt nichts von irgendeiner Aktion dort gehört. Da weißt du mehr als ich. Was ist denn passiert?«, hat der Garreth Vane, anscheinend ehrlich verwundert, gefragt.

Schade, hat sich der Sanktus gedacht. Wenn er jetzt mit dem Megasphaera herausgerückt wäre, hätte er ihn gehabt, weil das haben nur der Hanspeter und der Zistlmeier Sepp gewusst. Entweder gut pariert, oder er weiß wirklich nichts.

»Egal, Garreth. Also ich sag dir das jetzt einmal so. Der Hanspeter und ich bleiben selbstständig. Wir schließen uns mit keinem zusammen und verbünden uns gegen niemanden. Das muss dir klar sein. Verbünde du dich, mit wem du willst, aber nicht mit uns. Wir brauchen keine Unterstützung aus den USA. Wir Bayern schaffen das schon allein. Host mi?«, hat der Sanktus Gas gegeben.

»Hob di scho«, hat der Garreth Vane in lupenreinem Bayerisch geantwortet.

»Respekt! Da du mir aber fast sympathisch bist, können wir uns gerne austauschen und uns auf dem Laufenden halten, weil weder du noch ich möchten ein Opfer von so einer Aktion werden, denk ich«, hat der Sanktus vorgeschlagen.

»Da könnte ich die Brauerei zusperren!«, hat der Garreth Vane geseufzt.

»Wo machst du eigentlich zukünftig dein ganzes Bier, das du jetzt auf den Markt werfen willst?«, hat der Sanktus süffisant gefragt.

»In Giesing«, hat der Garreth Vane grinsend geantwortet.

»Verarsch mi ned. So viel bringst du aus diesem Werkel nie im Leben raus!«

»Okay, ich hab einen Partner, der die großen Sorten macht«, hat der Garreth Vane zugegeben.

»Und wer das ist, magst du mir ned sagen, oder?«, hat der Sanktus gestichelt.

»Doch. Das war doch erst in der Zeitung, Sanktus. Hast du das etwa nicht mitbekommen? Wir werden in der Brauerei Weichslbaumer in Firmkirchen produzieren«, hat der Amerikaner mit einem Grinsen von sich gegeben.

Der Sanktus jetzt perplex, dass er das nicht mitbekommen hatte.

So haben sie in Ruhe ein Weißbier getrunken und der Sanktus hat Weißwürste spendiert, die sein Vater serviert hat, bevor sich der dann auch zu seiner Familie und dem amerikanischen Brauer an den Tisch gesetzt hat.

»Was hört man von den Brauereibesitzer-Morden?«, hat der alte Sanktjohanser gefragt. »Wissts schon. Vom Mahler und dem Simbacher, mein ich, heißen die.«

Der Garreth Vane ist blass geworden. Der Sanktus hat das sofort bemerkt, hat aber nichts gesagt. Soll er doch von selber rausrücken.

»Mahler und Simbacher waren Bekannte von mir. Anständige Männer. Das ist furchtbar, was da passiert ist. Will man die Münchner Craft-Brewer ausrotten? Heiko und Bertram und wir sind die größten Crafties in München.«

»Meinst, Garreth, dass es uns allen an den Kragen gehen soll?«, hat der Sanktus belustigt gefrotzelt.

»Ich weiß nicht, Sanktus. Mich hat letztens fast ein Auto überfahren. Und das war kein Zufall. Das war fuckin' pure Absicht! Ich denke, das war Weichslbaumer.«

Der Sanktus hat zögerlich zur Kathi, die bisher gar nichts gesagt hatte, geschaut. Kathi blass kein Ausdruck. Weißes Leintuch Anfänger dagegen.

HERBST 2010, CHICAGO, LAKE MICHIGAN

Rose Vane konnte fühlen, dass es ihrem Ende zuging. Sie durfte auf ein 90 Jahre langes Leben zurückblicken, was nur wenigen ihrer Freunde und Bekannten vergönnt gewesen war. Das war ihr klar. Sie lag müde in ihrem noblen Zimmer der Privatklinik und ließ die Vergangenheit langsam Revue passieren. Sie konnte sich nicht beschweren und sich nichts vorwerfen. Definitiv nicht. Sie hatte einen treuen und liebevollen Mann gehabt, der leider viel zu früh von dieser Erde gegangen war, zwei gesunde Kinder, die im Unternehmen arbeiteten, und mehrere wundervolle Enkel. Finanziell war es ihr immer gut gegangen, und sie hatte nie wirklich Probleme gehabt. Nicht in den USA. Dieser Gedanke versetzte ihr einen Stich ins Herz, als sie an die Zeit dachte, bevor sie nach Amerika gekommen war. Ihre Vergangenheit, die sie zurücklassen musste, bedeutete ihr nichts. Hatte ihr nie etwas bedeutet. Sie hatte das alles verdrängt. Nur die Erinnerung an ihn, an ihre erste und größte Liebe, ließ sie aufseufzen. Sie schloss die Augen und dachte an jenen traumhaften Sommer. Es war eine Ewigkeit her. Sie fühlte seinen Körper, seine Lippen auf ihren, seinen Atem. Sie konnte die warmen Sonnenstrahlen auf ihrem Körper spüren. Sie hörte ihre Melodie. Dann hörte sie das Krachen, das ihr Leben für immer veränderte, und sie zuckte zusammen.

Die Tür zu ihrem Krankenzimmer war geöffnet worden, und ihr Enkel Garry betrat den Raum. Er war schon immer ihr Liebling gewesen. Garry hatte ihr Wesen geerbt. Zielstrebig, humorvoll, ausdauernd, aber auch leicht aufbrausend.

»Hi, Granny. How are you doin'?«, fragte er. »Do you feel better today? Tell me.«

»Ich glaub, es geht nicht mehr lange, Garry. Setz dich her zu mir«, antwortete sie.

»Oh, Granny. Wenn du mit mir deutsch sprichst, muss es etwas Wichtiges sein«, setzte er die Unterhaltung in Roses Muttersprache fort.

»Genau, mein Bub. Pass auf. Ich habe eine Bitte, die ich nur an dich stellen kann. Es ist bald an der Zeit und du gehst nach Deutschland. Es mag noch ein paar Jahre dauern, aber es wird passieren. Aber so lange habe ich nicht mehr. Du bist der Einzige, der es schafft, unsere Produkte dort zu etablieren. Du bist wie ich. Du zeigst es denen da drüben. Und auch den Unsrigen hier. Deinem Vater, deinem Onkel, allen. Ich habe einen Fehler gemacht, als ich den beiden die Brauerei überschrieben habe. Sie haben es nicht verstanden, das Unternehmen zu führen, aber du kannst es retten. Mach unser Bier in der ganzen Welt bekannt. Du schaffst das! Und jetzt muss ich dir die Geschichte erzählen, warum ich daran glaube.«

Rose erzählte ihrem Enkel von ihrem Leben in Deutschland, bevor sie nach Amerika ausgewandert war. Sie erzählte ihm von ihrer Kindheit in Bayern, ihrer Jugend, ihrer größten Liebe und von den dunkelsten Tagen in ihrem Leben. Am Ende ihrer Erzählung flüsterte sie ihm etwas ins Ohr.

»Merk es dir gut, my boy. Mei Bua! Herrschaft, jetzt red ich a scho Englisch. Hol dir die Brauerei zurück. Du brauchst nicht zimperlich sein. Sie waren es auch nicht. Die Hälfte gehört immer noch uns. Und jetzt schleich dich. Es ist so ein schöner Herbsttag. Da brauchst du nicht bei einem alten Weib am Bett sitzen«, schloss sie und lachte keuchend.

»Wer waren *sie*, Granny?«

»Mein Bruder und meine Eltern. Sie waren allesamt treue Nazis. Und ich die Geliebte eines Kommunisten. Sie haben mir den Abschied sehr leicht gemacht. Ich war nicht mehr geduldet. Eine Persona non grata. Also, hol dir die Brauerei von denen zurück! Versprich's mir.«

»Okay. I promise. Ich versprech's dir, Granny.«

»Bist ein braver Bub. Pfiat di, Garry.«

»Bye, bye, Granny. See you tomorrow.«

»Garry?«

»Yes?«

»Wia sagt ma?«

»Pfiat di, Oma!«

»So is's brav. Pfiat di, mei Bua.«

22. JULI 2016

Verena war so glücklich wie nie zuvor in ihrem Leben. Heute war ihr Mann Paul den ganzen Tag mit den Vorbereitungen zum Reinheitsgebotsjubiläum und vor allem dem Standaufbau der Brauerei am Odeonsplatz beschäftigt und somit nicht ansprechbar. Sie nutzte daher die Gelegenheit, sich mit Garreth zu treffen.

Das Paar hatte den ganzen Nachmittag im Indoor-Schwimmbad, das zu Vanes Penthouse gehörte, verbracht. Da sie allein gewesen waren, und von außen niemand durch die sonnendurchfluteten Glasscheiben schauen konnte, hatten sie auf lästige Badebekleidung verzichtet. Sie hatten wie pubertierende Teenager im Wasser geknutscht, um sich dann sofort wieder gegenseitig unterzutauchen. Verena wusste, dass sie an diesen Tag voller Glück und Liebe noch lange zurückdenken würde.

Leider würde er ihr jedoch aus einem ganz anderen Grund in Erinnerung bleiben.

Garreth und Verena saßen in der geräumigen Infrarotwärmekabine des Badezimmers der Penthouse-Wohnung. Verena konnte spüren, wie die Wärmestrahlung ihre Muskeln löste. Ob die Verspannungen vom ausgiebigen Sex zuvor gekommen waren, konnte sie nicht sagen.

Lächelnd berührte sie Vanes Männlichkeit mit ihrem Fuß, worauf der ihr zulächelte und ihr Bein streichelte.

Der schwitzende, muskulöse Amerikaner ließ ihre Hormone in ein wildes Durcheinander geraten.

»Das wäre jetzt zu schön, Honey«, sagte Vane und küsste ihre erregten Brustwarzen. »Aber ich muss mich schon für den Odeonsplatz fertigmachen. Bleib noch und entspann dich, bis ich geduscht habe.«

Verena schloss die Augen und träumte von einem Leben mit ihrem Liebhaber, einem Leben ohne Paul, ohne Brauerei, ohne Tradition, ohne Erniedrigung. Nur noch mit Garreth Vane.

Sie konnte das Wasser rauschen hören und stellte sich Garreths durchtrainierten Körper unter dem prasselnden Regen der Dusche vor. Sie hörte ihn aus dem Bad gehen, dann war Stille. Leise spielten asiatische Meditationsklänge in der Kabine, und das Licht änderte seine Farbe von Rot nach Gelb, Grün und Blau. Sie war im Einklang mit sich selbst und zufrieden. Zumindest für heute.

Plötzlich konnte sie einen dumpfen Schlag vernehmen. War Garreth gestolpert, oder war sonst irgendetwas passiert? Sie öffnete die Tür der Wärmekabine und rief nach ihm, doch keine Antwort. Nun schlang sie sich ihr Handtuch um und eilte aus dem Bad in Richtung Schlafzimmer, dessen Tür offenstand. Auf dem Bett vor ihr lag Garreth Vane. Sein Blut färbte das Laken bereits dunkelrot.

Verena spürte, dass sie ohnmächtig wurde.

»Oh mein Gott, jetzt sind sie am Odeonsplatz!«

Der Sanktus hat seinen Ohren nicht getraut und ist wie in Schockstarre mitten auf dem Gehsteig stehen geblieben. Gerade waren sie noch auf dem Brauereifest, und jetzt sollen dort Attentäter um sich ballern? Weit sind wir gekommen, München, hat sich der Sanktus gedacht. Aber wohin wird's noch gehen? Das war ein herber Schlag für seinen Heimatsinn. Die Kathi hat fest an ihm gezogen und ihn somit gleich wieder aus seinen Verzweiflungsträumen gerissen.

»Was is los, Sanktus?«, hat sie ihn zitternd gefragt.

»Hast du es nicht ghört, Kathi?«, hat sie der Sanktus gefragt.

»Das mit dem Odeonsplatz? Geh zu. Das glaub ich nicht. Komm, legen wir lieber einen Zahn zu und schauen, dass wir heimkommen«, hat die Kathi den Sanktus beruhigt.

Der Sanktus hat sich zwar von der Kathi weiterziehen lassen, aber das Bild einer bewaffneten Gruppe, die vom Stachus um sich schießend und Münchner Bürger mordend zum Odeonsplatz zieht, ist ihm einfach nicht aus dem Kopf gegangen. Er hätte so etwas nie für möglich gehalten. Überhaupt keine Chance. In den Nachrichten hörst du ja täglich solche Hiobsbotschaften, aber da ist das Ereignis immer weit weg. Da kannst du dich schön in dein Schneckenhaus verziehen und dich von der Realität abkapseln. Aber sie holt dich halt immer wieder ein, und heute schneller, als der Sanktus jemals zu glauben gewagt hat.

Ein Streifenwagen mit Martinshorn ist plötzlich an ihnen vorbeigefahren, und der Sanktus hat sich in diesem Moment zur Kathi gedreht. Erschrecken kein Ausdruck. Sie war käsebleich.

»Was is, Kathi?«

»Mir ist gerade ein Gedanke gekommen. Was glaubst du, was daheim los ist? Die meinen ja, wir sind voll im

Geschehen drin, und wir können ihnen nicht einmal Entwarnung geben, weil wir immer noch kein Netz haben. Komm, gib Gas!«

Und so sind die beiden Hand in Hand zügig durch das Lehel bis zu den Isarauen gelaufen.

Jetzt hat der Sanktus doch kurz auf die Prinzregentenstraße schwenken müssen, da es keinen anderen Weg gegeben hat, als über die Luitpoldbrücke hinüber, um auf die andere Seite der Isar zu gelangen. Die Straße war wie ausgestorben, nur Polizeiwagen und Rettungsfahrzeuge sind ab und zu die Kurve um den Friedensengel heruntergekommen. Hier war der Platz, an dem der Sanktus früher gerne gesessen ist, auf das Prinz-Carl-Palais hinuntergesehen und seinen Gedanken freien Lauf gelassen hat. Beruhigungstraining sozusagen. Doch heute? Zumindest ist der goldene Friedensengel immer noch auf seinem Steinpodest gestanden und hat auf die Landeshauptstadt hinabgeblickt.

»Heut mein ich, ist dir was durch die Lappen gegangen«, hat der Sanktus beim Hinaufsehen leise geflüstert. »Da musst nachsitzen.«

»Was meinst?«, hat die Kathi gefragt, als sie in die grünen Maximiliansanlagen eingetaucht sind. Anscheinend wieder erdbebensicheres Gebiet.

»Hab mit dem Engel geredet«, hat der Sanktus gemurmelt.

Die Kathi hat ihn kurz angeschaut, den Kopf geschüttelt und hat ihn weitergezogen. Plötzlich hat ihr Handy geklingelt, also Netz anscheinend wieder da. Die Kathi hat gleich abgenommen und völlig erleichtert geschrien, dass ihnen nichts passiert sei und sie gleich daheim wären. Jetzt hat der Sanktus ihre Augen wieder leuchten sehen können, und das Lächeln war auf ihren Lippen zurück.

Daheim angekommen haben sich alle erst einmal umarmt, weil extrem erleichtert, dass niemandem etwas passiert war. Sogar der Sanktus hat seinen Vater in die Arme geschlossen. Ein Zeichen, das sehr selten bis gar nicht vorgekommen ist. Die Martina hat noch ganz rote Augen gehabt, aber vehement bestritten, dass sie vor lauter Nervosität geweint hatte. Sogar der Hannes war vorbeigekommen, nachdem ihn die Anna sozusagen *alarmiert* hatte. Nur dem Schorschi war der ganze Münchner Terror wurscht.

»Hast recht, Bua. Lass dich gernhaben«, hat der Sanktus gesagt, ihn hochgenommen und ganz fest geknuddelt.

Kurz darauf ist vom Piefke eine SMS angekommen. Die vier Brauer waren auch wohlbehalten, zwar nicht daheim, aber in der »Neuen Kirche« angekommen.

Dann haben sich alle vor den Fernseher gesetzt und den Ausführungen der Fernsehsprecher gelauscht, weil auf allen Programmen nur ein Thema. Der Anschlag in München. Anscheinend ein Einzeltäter, der vom Fast Food-Restaurant eine blutige Spur bis ins Olympia-Einkaufszentrum hinterlassen hatte. So wie es ausgesehen hat mit dem Ziel, junge Menschen zu töten. Der Täter sei aber flüchtig.

Die Anna hat für die ganze Familie Brotzeithäppchen zurechtgemacht, weil keiner nur einen Meter vom Fernseher weggehen wollte. Kurz darauf die Meldung, der minderjährige Täter habe sich selbst gerichtet, als ihn die Polizei stellen wollte. Dann große Diskussion bezüglich der Motivation.

»Ihn werden sie nicht mehr fragen können«, hat der alte Sanktjohanser gemeint. »Das passt ihnen wieder gut in den Plan.«

»Wem?«, hat die Anna wissen wollen.

»Allen Seiten. Jeder kann das wieder so hindrehen, wie er will. Werd'ts es schon sehen«, hat der Hannes geantwortet.

Später ist dann doch der Fernseher ausgemacht worden und alle haben sich an den Esstisch der Wohnküche gesetzt und die weltpolitische Lage von vorne bis hinten durchdiskutiert. Für den Sanktus war nur eines klar: München würde ab heute anders sein. Ein harter Einschnitt für jemanden wie ihn.

Nachdem der Sanktus, der Hannes und sein Vater einige Biere zur Beruhigung getrunken hatten, die Damen ein Glas Prosecco und die Martina ausnahmsweise einen Spezi, hat das Telefon geklingelt. Das Mädchen ist wie eine Vergiftete aufgesprungen und zum Apparat geeilt, weil, könnte ja was Wichtiges sein und ja nichts verpassen.

»Sanktus«, hat sie gesagt, als sie mit dem Telefon aus der Diele zurückgekommen ist, weil das Telefon beim Sanktus im *Gang*, wie früher das Schnurtelefon mit Wählscheibe, »ist für dich. Der Bichä!«

Der Sanktus jetzt ungutes Gefühl, weil an so einem Tag?

»Servus Sanktus«, hat der Kommissar ins Telefon hineingekeucht. »Alles klar bei dir?«

»Mich haben s' ned am Odeonsplatz erschossen, fallsd' des meinst, Bichä«, hat der Sanktus gewitzelt.

»Da waren s' eh ned. Und am Stachus auch ned. Des war blinder Alarm. Aber horch zu. Den Garreth Vane wollt jemand umbringen. Der liegt im Bogenhausener Krankenhaus und ist nicht vernehmungsfähig.«

»Na bravo! Das auch noch!«, ist's dem Sanktus herausgerutscht. Pietät ist halt was anderes.

23. JULI 2016

Die Nachricht vom Mordversuch am Garreth Vane hatte die Familie am Vortag dann doch noch lange zum Aufbleiben gezwungen. Gerade hatten sie die Ereignisse im Olympia-Einkaufszentrum etwas verdaut, war diese Hiobsbotschaft eingetrudelt. Der Sanktus, der Hannes und sein Vater haben sich daraufhin gleich mehrere Williams genehmigen müssen. Natürlich nur zur Beruhigung und aus rein medizinischen Gründen. So viel war klar. Der Sanktus hatte mit dem Bichlmaier ausgemacht, dass er ihn wie immer daheim am Johannisplatz abholen sollte, weil Vane-Wohnung am nächsten Morgen auf dem Programm. Der Kommissar hat den Sanktus dabeihaben wollen, da der Garreth Brauer war, und vielleicht würde der Sanktus etwas entdecken oder anders deuten können als der Laie.

Der Sanktus war also an diesem Samstag zeitig wach, weil ja Aktion, und die Kathi hat ihm sogar das Frühstück hergerichtet. Das ist dem Sanktus komisch vorgekommen, weil ja Ermittlungen anstehend, und die Kathi nun wirklich keine Freundin von diesen Tätigkeiten. Er hat sich schon gedacht, dass sie vielleicht wegen dem Vane …? Kaum war der Gedanke verabschiedet, ist auch schon die Martina ums Eck gebogen, und jetzt war es dem Sanktus doch klar. Der Vane, logisch! Seine Damen haben das Ermitteln in diesem Fall toleriert. Dem Sanktus ist kurz der Kamm geschwollen, aber dann gleich wieder ruhig, weil besser hat's ja eigentlich nicht laufen können. Er hat mit dem Bichlmaier die Welt retten können, und die Kathi hat keinen Ärger gemacht. Also zumindest bis jetzt noch nicht. War abzuwarten, wie lange das gut gehen würde.

Also bedanken fürs Frühstück und Bussi für die Damen. Dann nichts wie weg und schnell die Treppe runter.

Der Kommissar hat schon mit seinem Auto an der Bushaltestelle gewartet. Die Straßen haben wieder einigermaßen normal ausgesehen, und anscheinend war der Alltag in München zurück. Für den Sanktus etwas zu früh. Der Bichlmaier hat, wie immer am Morgen, schlecht ausgesehen. Meistens, weil er bei seiner Freundin, der Stillkraut Brigitte, übernachtet hat, und die hat ihn anscheinend so fest beansprucht, dass die Nächte, also die Schlafenszeit, immer sehr kurz wurden.

»Warst bei der Biggi?«, hat der Sanktus gefragt.

»Nein, im Einsatz, du Rindviech. Was meinst, was da gestern los war? Und dann finden die noch den Vane halb tot in seinem Penthouse«, hat der Kommissar genörgelt.

»Soso, ein Penthouse hat der. Wo hat er denn das?«

»In der Fürkhofstraße in Johanneskirchen. Keine Angst, nicht im noblen Bogenhausen. Aber ich glaub, wenn die da inzwischen eine Wohnung verkaufen, ist Johanneskirchen schon Bogenhausen Nord, oder so.«

»Wer hat ihn denn gefunden?«, hat der Sanktus wissen wollen.

»Seine Nachbarin. Die zeig ich dir auch noch. Jetzt schau' ma aber zuerst ins Krankenhaus.«

Die Fahrt durch den Münchner Osten ist dem Sanktus unheimlich vorgekommen. Hier waren im Vergleich zum Johannisplatz noch sehr wenige Leute unterwegs, und die,

die auf der Straße zu sehen waren, waren alle in Diskussionen miteinander vertieft. Die gestrigen Ereignisse und die Terrorgefahr hielten die Münchner noch fest in ihrem Bann. Die Meldungen im Radio haben sich immer noch überschlagen. Neun Menschen waren ums Leben gekommen. Es war jedoch inzwischen klar, dass es sich um einen einzelnen Täter gehandelt hat und dass definitiv keine bewaffneten Terroristen eine Schneise durch die Münchner Innenstadt von Stachus bis zum Odeonsplatz gezogen hatten. Eine horrende Flut an Fake-News hatte praktisch Öl ins Feuer gegossen. In der vergangenen Nacht waren mehr als 4.000 Notrufe bei der Münchner Polizei eingegangen und circa 14.000 Videos mit vermeintlichen Hinweisen zur Tat waren auf einer Internetseite hochgeladen worden. Die Arbeit der Münchner Polizei wurde in höchsten Tönen gelobt und die Stadt hatte einen neuen Helden. Den Pressesprecher der Polizei: Marcus da Gloria Martins. Er hatte es geschafft, die Bevölkerung zu informieren, zu beruhigen und im Zaum zu halten. Dass Fans ihm sofort eine Facebook-Seite eingerichtet hatten, hat der Sanktus nicht verstanden. Der Pressesprecher übrigens auch nicht, was den Sanktus beruhigt hat. Und wie es nicht anders sein kann, sind an diesem Morgen schon die ersten Kritiker aus den Löchern gekommen und haben die komplette Abriegelung der Metropole bemängelt. Auch sei man zu früh und fälschlich von Terror ausgegangen. Dafür hat der Sanktus gar kein Verständnis gehabt. Dass es Leute gibt, die sogar etwas auszusetzen haben, wenn man ihr Leben schützen will? Ist dem Sanktus nicht eingegangen. München war seit gestern jedenfalls wirklich anders. Und die sozialen Medien waren ihm suspekter denn je!

Der Kommissar hat sein Auto auf dem Parkplatz des Bogenhausener Krankenhauses abgestellt, und der Sanktus und er sind in den großen weiß-grünen Krankenhausblock hineingegangen.

Als die beiden auf dem Stockwerk der Station aus dem Aufzug hinaus sind, hat den Sanktus eine brünette Dame mit einer auffällig großen Sonnenbrille im Gesicht angerempelt. Das »Entschuldigung«, das sie gehaucht hat, war fast nicht zu hören.

»Ja so ein Trampel«, hat der Sanktus zum Bichlmaier gesagt. »Aber gut gerochen hat sie. Weißt du, wie das Parfüm heißt? Könnt ich der Kathi einmal schenken.«

»Geh zu, Sanktus. Erwartest du dir da jetzt von mir wirklich eine Antwort? Da musst schon wen anders fragen, gell«, hat der Kommissar gelächelt.

Hinter der für die Allgemeinheit verschlossenen Tür der Intensivstation haben sie den Demuth getroffen. Als der den Sanktus gesehen hat, hat er die Augen verdreht, die Nase gerümpft und so komisch geschluckt, ja fast gewürgt. So, als ob ihm sofort alles hochkommen würde. Gleich darauf hat er sich aber anscheinend wieder gefangen gehabt.

»Ich hab mit dem Arzt schon a weng gsprochen. Also wir haben es mit aaner Schussverletzung zu dun«, hat der Demuth angefangen.

»Gut, aber das haben wir ja gewusst, oder?«, hat der Kommissar dazwischen geworfen.

»Ja, klar. Es handelt sich um einen Steckschuss. Die Lunge ist dadurch verletzt worden. Derwegen ham sie ihn in a künstliches Koma versetzt.«

»Deswegen«, hat der Sanktus gemurmelt.

»Hä? Wollten Sie was sachen, Herr Sanktjohanser?«, hat der Demuth nachgehakt.

»Es heißt deswegen, nicht derwegen, Herr Demuth«, hat der Sanktus lächelnd erklärt.

Der Demuth hat irgendwas mit »Arsch« gemurmelt und hat tief durchgeschnauft.

»Wir haben auf jeden Fall das Brojektil. Ist schon in der KTU«, hat er geschlossen.

»Brav, Demuth. Stellen S' bitte einstweilen einen Beamten ab, bis wir Näheres wissen«, hat der Bichlmaier angeschafft.

»Des is grod a weng schwierich«, hat der Demuth geseufzt. »Wegen gestern.«

»Wissen S' was, Demuth. Na bleiben Sie da. Das ist eh viel sicherer, gell!«, hat der Kommissar geschmunzelt, und der Demuth hat sich seufzend hingesetzt. Das nervöse Schlucken ist wieder da gewesen.

Beim Verlassen der Station hat sie ein Arzt in weißem Kittel aufgehalten.

»Sind Sie der leitende Beamte?«, hat der dunkelhaarige Arzt den Kommissar gefragt.

»Bichlmaier, ja. Grüß Gott. Wie geht's dem Herrn Vane?«

»Ja, wie es einem nach einer Schussverletzung so geht. Aber er ist stabil. Wir mussten ihn in ein künstliches Koma versetzen. Er ist also nicht vernehmungsfähig. Haben Sie denn den Angreifer in Gewahrsam nehmen können, Herr Kommissar?«

»Leider noch nicht. Darum haben wir einstweilen einen Beamten zum Schutz abgestellt«, hat der Bichlmaier geantwortet.

»Aha«, hat der Arzt gemurmelt. »Dann denke ich, sollte dies interessant für Sie sein. Kurz bevor Ihr Kollege, Herr Briesemut, aufgetaucht ist, war eine hübsche

Dame in den 30ern hier. Sie hatte eine Sonnenbrille auf, sodass ich ihr Gesicht nicht genau beschreiben kann. Sie hat sich nach dem Zustand von Herrn Vane erkundigt. Natürlich durften wir ihr keine genauen Angaben machen, aber wir konnten ihr ausnahmsweise versichern, dass es dem Patienten den Umständen entsprechend gut geht. Sie behauptete, eine gute Bekannte zu sein, und hat immer wieder gebettelt, ich solle ihr sagen, dass er es überleben würde. Ich habe das dann bestätigt. Ich hoffe, ich habe keinen Fehler gemacht, und diese Dame hat etwas mit dem Mordversuch zu tun. Zu ihm selbst haben wir die Dame natürlich nicht gelassen.«

»Ich denke nicht. Aber danke für den Hinweis. Meine Kollegen werden sich wegen eines Phantombilds bei Ihnen melden.«

»Briesemut! Ist das ned der Frosch bei der Sendung mit der Maus? Sehr gut!«, hat der Sanktus beim Rausgehen gegluckst und auch der Bichlmaier hat vor Lachen fast geprustet.

Der Kommissar hat das Siegel an der Penthouse-Tür aufgebrochen und ist mit dem Sanktus eingetreten.

»Das ist jetzt keine Durchsuchung und gar nichts. Ich möchte nur, dass du dich umschaust und mir sagst, ob dir was auffällt. Und nichts anrühren, gell!«, hat der Kommissar den Sanktus angewiesen.

Der Sanktus ist also andächtig durch das Penthouse geschritten und hat alles nach bestem Wissen und Gewissen begutachtet. Zuerst ist ihm nichts Besonderes aufgefallen. Die Einrichtung war hell, also von Weiß bis Cremefarben gehalten. Über der beigen Couch war ein großes Bild, also eher eine riesige Fotografie einer Brauerei, die in der Nacht beleuchtet war, gehangen. Die Red Head Brewery. Im Hintergrund Chicago. Hat dem Sanktus gut gefallen. Auf dem kleinen Glastisch neben der Couch ist ein goldener Bilderrahmen gestanden. Zwei Fotos waren darin: eine ältere Dame, die spitzbübisch herausgelugt hat und daneben anscheinend dieselbe Dame in ihren Jugendjahren, im Dirndl, in schwarzweiß. Hübsche Frau, hat sich der Sanktus gedacht. Vielleicht die Oma von Garreth. Er hatte ja von Münchner Wurzeln gesprochen.

»Meinst, dass das seine Oma ist, Bichä?«, hat der Sanktus gefragt.

»Keine Ahnung. War aber ein sauberner Has', ha?«, die Antwort vom Kommissar.

»Scho!«, hat der Sanktus gemeint, das Bild betrachtet und sich am Kopf gekratzt.

Der Sanktus hat die wenigen Bücher, die spärlich auf einem Regal angeordnet waren, begutachtet. Kunze, Technologie Brauer und Mälzer, Narziss, Abriss der Bierbrauerei. Analysen nach MEBAK. Alles, was der gründliche Bierbrauer braucht. So, so, der Garreth nimmt's also genau. Sehr brav.

Anschließend sind die beiden ins Schlafzimmer, das durch eine große zentrale Diele mit den restlichen Räumen verbunden war. Das Bett war abgezogen, aber auf der Matratze sind noch eindeutig Blutspuren zu erkennen gewesen. Das Bild der vom München-Ripper ermordeten Susi ist wieder in ihm aufgekeimt. Gleich kurzer Schweißausbruch. Dieses Zimmer war mehr als spartanisch eingerichtet. Wieder hat die Farbe Weiß dominiert, also Bett, Nachtkästchen und Einbauschrank. Auf einem der Nachtkästchen nächstes Bild. Dieses Mal Vane im

Sommer mit einer Dame. Beide mit Sonnenbrille und im Hintergrund ein See. Typisches Romantik-Liebespaar-Selfie. Das Gesicht der Dame ist dem Sanktus irgendwie bekannt vorgekommen. Irgendwo hatte er die Frau schon einmal gesehen. Er hat das Bild in die Hand genommen und genauer angeschaut. Irgendwoher! Aber woher? Dann hat er in den Spiegelschrank geblickt und ihn hat der Schlag getroffen. So heiß war es ja dieses Jahr nicht, also von wegen Hitzschlag, aber direkt aus dem Spiegel vor ihm hat ihn der Bummerl angegrinst. Gleiches Gewand wie er und den Bilderrahmen in der Hand, aber Bummerl-Kopf. Das Spiegelbild hat mit dem freien Zeigefinger dezent an seine Nase gedeutet, »Riech!« geflüstert und weg war er.

Der Sanktus hat einen Angstbrüller rausgelassen, dass der Bichlmaier in der Tür gestanden ist und gefragt hat, ob mit ihm alles in Ordnung sei. Er hat abgewiegelt und ist schnaufend in das daneben gelegene Bad gerannt. Dort hat er sich erst einmal kaltes Wasser ins Gesicht katapultiert und in den dortigen Spiegel geschaut. So, wie die das im Fernsehen auch immer machen. Er hat auch genauso schlecht wie die im Fernsehen ausgesehen. Na bravo, Sanktjohanser.

Jetzt hat er die Luft im Badezimmer langsam durch seine Geruchsrezeptoren streichen lassen. Dieser Duft. Dieser süßliche Duft. Süßlecht, hat ein früherer Spezl von ihm immer gesagt. Dieser Duft nach diesem Parfüm. Dieses Parfüm, das die Dame heute im Krankenhaus … ein Blick auf das Foto und pfeilgrad. Die muss es gewesen sein. Auf dem Foto haben die Haare im Sonnenlicht etwas heller als heute in der Früh gewirkt, aber wurscht, egal. Der Zufall wäre zu groß.

»Bichä, Bichä. Des is die von heut in der Früh! Die da auf dem Foto. Jetzt geh halt her und schau, zefix!«, hat der Sanktus in seiner Aufregung durch die ganze Wohnung geplärrt.

»Meinst du, dass sie's is?«, hat der Kommissar kommentiert und der Sanktus genickt. »Aber wer ist sie?«

»Die kommt mir so bekannt vor. Ich komm aber ned drauf. Himmelherrgottsakrament. Das gibt's doch ned, oder?«

»Meinst, die war hier?«, hat der Kommissar gefragt.

»Riechst es ned?«, der Sanktus.

»Naa. Ich riech nix.«

»Bist halt kein Brauer. Riech! Das ist dasselbe Parfüm wie heut in der Früh. Also muss die erst da gewesen sein, oder?«, hat der Sanktus geschlussfolgert.

»Die Aussage würd ich dann unterstützen«, hat der Bichlmaier geschlossen.

Gerade als sie die Wohnung verlassen wollten, ist ihnen eine ältere Dame im Hausflur entgegengekommen.

»Hat man diesen Mörder schon gfunden?«, hat sie durch das Treppenhaus geplärrt. »Grundwirmer. Ich hab den Herrn Vane gefunden.«

»Angenehm, Bichlmaier. Mordkommission.«

»Ui«, war der einzige Kommentar der Dame.

»Haben Sie den Notarzt auch verständigt?«, hat der Kommissar gefragt.

»Ich? Nein. Da war ein Kommen und Gehen beim Herrn Vane an dem Tag. Ich hab mir gedacht, schaust du halt einmal rauf, was da los ist. Die Tür ist einen Spalt angelehnt gewesen und ich bin rein. Da hab ich ihn gefunden. Kurz darauf war die Rettung schon da.«

Verwunderung jetzt beim Sanktus und Bichlmaier. Wer hatte den Notarzt gerufen?

»Haben Sie den Herrn Vane genauer gekannt, Frau Grundwirmer?«, hat der Kommissar gefragt,

»Mei, schon. Er hat aber noch nicht lange da gewohnt. Ab und zu hat er mich hineingebeten und mir ein Sekterl angeboten. Dann haben wir zwei miteinander einen Piccolo getrunken. Mei, der ist so nett. Wie geht's ihm denn? Hat er's schon überlebt, oder?«

»Ja, ja, Frau Grundwirmer. Ist auf dem Weg der Besserung«, hat der Sanktus bestätigt.

»Mei, wissen S', ich hätt dem ewig zuhören können, wenn der geredet hat. Wie der Carlos Thompson im ›Wirtshaus im Spessart‹. Mit so einem englischen Akzent und genau so einer Stimme«, hat die Alte geschwärmt.

Fragende Blicke jetzt seitens Bichlmaier und Sanktus.

»Als Räuberhauptmann. Herrschaft. Mit der Lieselotte Pulver. Der Carlos Thompson war doch der Mann von der Lili Palmer.«

Immer noch kein Funke bei den Zweien übergesprungen.

»Also, ihr jungen Leut. Wissts es! Ach, lassen wir's. Weil's wurscht ist.«

»Hat der Herr Vane öfters mal Damenbesuch gehabt, Frau Grundwirmer?«, hat der Kommissar gefragt.

»Ja, schon. Regelmäßig, aber ned jeden Tag.«

»Können S' uns die Dame ein bisserl beschreiben?«, hat der Sanktus wissen wollen.

»Freilich. Die war dunkelhaarig. So brünett sagen sie immer. Ein nettes Mädl!«

»Mädl? Wie alt war sie denn?«, hat der Bichlmaier eingeworfen.

»Ja, schon über 30. Jung und sehr hübsch. Wenn sie gekommen ist, hat sie immer so eine große Sonnenbrille aufgehabt. So, als ob man sie auf der Straße nicht hätte erkennen sollen«, hat die alte Frau berichtet.

»Wissen Sie zufällig, wie die junge Dame heißt?«, hat der Sanktus in den Raum gestellt.

»Freilich!«, hat die Frau Grundwirmer wissend gelächelt. »Hanni. Ja, Hanni, hat er sie immer genannt. Mit einem Nachnamen kann ich aber nicht dienen. Tut mir leid.«

Im rustikalen Bräustüberl der Privatbrauerei Kuffler in Puchberg ging die Vorstellung der neuen Biobierlinie trotz der gestrigen Ereignisse gerade zu Ende. Die Brauerei hatte sich entschieden, das komplette Sortiment in diese Richtung umzustellen und sich perfekt in Szene gesetzt. Nachhaltig und verantwortungsbewusst brauen war der neue Slogan. Braumeister Sebastian Schneider hatte lange an seiner Rede über den Herstellungsprozess und die Unique Selling Points gefeilt und war mit sich sehr zufrieden. Das Publikum ebenfalls. Die komplette Hautevolee der Ortschaft war anwesend. Bürgermeister, Gemeinderäte, Honoratioren und geladene Gäste aus der Umgebung und anderen Brauereien. Der Applaus war berauschend. Brauereibesitzerin Margit Kuffler war in bester Laune. Gleich würde das grüne Tuch über den Biobierkästen gelüftet werden und das bisher geheim gehaltene neue Design enthüllen. Alle Gäste dürften eine Probeflasche mit nach Hause nehmen. Premiere hervorragend gelungen!

Endlich wurde das Tuch mit einem Ruck entfernt und die Gäste applaudierten. Die ersten Besucher drängten sich bereits an den Kästen, um den begehrten neuen Gerstensaft zu ergattern.

»Zefix, wos is denn des?«, war ein Besucher zu vernehmen. »Des schimmelt ja alles. Ja, so a Sauerei. Is des jetzt aa Bio, oder was?«

Kaum ausgesprochen drängten sich schon die Reporter um die grünen Kästen mit dem schwarzen Inhalt. Die Flaschen samt Kronkorken und Etikett waren fast vollständig mit schwarzem Schimmel überzogen.

Gott sei Dank war es bereits später Nachmittag, weil viel länger hätte es der Sanktus auch nicht mehr in der Altbauwohnung ausgehalten. Die Kathi hat mit der Martina anscheinend Englisch gelernt, also Großalarm Hilfsausdruck. Er hat nicht genau gewusst, was da eigentlich los war, weil ja schon Ende Juli, und daher Noten eigentlich durch. Vielleicht war das Problem ein anderes, aber wie du weißt, wenn zwei Frauen sich in den Haaren haben, tu alles, nur misch dich nie ein. Die Martina war bereits in der sechsten Klasse Gymnasium und hat ihr erstes Jahr Englisch gehabt, weil in der Fünften Latein. Der Sanktus ja grundsätzlich Naturwissenschaftler, also mathematisch-naturwissenschaftlicher Zweig, die Kathi und die Martina hingegen Neusprachler. Latein sei das Beste für den Anfang, weil mit Latein kannst du ja danach alle Sprachen so super lernen und leitest dir alles her und so weiter. Nur halt so, wie es ausgesehen hat, Englisch schwieriger zum Herleiten, weil alles unregelmäßig und nicht ganz so wie Latein.

Er ist ein bisserl näher an die beiden herangetreten, weil interessiert hat es ihn ja doch, was denn gerade der Auslöser dieses interfemininen Konflikts war. Aha, und schon lokalisiert. Die Kathi hat in der Zeitung ein Comic in englischer Sprache entdeckt, und die Martina hätte ihn übersetzen sollen. Das Mädchen aber schon im Ferienmodus. Daher hat also der Wind geweht. Zusätzliches Problem, das das Ganze noch verstärkt hat, die extrem vorpubertäre Phase.

»He, Mann, ey, Mama. Die Wörter haben wir noch gar ned gelernt, und außerdem sind bald Ferien. Und heut ist Samstag, und ich muss jetzt zur Betty, ›Plötzlich Meerjungfrau‹ schauen.«

Die Betty-Lou war die Drengler-Tochter und hat sich inzwischen genauso siebengescheit wie ihr unerträglicher Vater entwickelt. Rotes Tuch für den Sanktus. Er hat immer versucht, so wenig wie möglich mit diesem grausamen Kind zu sprechen und sich im Hintergrund zu halten. Weil sonst wäre ihm bestimmt was Falsches herausgerutscht und dann Ende Gelände plus stundenlange Diskussion mit dem Drengler über Kindeserziehung.

»Nichts da, Fräulein. Es ist immer noch Schule, und die paar Zeilen wirst du ja grad noch übersetzen können. Das kannst wem andern erzählen, dass du die Wörter nicht kennst«, hat die Kathi gekontert und ihr besonders strenges »He-Fräulein-Gesicht« aufgesetzt, also Schluss mit lustig.

»Boa, Mama, du bist echt peinlich. Alle anderen können schon raus, und ich muss den Scheiß da …«, aber weiter ist die Martina nicht gekommen, weil der Blick, den die Kathi jetzt aufgehabt hat, hat so überhaupt gar nichts Gutes verheißen.

Die Martina hat sich also durch den Kathi-Blick sozusagen überreden lassen, die paar Zeilen zu übersetzen, doch kaum hat sie ein paar Wörter versucht, schon mütterliche Einwürfe.

»Jetzt schau halt einmal genau hin. Herrschaft Martina, du liest doch gar ned gescheit. Das ist doch ein Verb!«

»Ich hab doch gesagt, dass wir die Wörter noch nicht haben!«, jetzt Gebrüll von der Martina, Heulanfall, Türenknallen und ab in ihr Zimmer.

»Habts es mit Latein nicht herleiten können?«, hat es sich der Sanktus nicht verkneifen können.

»Schau, dass d' in deine ›Bierwerkel‹ kommst, Herr Sanktjohanser. Sonst lass ich *dich* nachsitzen.«

»Ui, wär vielleicht gar ned so schlecht, Fräulein Lehrerin. Können wir ja später nachholen. Servus derweil.«

Die Kathi hat ihren Kopf verzweifelt in die Hände gestützt und tief geschnauft.

Die Benediktiner Brauerei, eine der Münchner Großbrauereien, lag idyllisch im Herzen Münchens direkt in einem Wohngebiet umsäumt von Altbauhäusern. München hatte sich nach den gestrigen Ereignissen im Olympia-Einkaufszentrum bis zum Abend wieder einigermaßen normalisiert. Die Veranstaltung am Odeonsplatz war jedoch abgesagt und die Stände bereits am frühen Morgen abgebaut worden. Aber still war es trotzdem irgendwie. Die Einfahrt der Brauerei lag verlassen in der Nachmittagssonne, und der Pförtner saß mit dem »Münchner Morgenblatt« in seiner Loge am großen Schlagbaum.

Eine Gestalt zog ihr Handy aus der Hosentasche und wählte eine Nummer. Das Telefon in der Loge klingelte und der Pförtner nahm ab. Die Gestalt flüsterte in das Mobiltelefon, woraufhin sich der Portier hektisch seine reflektierende gelbe Schutzweste überstreifte und das Häuschen mit einem Funkgerät verließ. Sie schlüpfte unter dem Schlagbaum hindurch und machte sich vom

Sudhaus mit den dekorativen Kupferpfannen gezielt auf den Weg in Richtung Maschinenhaus der Brauerei. Die Tür mit der Aufschrift »Kälteanlage« war nur zugezogen und nicht versperrt. Es war ein Leichtes für die Gestalt, sie zu öffnen. Die Kältekompressoren brummten monoton und ein Duft von Schmieröl lag in der Luft.

Die Ammoniak-Kälteanlage der Benediktiner-Brauerei war aus dem Jahr 1968, jedoch noch voll funktionsfähig. Die in Hellgrün gehaltenen Schraubenkompressoren wachten wie Titanen inmitten der geräumigen Maschinenhalle über den Rest der kältetechnischen Geräte. Die Gestalt näherte sich langsam dem Ammoniaksammler, ein isolierter Tank, der als Puffer vor dem Entspannungsventil diente. Der kleine Sprengsatz war schnell am Sicherheitsventil montiert. Die winzige Detonation würde das Ventil abreißen und das giftige Kältemittel würde gasförmig in den Maschinenraum entweichen. Anschließend öffnete der Eindringling noch einige der winzigen Klappfenster, sodass das Ammoniakgas auch gewiss in das Wohngebiet hinausgelangen würde.

Nach getaner Arbeit schlich sich die Gestalt zurück über den Brauereihof, kletterte über einige leere Paletten auf die Einfassungsmauer und sprang hinaus. Niemand hatte etwas bemerkt.

Der Sanktus ist durch den Produktionsbereich der »Bierwerkel« – könntest du meinen – patrouilliert. Er hat die Temperaturen und den Druck der Tanks geprüft. Dann hat er noch die fast fertigen Tanks verkostet, sprich probiert. Weil theoretisch können alle Werte noch so genau passen, aber das Bier schmeckt dann trotzdem nicht, weil Bier ist und bleibt eine Matz. Also Holzauge sei wachsam und sicher ist sicher. Anschließend hat er alle Fässer an den Zapfhähnen gut vorschießen lassen, um die Nachtwächter, also das Bier, das zwischen Fass und Zapfanlage ist, zu entfernen und danach wieder Test. Alles paletti. Der Abend hat kommen können. Der Hanspeter ist am Tresen gesessen und hat irgendein neues Rezept gerechnet, dass du gemeint hast, du kannst seinen Lockenkopf rauchen sehen.

»Was rechnest denn?«, hat der Sanktus gefragt.

»An Weihnachtsbock mit schottischem Islay-Whiskeymalz. I woiß no ned, ob ober- oder untergärig«, hat der Hanspeter sinniert.

»Ich würd's erst untergärig probieren«, hat der Sanktus gesagt. »Ned, dass sich die fruchtige Note mit dem rauchigen Geschmack beißt.«

»Haschd recht«, hat der Hanspeter entgegnet, aber nicht einmal von seinen Hieroglyphen aufgeschaut. Da würde der Sanktus wieder den praktischen Rotstift ansetzen müssen, wenn es so weit war, weil die Malzschüttungen und Hopfengaben mit zwei Stellen hinter dem Komma, würde er wie immer gut runden. Aber der Hanspeter hat halt nichts erfahren dürfen. Geheimsache quasi.

Nun ist die Tür aufgegangen und der Giovanni ist mit dem Helmut in der »Bierwerkel« aufgetaucht.

»He! Was tuts denn ihr an einem Samstagnachmittag hier?«, hat der Sanktus die Burschen gleich gefragt.

Der Hanspeter hat nur kurz von seinen Berechnungen aufgesehen und gleich wieder weitergemacht.

»Ein Agente Speciale isse immer im Dienste. Auch Samstag«, hat der Giovanni geflötet.

»Und was steht na an?«

»Wir haben uns noch mal gemackte schlau in die Brauereikreise. Keiner sagte was über diese Simbacher und Mahler. Aber isse andere Gerüscht im Umlauf. Wegen die Reinheitsgebote. Alle meinen, isse große Erpressunge im Gange, weil die ganze Leute, die gerade noch habe gefeiert 500 Jahre, reden jetzt genau das Gegenteile. Auch de Chef von de Brauerbunde, capisce?«

»Und wer soll die erpressen?« Frage vom Sanktus.

»Der Ami, der Ami«, hat der Helmut geantwortet und wie immer wiederholt.

»Okay. Wär eine Möglichkeit«, hat der Sanktus nachgedacht. »Könnts ihr da noch mehr rausfinden? Und noch was. Mit wem ist der Garreth Vane zusammen?«

»Isse mit die Weichsebaumer!«, hat der Giovanni geschrien.

»Ja, weiß ich auch, dass der da produzieren will«, hat der Sanktus gemeint. »Ich mein, mit welcher Frau?«

Der Giovanni hat einen verdrießlichen Eindruck gemacht und dem Sanktus einen Vogel gezeigt. Der Sanktus hat jetzt nicht gewusst warum und hat den Kopf geschüttelt.

»Isse schöne Frau und isse tolle Mann. Warum nickte? Sanktus! Amore!«

Der Sanktus hat die Augen verdreht, und die beiden Brauer haben noch ein schnelles Helles gezischt, dabei kurzer Small Talk und haben sich dann wieder an ihre Ermittlungen gemacht.

Die nächsten Besucher waren zwei unerwartete Gäste. Zwei gleichgesinnte Craftbrewer. Der erste war der Chaoten-Hubsy vom Lindwurm Bräu, ein kleiner, dicker Münchner mit blonden Stoppelhaaren, Designerbrille und Craftbrewer Bart, also Goaßbart, natürlich in schwarzen

Klamotten und tätowiert bis zu den Händen. Der zweite war der Preißen-Claas vom Zank-Bräu in Sendling.

»Habe d' Ehre, Sanktus!«, hat der Hubsy angefangen. »Servus Hanspeter!«

»Hi!«, ist's vom Class gekommen. Der Claas, ein kahl geschorener, schlanker Norddeutscher mit langem, dunklen Bart, zu zwei Zöpfen geflochten, war nicht für einen übermäßigen Redefluss bekannt. Gewand und Tattoos übrigens wie beim Hubsy. Die beiden also der Prototyp des Craftbierbrauers, wie er in allen Zeitungen und Magazinen dargestellt wird.

»Servus beinand. Was verschafft mir die Ehre, dass ihr Extrem-Brauer in unserer ›Werkel‹ auftauchts?«, hat der Sanktus angefangen.

Der Hanspeter hatte sich inzwischen dazugesellt, und der Hubsy samt Claas haben den Sanktus mit verschwörerischem Blick angesehen.

»Und kommts mir jetzt ja ned daher, dass ich für euch ermitteln soll. Da seids ned die Ersten, und da führt gar kein Weg hin«, hat der Sanktus provokativ ausgerufen.

Die beiden haben sofort die Schultern hängen lassen und betrübt geschaut.

»Weißt Sanktus«, hat der Hubsy angefangen, »wir Münchner Crafties haben Angst. Du ned aa?«

Der Sanktus hat den Hubsy angeschaut, Pokerface jetzt Scheißdreck dagegen.

»Jetzt war da des mit der Phosphorsäure, dann des mit dene Bakterien beim Stern …«

»Woher weißt denn das wieder, Hubsy?«, hat der Sanktus gefragt.

»Brauer wissen immer alles!«, hat der Claas geantwortet, und anscheinend hat er dann auch nicht mehr sagen wollen, weil er den Sanktus sofort wieder durchdringend angestarrt hat. Die Arme hat er dabei vor seinem schwarzen T-Shirt mit Zank-Bier-Motiv verschränkt gehabt.

»Also stimmt's, oder?«, hat der Hubsy weitergemacht. »Dann die Morde am Simbacher und am Heiko. Heut ist die Vorstellung der Biobierlinie beim Kuffler ins Wasser gfallen …«

»Wegen dem Amoklauf?«, hat der Sanktus gemeint.

»A woher! Die Großkopferten in Puchberg lassen sich doch so was ned von einem Wahnsinnigen und ein paar Toten verderben. Also Sanktus, du bist ja sauber naiv. Wenn's da was zum Fressen gibt, na san die scho da!«, hat der Hubsy geunkt.

»Genau. Sind se!«, Bestätigung vom Claas.

»Nach der Aktion in diesem Getränkemarkt war das jetzt der zweite Anschlag mit Schimmel. Die ganzen Probeflaschen verranzt. Grausam! Alles von der Presse dokumentiert. Der Kuffler kann sich sein gschissenes Biobier ans Knie bazen!«, hat der Hubsy bestätigt.

»Sauber«, Sanktus und Hanspeter gleichzeitig.

»Und jetzt ist des schon so, dass wir alle Angst kriegen. Ich hab mich mal mit unserem Rest kurzgeschlossen und der Neude-Schorsch hat gmeint, ich soll zu dir gehen. Da is was am Laufen, das ist komisch. Will uns da einer an den Kragen, oder was?«

»Ich denke, der Amerikaner«, hat der Claas stenografiert.

»Da kann ich euch beruhigen«, hat der Sanktus gesagt. »Den wollte jemand gestern auch umbringen. So schaut's aus!«

Jetzt blödes Gschau seitens Besuch.

»Habts ihr oi Ahnung, mit wem der zsamma isch?«, hat der Hanspeter gefragt.

»Nö!«, seitens Claas und für ihn Diskussion beendet.

»Der hat irgendein gschlamperts Verhältnis mit einer Brauerin. Mehr wiss' ma ned, gell Claasi?«, hat der Hubsy geantwortet.

»Exakt!«, vom Claas.

»Und was gibt's sonst Neues?«, hat der Sanktus gefragt.

»Ned viel«, hat der Hubsy angefangen. »Der Neude-Schorsch fangt jetzt ›Belgian Style‹ an, sagt er. Also Dubbel, Tripel oder sogar Quadrupel, also alles Böcke. Ein Witbier hat er auch im Angebot. Auch Fruchtbiere, also bei uns halt Biermischgetränke.«

Da hat der Hubsy mit seiner Hand vor dem Gesicht herumgefuchtelt, weil diese Regelung für ihn auch totaler Schmarren.

»Mit den Sauerbieren«, hat er weitergemacht, »hat er noch seine Probleme. Die Spontangärung haut noch nicht ganz hin.«

»Aha«, seitens Sanktus.

Ein starkes, intensiv gehopftes, belgisches Tripel, also ein heller Bock, der sich gewaschen hat, wäre auch mal was Saisonales für die »Bierwerkel«. Schon vorgemerkt.

»Sonst?« Frage vom Sanktus.

»Mei, es machen immer mehr Craftbier-Shops auf, die unser Zeug verkaufen. Also passt's eigentlich schon. Die Leut wollen immer noch was Spezielles. Die Auswahl ist brutal. Kannst du gar nicht mehr dersaufen.«

»Und an was werkelst du?«, hat der Sanktus wissen wollen.

»Ich geh auf die traditionellen Sorten zurück. Good

old Munich mit einem speziellen Kick. Das, glaub ich, ist die Zukunft.«

Da ist der Sanktus nachdenklich geworden. Irgendwann war bestimmt Schluss mit noch exotischer, noch imperialer, noch mehr Bittere und Hopfendröhnung. Hat er einmal eine Nacht drüber schlafen müssen, der Herr Sanktjohanser.

Der Claas hat dann schweigend an seinem Smartphone gewischt und das Display betrachtet.

»Oh, oh«, hat er gemurmelt.

»Was los?«, hat der Hubsy gefragt und dem Claas das Telefon aus der Hand gerissen. »Großeinsatz der Münchner Feuerwehr bei der Benediktiner Brauerei. Ammoniakunfall. ›*Veraltete Maschinerie verursacht Katastrophe. Nachbarschaft evakuiert.*‹ Gerade gepostet vom ›Morgenblatt‹. Sauber. Sanktus, es geht weiter. Bitte, tu halt was!«

An diesem Abend ist der Sanktus spät heimgekommen. Die Kathi war schon im Bett, und er hat versucht, möglichst leise zu sein, um sie nicht aufzuwecken, was mit den diversen Bieren, die er intus gehabt hat, nicht ganz so einfach war. Dann ist er noch mit der Schulter am Türstock hängen geblieben. Stechender Schmerz jetzt Scheißdreck! Die Kathi ist aufgewacht, hat den Sanktus mit einem Kopfschütteln betrachtet und ihn gefragt, ob alles in Ordnung sei. Eine gestöhnte Bestätigung, und er ist auf seine Seite des Bettes gekrochen und sofort in einen tiefen Schlaf gefallen.

Einmal ist ihm kurz der Bummerl im Traum erschienen, der ihm wieder und wieder geraten hat, die Brauerin zu finden und sich nicht so anzustellen.

25. JULI 2016

»Die Ziegler Verena!«, hat der Sanktus um 5.30 Uhr in der Früh laut ausgerufen, dass die Kathi senkrecht im Bett gesessen ist.

»Spinnst du jetzt? Schau a mal auf die Uhr, du Kasperl!«, hat die Kathi, für ihre Art eigentlich viel zu direkt, gemeckert.

»Aber sie war's! Also is's. Die Frau im Krankenhaus und auf dem Foto beim Vane! Mit der hat der ein Verhältnis. Sauber! Aber wo find ich die?«

»Wer ist denn die?«, hat die Kathi gefragt.

»Die ist auch Brauerin, die Verena«, hat der Sanktus gemeint.

»Na, dann findest es schon raus, Sanktus. Bei euch ist doch nichts geheim«, hat die Kathi gemurmelt, sich umgedreht und die Bettdecke über den Kopf gezogen.

Der Sanktus hat genau einen Anruf gebraucht, um über den Hubsy rauszufinden, dass die Ziegler Verena inzwischen Weichslbaumer geheißen hat. Jetzt Blitzeinschlag, weil was war er denn für ein riesen Depp? Das hatte ihm ja der Giovanni bereits direkt auf den Kopf zugesagt, und er hatte es wieder einmal nicht kapiert. Wieder einmal der Giovanni. Der hatte es vor drei Jahren bei den Rippermorden auch schon im Urin gehabt, dass es sich beim Ripper um … Aber das ist eine andere Geschichte. Der Sanktus also mit der

U-Bahn zum Ostbahnhof und mit der S-Bahn hinaus nach Firmkirchen.

Er ist durch das geöffnete Brauereitor geschritten und vor einem hellgelben Gebäude, an dessen Ecke das alte, kupferne Zwei-Geräte-Sudwerk aus großen Schaufenstern herausgestrahlt hat, gestanden. Der Sanktus hat wie immer tief eingeschnauft, wenn er in einer Brauerei gewesen ist, aber anscheinend kein Sudtag. War der Sommer dieses Jahr so schlecht, dass am Montag nicht gebraut worden ist? Unwahrscheinlich, also eher schlechtes Geschäft. Links neben dem Tor, also an der Hauptstraße, ist die Brauereiwirtschaft gewesen. Gerade, als der Sanktus die drei Treppen zum Eingang hinaufsteigen hat wollen, ist die Tür von innen aufgerissen worden und eine wütende Gestalt ist herausgekommen.

»D-das werden Sie büßen. So etwas machen Sie n-nicht mit mir. Das wird F-Folgen haben!«

Amerikanischer Akzent, Stottern und hohe Stimme. Die Gestalt, die bisher nur von hinten zu sehen war, hat sich umgedreht, und die wutverzerrte Fratze von Dean Vane hat ihm entgegengeblickt.

»Hast an Stress?«, hat der Sanktus gefragt und sich am Kopf gekratzt. »Reiß dich einmal ein bisserl zsamm, du Aff, und führ dich ned auf wie ein Schachterlteufel!«

»Bloody a-assholes! You tried to kill my c-cousin. Ihr habt meinen V-Vetter auf dem Gewissen«, hat ihm der Dean mit hochrotem Kopf entgegengebrüllt.

»He, runter vom Gas«, hat der Sanktus versucht, den gspinnerten Cousin zu beschwichtigen, weil ihm klar war, dass jegliche weitere Provokation negativ sein würde. »Wer hat versucht, deinen Cousin umzubringen!«

»F-Fuck you all!«, hat der Dean geschrien und ist, mit den Händen fuchtelnd, abgezogen.

Der Sanktus hat nur den Kopf geschüttelt und war sich sicher, dass das nicht das Letzte war, was er von diesem Deppen sehen würde. Er hat jetzt noch einmal durchgeschnauft und anschließend das Wirtshaus betreten. Das Bräustüberl war in hellem Holz gehalten und das Zentrum hat eine große Schanktheke eingenommen. Über der Theke ein Schwarz-Weiß-Bild, das den Kopf eines unsympathischen Mannes gezeigt hat. Darunter ein Schild, auf dem »Gottfried Weichslbaumer – Bräu von 1952 bis 1980« gestanden ist. Hinter dem Schanktisch ist eine Brünette aufgetaucht und hat die Bierleitungen gereinigt, sprich gespült. Sie hat in Richtung Sanktus geschaut und ein abgehaktes »Grüß Gott« herausgebracht. Er ist langsam in Richtung Theke auf die Dame im Dirndl zugegangen. Alt ist sie geworden, die Verena, hat er sich gedacht. Irgendwie verhärmt. Gar nicht so wie auf dem Foto in der Vane-Wohnung. Das auffällige Parfüm hat der Sanktus sofort wieder in der Nase gehabt.

»Griaß di, Vreni.«

Die Verena hat von ihrer Arbeit aufgeschaut und dem Sanktus in die Augen gesehen. Darin hat er aber keine Freude des Wiedererkennens sehen können. Eher ein Funke Angst, aufgescheuchtes Tier gar nichts dagegen.

»Ja, der Sanktus! Servus!«, hat die Verena versucht, die Überraschte zu spielen. »Was tust du denn da? Wir haben uns ja schon ewig nimmer gesehen.«

»Ewig? Meinst wirklich, Vreni, ha?«

In diesem Moment ist ein adipöser Herr mit schütterem Haar im grauen Meistermantel durch eine Seitentür ins Bräustüberl eingetreten.

»Grüß Gott. Konn i Eahna helfen?«, hat er gefragt.

»Mir? Nein, nein. Ein Weißbier hätt ich gern und drei Weißwürscht«, hat der Sanktus eingeworfen.

»Vreni, steh ned rum! Bedien den Herrn! Auf geht's!«, hat der Dicke genörgelt, verstohlen eine Tablette aus einem Briefchen gedrückt und mit einem Schluck Wasser hinuntergespült. Der Beschriftung nach ein Herzmedikament, hat der Sanktus gerade noch ausmachen können, bevor es der Weichslbaumer schnell wieder weggesteckt hat.

Die Vreni hat ihren Blick gesenkt, auf den Tresen gestarrt und ein Weißbier gezapft. Der Sanktus hat sich inzwischen an den nächstgelegenen Tisch gesetzt.

»Sei still und sag nix, bis er weg ist«, hat sie ihm, als sie das Bierglas auf den Tisch gestellt hat, zugeflüstert.

Der Weichslbaumer hat noch einige Anweisungen in Richtung Vreni gegeben und ist dann, seiner Aussage nach, zurück in die Brauerei.

»Was willst denn von mir?«, hat die Vreni den Sanktus gefragt.

»Du warst am Samstag in der Früh im Krankenhaus. Stimmt's?«, hat der Sanktus mit wichtigem Blick gefragt.

»Wie kommst jetzt da drauf?«, die Gegenfrage.

»Ich hab dich erkannt. Komm, halt mich ned für blöd, Vreni.«

»Ja, stimmt. Ich war da.«

»Und am Freitag warst du beim Garreth im Penthouse, oder?«

»Woher willst denn das wissen?«

»Ich hab dich gerochen, Vreni. Gib's zu!«

Nicken jetzt seitens Weichslbaumerin.

»Warst du da, wie sie den Garreth überfallen haben?«

»Ja, Sanktus«, hat die Vreni gezittert. »Aber ich hab

nichts gesehen. Ich hab nur ein komisches Geräusch gehört, weil ich in der Sauna war. Ich bin raus, hab mir ein Handtuch übergeworfen und bin ins Schlafzimmer. Da ist er schon blutüberströmt im Bett gelegen. Ich hab mich sofort angezogen, bin raus und hab den Notarzt verständigt.«

»Warum bist du nicht dort geblieben?«

»Wenn das der Paul rauskriegen würde, was meinst du, was da los wär? Der würd mich glatt erschlagen.«

»Und du hast nichts gesehen?«

»Leider nein. Gar nichts. Aber Sanktus«, hat die Verena angefangen, »du bist doch da firm, was man so hört. Könntest du nicht ein bisserl ermitteln?«

Der Sanktus hat jetzt demonstrativ seinen Kopf auf dem Tisch aufschlagen lassen und geseufzt.

»Wies nur allesamt draufkommts, dass ich nix anders zu tun hab, zefix!«, hat er geschimpft. »Der Wahnsinn!«

»Also eher ned?«

»Doch! Schon. Bin ja schon dabei. Der Garreth war nämlich am Tag vorher noch bei mir und hat schon so komische Andeutungen gemacht, dass ihm jemand nach dem Leben trachten tät. Wie lange geht denn dein Verhältnis mit dem Garreth schon?«, hat der Sanktus gefragt.

»Schon seit ein paar Monaten, weißt.«

»Und dein Mann hat nichts gemerkt?«

»Ah geh. Der hat doch nur Augen für junge Flitscherl und Zeit für seine Braumeisterstammtische.«

»Was hat denn der damische Dean vorher da wollen?«, hat der Sanktus gefragt.

»Keine Ahnung. Der Garreth hat mit dem Paul einen Vertrag geschlossen, dass wir das Red Head Bier hier in Firmkirchen machen sollen. Also einen Letter of Intent, so eine Absichtserklärung. Nach dem final festgelegten

Zeitplan und den letzten Qualitätskontrollen hätte der endgültige Vertrag unterschrieben werden sollen. Das will der Paul aber jetzt nicht mehr und hat die Absichtserklärung widerrufen. Ich weiß nicht, wieso. So was sagt er mir nicht. Er muss irgendeinen anderen Deal haben, weil uns steht das Wasser bis zum Hals. Aber Sanktus, frag mich ned weiter. Ich weiß nichts mehr. Ich will nur, dass der Garreth wieder aus dem Koma aufwacht und mit mir weit weggeht. Ich halt das mit diesem Tyrannen nicht mehr aus«, hat die Verena unter Tränen erzählt.

Der Sanktus hat ihr einen Arm um die Schultern gelegt und hat sie gerade trösten wollen, da ist die Seitentür aufgegangen, und als der Weichslbaumer die beiden gesehen hat, ist er mit hochrotem Kopf auf sie zugestürmt.

»Hä, was soll denn des? Lasst du deine Drecksgriffel von meiner Frau!«, hat er völlig in Rage geschrien und den Sanktus gepackt.

Der Sanktus ist mit einer Beule am Kopf und einer aufgeplatzten Lippe in der S-Bahn zurück nach München gesessen. Er hatte sich schon lange nicht mehr geprügelt, aber wenn dich einer wie der Weichslbaumer angeht, hast du halt keine Chance mehr. Selbsterhaltungstrieb dann vorherrschend. Aber warum ist der Typ abgegangen wie ein Schnitzel? Er hatte doch nur versucht, die Vreni zu trösten, und das ist bitter nötig gewesen. Die Frau war ja total durch den Wind vor lauter Angst um ihren Garreth. Gott sei Dank war nicht viel bei dem Gerangel passiert, weil der Sanktus ja viel besser in Form als der schwere Paul. Gerade, als er ihm den finalen Schlag versetzen hatte wollen, hatte ihn ein Brauer, der unbemerkt ins Wirtshaus gekommen war, am Arm gepackt, und die Sanktus-Faust war somit nicht auf den Weichslbaumer herabgeschossen. Glück für den Sanktus, weil sonst hätte er wirklich Ärger am Hals gehabt. Die Vreni und der Brauer hatten den Weichslbaumer wieder emotional heruntergebracht und die Vreni hat den Sanktus aus dem Bräustüberl hinausgeschoben. Sie hatte noch gemeint, sie würde sich bei ihm melden, aber es wäre momentan sicherer, er würde erst einmal die Bildfläche verlassen.

So ist er jetzt in der S-Bahn gesessen und hat versucht, mit einem Stofftaschentuch die Blutung an der Lippe zu stillen. So ein Scheiß. In was man aus heiterem Himmel hineinschlittern hat können. Ja, so ein jähzorniger Pinkel, so ein jähzorniger. Da war dem Sanktus schon klar, dass es die Vreni nur sehr schwer bei diesem Tyrannen hat aushalten können. Kurz vor dem Hauptbahnhof hat das Handy geklingelt und der Bichlmaier auf dem Display.

»Servus Sanktus! Wo bist denn grad?«

»In der S-Bahn. Warum?«

»Könntest du vielleicht kurz bei uns in der Mordkommission in der Hansastraße vorbeikommen?«, hat der Bichlmaier zögernd Auskunft gegeben.

»Warum? Was ist denn los, Bichä?«

»Sag ich dir, wenn du da bist.«

»Na, ja. Wennst meinst. Ich komm na gleich vorbei. Bis gleich, Bichä!«

Im Kriminalfachdezernat 1 angekommen, ist der Sanktus vom Kriminalassistenten Demuth in Empfang genommen und in ein Verhörzimmer verfrachtet worden. Der Sanktus hat nicht wirklich gewusst, wie ihm geschieht.

»Herr Sanktjohanser«, hat der Demuth angefangen,

»sind Sie damit einverstanden, dass das Verhör aufgezeichnet wird?«

»Was für ein Verhör?«, hat der Sanktus gefragt.

»Na Ihres!«

»Wen tät ich denn verhören?«, hat der Sanktus den Franken gereizt.

»Niemand. Weil ich verhör Sie! Sie stehen nämlich unter Mordverdacht.«

Der Sanktus hat geglaubt, er hört nicht richtig. Er unter Mordverdacht? Was hat den Demuth denn heute geritten? Hat der zum Frühstück einen Clown verschluckt?

»Ja hast du an Vogel, oder was?«, hat der Sanktus laut ausgerufen.

»Sie, Herr Sanktjohanser, des is na fei Beamtenbeleidichung, das sach ich Ihnen fei.«

»Ist ja gut Demuth«, hat der Sanktus die wohlbekannte Bichlmaier-Stimme vernehmen können, der Kommissar war soeben in den Verhörraum eingetreten. »Griaß di, Sanktus!«

»Was soll jetzt des? Spinnts es, oder was?«, hat der Sanktus den Kommissar gefragt.

»Leider nein, Sanktus. Der Herr Demuth ist ganz richtig unterwegs. Mordverdacht ist jetzt natürlich übertrieben, weil umgebracht ist er ja ned worden. Aber vernehmen müssen wir dich.«

»Mich? Geht's noch?«

»Sanktus, bleib ruhig. Ist alles ned schlimm. Demuth schalten S' die Aufzeichnung aus. Ein einfaches Protokoll reicht auch.«

Der Franke hat von triumphierend auf süßsauer gewechselt.

»Also Demuth. Schießen S' los«, hat der Bichlmaier den Franken von der Leine gelassen.

»Herr Sanktjohanser. Sie waren am 15. Juli dieses Jahres bei der Eröffnung der Red Head Brauerei in Giesing zu Gast?«, hat der Demuth gefragt.

»Ja, warum?«, ist's vom Sanktus gekommen.

»Dort haben Sie Herrn Garreth Vane gewaltsam bedroht und unflädich beschimpft?«

Aha, daher weht der Wind, hat sich der Sanktus gedacht.

»Ja, schon. Aber bedroht? Meine Meinung hab ich ihm halt gsagt.«

»Herr Sanktjohanser, wo waren Sie am Nachmiddach des 22. Juli?«

»Mit der Kathi am Odeonsplatz? Was soll die Frage?«

»Herr Sanktjohanser, die Frachen stell hier einzich und allaa ich.«

»Wie?«

»Einzig und alleine ich«, hat der Demuth in Hochdeutsch korrigiert. »Ich sprech ned nur vom Abend. Also?«

»Ich war in der ›Bierwerkel‹.«

»Was is na des?«, hat der Kriminalassistent gefragt.

»Mein Geschäft und Brauerei.«

Der Bichlmaier hat wieder einmal die Augen verdreht.

»Ich sach Ihnen jetzt amal, wo Sie waren. Sie waren bei Herrn Vane in Johanniskirchen, um nachzudaroggen, also tarocken. Da ist Ihnen eine Sicherung durchgebrannt, und Sie haben geschossen.«

Der Sanktus hätte am liebsten losgelacht, wenn die Situation nicht so real gewesen wäre.

»Und wo hätte ich eine Waffe her, du Kasperlkopf?«, hat der Sanktus gestichelt.

»Die kann ma sich heutzudach im Internet kaufen. Des waß doch a jedes Kind«, hat der Demuth klug dahergeredet. »Was ham na Sie eichentlich da an der Lippe? Schon wieder a Auseinandersetzung? Sehr interessant.«

»Ja, ich mein, jetzt langt's, Demuth«, hat der Bichlmaier die Aktion unterbrochen. »Der Herr Sanktjohanser hat seine Aussage zu Protokoll gegeben. Wir werden das Alibi nachprüfen. Sanktus, kann das jemand bezeugen, dass du in der Brauerei warst?«

»Nein, ich war allein. Ich hab die Gärtanks kontrolliert und noch ein bisserl sauber gemacht.«

»Gut, also vielen Dank die Herren«, hat der Bichlmaier geschlossen und dem Sanktus ein Zeichen gegeben, das bedeutet hat, dass sie sich gleich anschließend noch austauschen mussten.

»Habts ihr komplett den Arsch offen, oder wie seh ich des?«, hat der Sanktus den Bichlmaier angeschrien, als der unten zur Eingangstür des Kommissariats herausgekommen ist. »Was soll denn des?«

»Sanktus, du kennst doch den Demuth. Der hat dich auf der Abschussliste. Und da bist selber dran schuld. Du piesackst ihn, wo's nur grad geht«, hat ihm der Kommissar geantwortet.

»Und das reicht, dass ihr mich wie an Schwerverbrecher da verhörts. Glaubst du vielleicht auch noch, dass ich den Garreth umbringen wollt. Weil er die Kathi schräg angeschaut hat, oder wie? Ha?«

»Hat er? Stopp! Hast du mit dem Kontakt gehabt, Sanktus?«

»Ja klar. Am Tag vor dem Attentat war er bei mir.«

»Und was hat er wollen?«

»Wollt mich für seine Sache überzeugen. Craftbier ohne Industrie und ohne Reinheitsgebot. Die ewige Leier halt.«

»Und hat er was zu den Morden gesagt?«

»Nein. Hat er nichts sagen können. Und auch nicht zu den Anschlägen in den Brauereien. Das wollte er nicht provozieren, hat er gemeint.«

»Und? Glaubst du ihm?«, hat der Kommissar gefragt.

»Irgendwie schon. Der Vane ist nicht verkehrt. Der hat den Auftrag, das Red Head Bier bei uns einzuführen und schnell Marktanteile zu gewinnen. Seine Auftritte sind reine Show. Eigentlich ist das ein ganz normaler Mensch. Hat bayerische Wurzeln. Redet auch Bayerisch, wenn er will. Und weißt du, was er am Ende gemeint hat. Jemand hat versucht, ihn absichtlich zu überfahren.«

»Sakrament! Und das hat nicht funktioniert und dann haben sie es mit einer Waffe probiert. Sauber! Das sind ja Mafiamethoden.«

»Er vermutet, es war der Mann seiner Geliebten. Das ist übrigens Verena Weichslbaumer.«

Der Bichlmaier hat den Namen gleich notiert.

»Ich wunder mich die ganze Zeit, ob die Morde mit den Aktionen in den Brauereien zu tun haben?«, hat der Sanktus ins Blaue hineingeschossen.

»Was ist da jetzt eigentlich alles passiert?«, hat der Kommissar wissen wollen.

»Beim Stern hat jemand Bier mit Bierschädlingen versetzt, beim Bärenbräu hat wer unerlaubte Phosphorsäure in zwei Sude hineingekippt. Bei mehreren Brauereien sind Bierkästen mit Schimmelkulturen besprüht worden. Und der Hammer war vorgestern, der Ammoniakalarm beim Benediktiner. Das war bestimmt eine weitere Aktion. Da weiß ich aber noch nichts. Weißt du was, Bichä?«

»Da hat jemand einen kleinen Sprengsatz angebracht, sodass eine Leitung aufgegangen und das Ammoniak-Zeugs ausgetreten ist.«

»Und jetzt? Wo setzen wir an?«

Der Kommissar hat jetzt tief durchgeschnauft und auf den Boden gestarrt.

»Wir leider gar nicht. Du bist offiziell ein Verdächtiger in einem Fall des versuchten Mordes. Das hat er zumindest hingekriegt, der Demuth, dass ich dich jetzt nicht mehr in die Ermittlungen einbinden kann.«

»Na bravo. So ein Arschloch. Da krieg ich ja gleich …«, hat der Sanktus loslegen wollen.

»Nix kriegst. Hast du die Handynummer von der Brigitte?«, hat der Kommissar gefragt.

»Von deiner Stillkrauth Brigitte?«

»Genau!«

»Klar hab ich die«, hat der Sanktus geantwortet.

»Na also. So bleiben wir in Kontakt. Machst du dich wegen der Brauereianschläge schlau, Sanktus?«

»Ja, und du wegen dem Ammoniak? Vielleicht kriegen wir raus, wer da in den Benediktiner rein ist. Halt, Bichä, wie geht's eigentlich dem Vane?«

»Unverändert. Immer noch im künstlichen Koma. Aber stabil, sagen die Ärzte.«

»Na ja, besser wie nix. Also, servus Bichä!«

»Pfiat di, Sanktus. Und pass auf wegen dem Demuth. Der gibt ned auf! Auf keinen Fall.«

Beim Abendessen hat die Kathi nicht gewusst, ob sie sich freuen soll oder nicht. Einerseits war es ihr sehr recht, dass der Sanktus nicht mehr hat ermitteln dürfen, aber für den Preis dieser Verdächtigung? Am Ende würden sie ihn noch aufgrund eines Justizirrtums einsperren. Soll ja alles schon vorgekommen sein. Der Martina hatten sie nichts davon erzählt, und am Schorschi ist das vorbeigegangen. Der hat seine Spätzle hineingeschaufelt, als ob es bald keine mehr geben würde.

Der Sanktus hat sich mit der Kathi am Abend noch bei einer Flasche Südtiroler über den Fall unterhalten, und auch die Kathi hat ein Bauchgefühl gehabt, dass die Morde und die Aktionen zusammengehörten. Wenn sie diesen Zusammenhang herausfinden würden, dann wäre der Fall wahrscheinlich gelöst.

In der Nacht hat der Sanktus wieder vom Bummerl geträumt. Der Bummerl ist ihm in all den Jahren sehr abgegangen. Die beiden waren ein Herz und eine Seele gewesen. Extreme Seelenverwandtschaft sozusagen. Eigentlich jedoch grundverschieden. Der Bummerl ein Hallodri, gerade wenn's um Frauen gegangen ist. Da war der Sanktus doch eher traditionell und brav veranlagt. Appetit machen darf man sich, aber gegessen wird definitiv daheim! Dafür hat der Bummerl nicht diesen ewigen Drang nach Veränderung gehabt. Aber trotzdem hatten sie einfach gut zusammengepasst. Aber mei, vorbei ist vorbei und kommt nicht wieder.

Der Bummerl hat ihm in diesem Traum immer wieder gesagt, dass die Familie das Wichtigste ist. Von Blutsbanden hat er gesprochen. Als der Sanktus verwirrt aufgewacht ist, hat er nicht genau gewusst, was ihm sein Freund hat sagen wollen. Mit pochendem Herzen ist er wieder eingeschlafen.

26. JULI 2016

Der Sanktus war gerade dabei, Malz für ein Weißbier zu schroten, da hat es vehement an der Eingangstür zum Probierraum geklopft. Welcher Depp ist denn das in aller Herrgottsfrüh, hat sich der Sanktus gedacht und seine Frage sofort bestätigt bekommen, wie er den Drengler vor der Tür gesehen hat.

»Sanktus, Sanktus! Gut, dass du da bist. Ein Notfall. Ich habe ’nen Notfall!«

»Was ist denn passiert, Jens? Bist ja ganz bleich«, hat der Sanktus gefragt.

»Oh Gott. Wir fahren heute Abend zu Ulrikes Vater nach Nürnberg. Du weißt, ja, er ist Professor emeritus, also bereits außer Dienst. Verstehst du? Heute hält er aber zum Jubiläum eines Kollegen eine seiner bekanntesten früheren Vorlesungen. Das Thema ist …«

»Halt, Jens! Egal. Was brauchst denn jetzt?«

»Ja, also ich gehe zu dieser Vorlesung, und da möchte ich ihm etwas mitbringen. Könnte ich bei dir vielleicht einen kleinen Geschenkkorb käuflich erwerben?«

»Ach so. Und ich hab mir schon gedacht, es ist wirklich was passiert. Aber da hab ich was Passendes für dich. Ein Oak-Reserve-Porter aus Franken. Das ist in so einer Sektflasche in einer Holzkiste. Das, mein ich, wär doch was, oder?«

»Oh supiiii. Toll! Das nehm ich«, hat der Drengler frohlockt und wie so ein Schepperlaff in die Hände geklatscht.

»Gut, lass mich bitte nur geschwind einmaischen. Sonst wird's mir mit der Zeit knapp«, hat der Sanktus den Drengler gebeten.

Doch der Sanktus ist gar nicht dazugekommen, ein einziges geschrotetes Malzkorn mit dem 60 Grad warmen Wasser zu vermengen, weil das Telefon schon geklingelt hat. Die Sandra, also sozusagen die Frau Hubsy, ist dran gewesen.

»Sanktus, da ist die Sandra. Du musst unbedingt kommen!«, hat sie hysterisch in das Telefon gebrüllt.

»Sandra, griaß di. Warum? Was ist denn los?«

»Hier stimmt was ned und ich komm ned zum Hubsy rein!«

»Wie? Was stimmt ned?«

»Der Hubsy braut heut. Die Würze kocht und es dröhnt laute Musik raus, aber der Hubsy macht ned auf. Und es riecht so intensiv nach Karamell.«

»Zefix, ich komm!«, ist's vom Sanktus gekommen.

»Was ist denn los?«, hat der Drengler gefragt.

»Es riecht nach Karamell. Auf geht's. Da stimmt was ned, beim Hubsy!«

»Nur, weil es nach Karamell duftet? Also Sanktus! Ach weißte, nö!«

»Wo ist dein Karren?«

»Meinen Wagen, meinst du? Na gleich hier im Hinterhof!«

»Los, zum Hubsy. Wenn die Würzepfanne nach Karamell riecht, dann kocht der Sud schon seit Stunden. Da stimmt was nicht. Nach einer Stunde ist normalerweise finito. Los, Jens. Auf geht's! Einsatz!«

»Aber das Oak-Porter nehme ich mit, Sanktus!«

»Ja, zahlen kannst es nächstes Mal, aber mach jetzt hin!«

Der Drengler-Porsche Cayenne ist protzig mitten im Hinterhof vor der »Haidhauser Bierwerkel« gestanden, und auf den Sanktus hat wieder einmal eine harte Prüfung gewartet. Fahren mit dem Drengler, ein Himmelfahrtskommando. Aber hilft nichts, weil ja Aktion. Also hinein, weil Aktion muss ja bekanntlich immer gleich sein.

Der Drengler hat den Hebel auf D gestellt und ist wie ein Wahnsinniger durch die Toreinfahrt in die Einsteinstraße hinausgeschossen. Eine ältere Dame, die ihre Einkaufstasche auf einem kleinen Wagen hinter sich hergezogen hat, hat sich mit einem für ihr Alter gewagten Hechtsprung aus der Gefahrenzone gerettet, hat es aber dann doch noch geschafft, dem Porsche eins mit ihrem Stockschirm mitzugeben. Das würde einen schönen Kratzer geben.

Jetzt großes Bremsen der anderen Verkehrsteilnehmer, weil dem Drengler war es anscheinend egal, dass ihnen da eine ganze Blechlawine auf der Einsteinstraße entgegengekommen ist. Er also mit Reifenquietschen in Richtung Max-Weber-Platz und den Landtag runter. Auf dem Kopfsteinpflaster hat der Sanktus kurz gemeint, der Kasten verliert den Gripp, und sie landen in den Maximiliansanlagen. Aber Glück gehabt und schon ist die Pallas Athene an ihm vorbeigeschossen. Die Versicherungskammer Bayern muss dann irgendetwas im Drengler ausgelöst haben, weil ab da Vollgas, sprich der Rossberg Nico Scheißdreck dagegen. Später in der Kurve bei der Schranne am Viktualienmarkt hat der Drengler fast einen älteren Herrn von seinem Elektromobil katapultiert. Hier hat der Sanktus gelernt, dass der Stinkefinger auch bei der Generation 80 plus bekannt war. Aber kaum darüber nachgedacht, ist der Drengler schon am Sendlinger Tor in die Lindwurmstraße eingebogen. Vor der kreuzenden Trambahn hat er dann doch gebremst, weil stärker als der Porsche, und wenn du dich mit der Münchner Verkehrsgesellschaft anlegst, bekommst du eh niemals recht. Also einmal kurz den Schwanz einziehen angesagt.

Fünf Minuten später ist der Porsche in einem kleinen Hinterhof in der Lindwurmstraße zum Stehen gekommen.

»Lindwurm-Bräu« ist über der großen, zweiflügeligen Holztür gestanden. Dem Sanktus ist beim Aussteigen sofort der aufdringliche, karamellartige Geruch nach verkochter Bierwürze aufgefallen. Er hat nach oben gesehen und die Brüden, also den Dampf vom Sudhaus, der immer noch vom Würzekochen aufgestiegen ist, ausmachen können. Hier war definitiv etwas faul.

Die Sandra, eine kleine, dickliche, normalerweise lustige Münchnerin, ist im Jogginganzug im Hof sozusagen gekreist. Der Claas, auch anwesend, ist, wie immer in Schwarz gekleidet, auf den Sanktus und den Drengler zugelaufen gekommen.

»Gut, dass ihr da seid!«, hat der Claas herausgebracht. »Ich bin durch Zufall vorbeigekommen.«

»Und geh ma rein?« Frage vom Sanktus.

»Verschlossen!«, hat der Claas gemeint.

»Ah geh? Schlauberger, wirklich?«, hat der Sanktus geschimpft, ist im Hof hin und her gewandert und an einem Stempen stehen geblieben.

»Ach, wie sollen wir denn nun hineinkommen?«, hat der Drengler nervös gerufen.

»Mach ma's wie bei ›Dirty Dancing‹«, hat der Sanktus mit einem Grinsen erwidert und den Stempen mit dem Fuß herausgekickt. Der Sanktus hat sich mit dem Stück Metall der Tür genähert und gezielt. Die drei anderen sind in Deckung gegangen, als der Sanktus die Scheibe der linken Tür eingeschlagen hat. Anschließend hat er die restlichen Splitter am Fensterrahmen entfernt, dann mit einem Arm vorsichtig durch die Öffnung gegriffen und den innen steckenden Schlüssel im Schloss gedreht. Die Tür war jetzt auf, und die drei sind sofort hinein.

Sie sind jetzt in einem geräumigen, weiß gefliesten Raum, in dem sich das kleine Edelstahlsudhaus befunden hat, gestanden. Der Sanktus ist sofort auf eines der drei Edelstahlgefäße zugelaufen und hat den Heizdampf zugedreht.

»So! Da ist jetzt a Ruh! Aber wo ist der Hubsy?«, hat er gefragt.

»Seht mal, hier!«, hat der Preußen-Claas den Sanktus und den Drengler gerufen und ihnen einen Brief, der auf einem Tisch gelegen ist, entgegengehalten.

Der Sanktus hat ihm den Schrieb aus der Hand genommen und gelesen. Es hat sich um einen Brief der Lebensmittelüberwachung gehandelt. Quintessenz war, dass sie dem Hubsy seinen Lindwurm-Bräu aufgrund von Nagetierbefall, also Ratten, mit sofortiger Wirkung zusperren wollten.

»Ratzen? Beim Hubsy? Naa, wirklich ned«, hat die Sandra, erbost über den Schrieb, ausgerufen.

»Igitt, igitt«, ist's vom Drengler gekommen.

Der Sanktus war völlig baff. Er hat den Hubsy noch

von der Berufsschule her gekannt, und dass es bei ihm nicht hat sauber sein sollen, war ein glattes No-Go. Definitiv! Der Hubsy war einer der pingeligsten Brauer überhaupt, was Sauberkeit anbelangt hat. Meister Propper war sein damaliger Spitzname deswegen. Also was war hier los, und wo war zefix noch einmal der Hubsy?

»Sehen wir im Gärkeller nach«, hat der Claas gefordert, aber auch in diesem nebenan liegenden Raum keiner.

»Schroterei?«, ist's vom Sanktus gekommen.

»Kleiner Raum oben!«, hat der Claas gedeutet.

»Dann hinauf, meine Herren!«, hat der Drengler gerufen. »Hopp, hopp!«

Am Ende der Treppe, die in den Stock über dem Sudhaus geführt hat, hat sich eine geschlossene Tür befunden. Aus dem Raum dahinter war ein Neonlichtschein unter der Tür auszumachen. Der Sanktus hat die Tür langsam geöffnet.

Im hell erleuchteten Raum ist eine kleine, beige Zwei-Walzen-Schrotmühle gestanden, die in einen Schrotrumpf entleert hat. Vom ebenfalls beigen Schrotrumpf ist der Malzschrot hinunter in die Maischpfanne gefallen. Neben der Mühle war an der Decke ein elektrischer Flaschenzug befestigt, mit dem der Hubsy die angelieferten Malzsäcke durch eine Luke hat von unten heraufziehen können. Leider ist am Zug kein Malzsack, sondern der Hubsy selbst und höchstpersönlich gehangen. Seine Augen waren aus den Höhlen hervorgequollen, und die Zunge ist blau aus seinem Mund herausgehangen.

Die Sandra hat einen gellenden Schrei ausgestoßen. Der Drengler war so bleich wie die weiße Wand im Hintergrund.

Wieder einmal ist der Sanktus in einem Hof gestanden und rings um ihn herum hat es blau aufgeblinkt. Braucht's des, wieder der Gedanke im Sanktus-Schädel, aber anscheinend schon, weil das ist ihm ja jetzt schon auffallend regelmäßig passiert.

Die Sandra ist mit dem Gesicht in den Händen auf einem Sockel gesessen. Sanitäter haben sich um sie gekümmert, und der Claas hat versucht, sie zu trösten. Der Bichlmaier hat den Tatort inspiziert, und der Drengler ist ihm mit erhobenem Zeigefinger nachgelaufen und hat versucht, seine wertvollen Eindrücke und Beobachtungen an den Mann, also eigentlich an den Polizisten zu bringen. Der Demuth ist umeinander geschlichen wie der klassische Verschwörer in einem Drama. Er hat den Sanktus immer wieder abwertend von der Seite her angesehen und sich ihm schließlich genähert.

»Schon inderessant, dass Sie schon wieder an einem Dadort sind, Herr Sanktjohanser. Ich würd Sie bidden, München erscht amal ned zu verlassen, gell.«

»Arschloch!«, seitens Sanktus und Wegdrehen.

Das Gesicht vom Demuth kannst du dir ja sicherlich vorstellen. Wut kein Ausdruck. Dann umschwenken auf sauren Apfel. Fast ein bisserl so wie beim Dean Vane, wenn er den Sanktus sieht. Würden gut zusammenpassen, die Zwei.

Kurz darauf ist der Bestattungsdienst Hingerl, sprich der Leichen-Seppi und sein narrischer Vater, mit Karacho in den kleinen Hinterhof hineingeschossen und in der Brauerei verschwunden. Beim Raustragen der Hubsy-Leiche hat der Seppi den Sanktus gesehen und nur mit dem Kopf geschüttelt.

»Hoffentlich bsuchst du mich nie daheim! Ned, dass s' mi dann auch waagrecht raustragen«, hat er gemeint.

»Sanktus«, hat der Bichlmaier gefragt, »hast du schon was rausgebracht?«

Der Drengler hat gerade zu einem Monolog ansetzen wollen, aber der Sanktus hat ihn unterbrochen.

»Naa, Bichä. Aber morgen schau ich gleich zum Stern und zum Bären. Den großen Unbekannten, der das angstellt hat, den kriegen wir schon. Der Saukerl kommt uns ned aus. Hast du was vom Benediktiner rausgebracht?«

»Ja. Da gibt's anscheinend einen Film von einer Überwachungskamera. Den haben wir angefordert. Sobald ich was weiß, meld ich mich. Über die Leitung Stillkrauth, gell!«

»Eh klar, Bichä. Aber jetzt muss ich weiter. Muss meinen Sud fertig machen. Pfiat di, Bichä!«

Beim Umdrehen ist der Sanktus direkt in den Claas gerumpelt, der auf einmal hinter ihm gestanden ist.

»Sorry, Claas!«

»In Ordnung«, hat der Claas gestammelt und ist zurück zur Sandra.

Der Sanktus hat den Kopf geschüttelt und ist zum Drengler in den Porsche gestiegen. Der hat ihn wieder heim in die »Bierwerkel« gefahren. Eigentlich hast du ja an so einem Tag keine Lust mehr, einer Arbeit nachzugehen, aber der Sud hat sein müssen. Daher Pech gehabt. Den Schorschi hat er nicht abholen brauchen, weil den heute die Anna, im Übrigen seine Patentante, mit zu sich genommen hatte.

27. JULI 2016

Am nächsten Morgen hat sich der Sanktus aufgemacht, um die eigenartigen Vorfälle in den Brauereien näher zu beleuchten. Der Schorschi war im Krümeltreff und so hat der Sanktus ein bisserl Zeit gehabt, seinen Ermittlungen nachzugehen.

Seine erste Anlaufstelle war die Sternbrauerei und somit der technische Leiter Zistlmeier. Natürlich war zuerst der Anschlag im Olympia-Einkaufszentrum und die Diskussionen in den Medien Thema. Der Zistlmeier war ebenfalls zutiefst erschüttert und hat, Pessimist, wie er war, ein düsteres Bild der Zukunft gezeichnet. Da war ihm der mikrobiologische Anschlag in seiner Brauerei fast wieder egal. Trotzdem hatte er sich natürlich doch etwas gewundert, dass sich der Sanktus nach seiner Absage an den Megasphaera auf einmal wieder mit diesem Sachverhalt befassen wollte.

»Ich weiß ja ned, was dich jetzt auf einmal reitet, Sanktus, aber mir ist's grad recht«, hat er gemeint.

»Habts ihr irgendwas bemerkt an dem Tag, wo das passiert ist?«, hat der Sanktus gefragt.

»Nein, nichts. Gar nichts. Aber aus den Brauern kriegst du ja nichts raus. Weißt eh«, hat der technische Leiter verschwörerisch zugegeben.

»Ich schau mal zum Metzger Hans runter, wenn's dir recht ist.«

»Klar. Ich schau mit«, hat der Zistlmeier gemeint, und beide sind unter die Münchner Oberfläche in den Keller der Sternbrauerei.

Im Drucktankkeller haben sie den Metzger schon fluchen gehört.

»Mistmatz verreckte. Ja Sakrament, so ein Drecksglump. Narrisch kannst wern. Zefix, zefix und noch amal zefix«, war es aus der halb angelehnten Tür zum Tankraum zu hören.

»Herr Metzger, alles klar bei Ihnen?«, hat der Zistlmeier vorsichtig hineingerufen.

»Ui! Ja, ja. Öha! Ja servus, Sanktus! Was treibt dich denn da her?«, hat der Metzger, ein junger, kleiner, rundlicher Brauer, nichts Gutes ahnend, gefragt.

»Wegen der Gschicht mit dene Keime im Bier halt«, hat der Sanktus verlegen gemurmelt.

»Ah! Ja, ja!«, hat der Hans ausgerufen. »Wegen de Keime, gell. Soso. Deswegen bist du da?«

»Was bist denn so rot auf einmal im Gsicht? Und schwitzen tust auch grad a so, Hans«, hat der Sanktus gefragt.

»Ich? Meinst?«

»Ja, mein ich. Also schieß los!«, hat der Sanktus gefordert.

»Ja zefix. Da war schon so einer …«

Der Zistlmeier hat fassungslos in die Runde geschaut, weil er halt schon so oft versucht hat, etwas herauszufinden, und jetzt kommt der Sanktus daher und gleich peng! Ergebnis schon da, scheint's, praktisch bahnbrechender Ermittlungserfolg.

»Herr Metzger, warum haben S' denn nie was gsagt?«,

hat der Zistlmeier gefragt. Jetzt nicht mehr nur rat-, sondern auch noch fassungslos.

»Mei, zuerst ist's mir ned eingfallen, und dann hab ich mich nimmer traut.«

Der Metzger Hans hat jetzt Tränen in den Augen gehabt, so viel Angst hat er gehabt. Zitterpappel kein Ausdruck.

»Da war ein Reinigungsmittelvertreter herunten. In so einem weißen Kittel. Nicht besonders groß. Ein Ossi war's. *Pröben* wollt er nehmen. Schöne Proben waren des. Dieses Arschloch, dieses meineidige!«

»Ja, scho guad, Hans«, hat ihn der Sanktus beschwichtigt. »Und wie hat er ausgeschaut, der Vertreter?«

»Einen grauen Schnurrbart hat er gehabt. Ansonsten ein Allerweltsgesicht. Mei, von der Größe her, eher klein, ned zu groß.«

»Wie hat denn der reinkommen können?«, hat der Sanktus, eher zu sich selbst murmelnd, gefragt.

»Eigentlich geht das ned. Wir haben ein Drehkreuz und ansonsten musst du definitiv am Pförtner vorbei«, hat der Zistlmeier geantwortet.

»Oder mit einer Führung!«, hat der Metzger ausgerufen. »Kurz vor dem Typen ist eine Führung vorbeigekommen.«

»Das könnt sein. Hanse, du meldest dich auf jeden Fall beim Bichä und machst ein Phantombild und eine Aussage. Host mi?«

»Eh klar, Sanktus!«

Als sie einen Schritt weiter waren, hat der Zistlmeier ganz begeistert wissen wollen, wie der Sanktus so schnell erfolgreich in Sachen Metzger hat sein können. Der Sanktus hat sich geschmeichelt gefühlt, dem technischen Leiter aber nicht gesagt, dass er einen sicheren Tipp vom Giovanni erhalten hatte. Bei dem hatte sich der Metzger kürzlich einmal bei der Brotzeit verredet und ihm von seiner Beobachtung erzählt. Oberwasser nichts dagegen. Der Zistlmeier hat dem Sanktus noch versprochen, dass er den Guide der Führung gleich ausfindig machen würde. Vielleicht würde der noch was beitragen können.

»Ich müsste den Herrn Romanov sprechen«, hat der Sanktus zum Pförtner der Bärenbrauerei in sein Security-Domizil hineingerufen.

»Momentschn bidde«, hat der Herr in ostdeutsch gefärbter Sprache gemeint. »Toch, Frau Wimmer, do isn Herr Jöhannsen für den Herrn Römanöv hior! Gännse den empfangen?«

Kurze Pause, Zuhören und Stirnrunzeln.

»Wie wor gleisch Ihr Name?«

»Sanktus!«

»Sankdüs, socht er, Frau Wimmer.« Und an den Sanktus gewandt: »Momentschn, sie frocht gleich noch.«

Daraufhin hat er fast einen Diener gemacht und hat den Sanktus hineingelassen.

»Sie müssn abo ganz schön wischtisch sein. Der is ja ganz ausm Häusschn, socht die Wimmer.«

»So mag ich's«, hat der Sanktus gesagt und ist in Richtung Verwaltungsgebäude.

»Saaanktus«, hat ihn der Herr Romanov, ein stattlicher Russe mit grau melierten Haaren, wie immer überschwänglich begrüßt. »Willst du mir doch helfen?«

»Ja, schon. Ich nehm mich der Sache an. Gibt's schon Erkenntnisse?«, hat der Sanktus gefragt und gegrinst.

»Sicherlich. Wir sind ja nicht der Sternbräu, die nicht wissen, wer bei ihnen ein und aus geht.«

Jetzt hat der Russe recht verschmitzt gelacht, und der Sanktus hat sich gedacht, woher weiß der das jetzt schon wieder?

»Ein Mitarbeiter hat einen fremden Typen im Sudhaus gesehen an diesem Tag«, ist der Russe fortgefahren. »Das war Finsinger. Soll ich ihn holen lassen?«

»Nein«, hat der Sanktus abgewiegelt. »Vielleicht könnt ich mich mit ihm ja unten im Sudhaus treffen.«

»Geht klar. Ich rufe den Meister an. Er soll ihn in die Schaltwarte kommen lassen. Gute Ermittlung, mein Freund.«

Der Finsinger hat in der Schaltwarte schon auf den Sanktus gewartet. Dagestanden ist er wie die personifizierte Unterdrückung. Hände vorne verschränkt und gebückte Haltung. Ein leichter Schweißgeruch ist von ihm ausgegangen.

»Servus, Finsä«, hat der Sanktus angefangen.

»Mhm«, ist's nur vom Finsinger zurückgekommen.

»Hast du den gsehen, der die Phosphorsäure reingeschüttet hat.«

»Ja«, die knappe Finsinger-Antwort.

Warum ist der so verstockt gewesen, hätte der Sanktus gern gewusst. Sonst war der doch auch nicht so.

»Und, Finsä? Erzähl!«

»Jugo, glaub i. Gredt hat er so.«

»Und weiter!«

»Unser Gwand hat er anghabt. Dunkler Vollbart.«

»Seine Statur? Herrschaft Finsä. Lass dir ned alles aus der Nasen ziehen!«

»Eher klein. Ned zu groß.«

Die Statur wie beim Stern, hat sich der Sanktus gedacht. Ansonsten war die Beschreibung aber komplett anders. Vielleicht gut verkleidet, der Herr.

»Sonst was Besonderes?«

»Naa, Sanktus. Nix. Du, i muaß weiter. Pfiat di«, hat der Finsinger geschlossen, hat sich umgedreht und ist zurück in die Schaltwarte.

Na, ja. Besser wie nix, hat sich der Sanktus gedacht.

Am Nachmittag pendelte die Advokaten-Lissy mit ihrem Kinderwagen durch Schwabing. Sie hatte am Vormittag von einem Gönner eine Flasche Wodka bekommen und war somit tiefenentspannt. Wodka war ihr Lieblingsgetränk. Neutral, scharf und machte einen gechillten Kopf. Die Flasche war bereits halb leer und gut versteckt in ihrem Kinderwagen deponiert.

Vor kurzer Zeit hatte in der Leopoldstraße der erste Taproom, die »Biertankstelle« eröffnet. Hier wurden Spezialitäten aus der ganzen Welt, vor allem aber aus Amerika und Deutschland, serviert. Eine echte Konkurrenz zum »Haus der 111 Biere«.

Lissy spähte in die großen Fenster des Lokals. Für die frühe Uhrzeit war in dem Laden schon einiges los. Auf so ein Bier hätte sie jetzt gerade auch Lust. Ihr lief das Wasser bereits im Mund zusammen. Gerade als sie sich überlegte, ob sie es riskieren könnte, drinnen um eine Flasche zu betteln, öffnete sich die Eingangstür, und ein Mann kam schwungvoll heraus. Als sich ihre Blicke kurz kreuzten, durchfuhr Lissy ein Blitz. Diese Augen! Diese hasserfüllten Augen hatte sie schon einmal gesehen. Sie war auf einmal um ein paar Wochen zurückversetzt, hinter den Ostbahnhof. Ja, das war er! Das war der Mann, der diesen anderen im Brauereihof erschlagen hatte. Und jetzt fiel ihr der Name des Mannes auch wieder ein.

Lissy verwarf den Gedanken an das Freibier und folgte dem Herrn unauffällig, so gut dies aufgrund ihrer Erscheinung möglich war. Erpressung setzt nach § 253 Strafgesetzbuch neben der Nötigung einen durch sie bewirkten Vermögensnachteil des Genötigten oder eines Dritten voraus, ging es ihr durch den Kopf. Sie wusste nicht mehr genau, woher diese Worte stammten. Sie kamen einfach so aus einer Schublade ihres früheren Lebens herausgekrochen. Sie fing an, einen Tom Waits Song zu summen.

Der Hanspeter ist am Nachmittag in der »Bierwerkel« erschienen und er hat sich das Grinsen beim Eintreten nicht verkneifen können.

»Was grinst denn so?«, hat ihn der Sanktus gefragt.

»I han mich mit dem Schlauchgernot heut in der Veschper unterhalten.«

»In der Brotzeit, heißt des! Und um was ist's denn gegangen, weil du gar so breit grinst?«

»Um die Frau Mahler isch's gangen. Die hat schon einen Neuen, stell dir vor.«

»Sauber! Nix trauernde Witwe, ha?«

»Noi, überhaupt ned. Er sei anscheinend Jurischt, also Anwalt. Den Namen hat der Gernot aber ned gwusst.«

»Weißt was? Ich schau bei der Dame noch kurz vorbei. Liegt zwar ned auf dem Heimweg, aber den Umweg ist's mir wert. Genau, das mach ich! Ich geb dir Bescheid, was rausgekommen ist«, hat der Sanktus hektisch gefaselt und sich sofort auf den Weg gemacht.

Aber er ist noch nicht aus der Tür draußen gewesen, da hat das Telefon geklingelt. Der Hanspeter ist rangegangen, hat einen verwunderten Blick aufgesetzt, etwas gemurmelt und dem Sanktus das tragbare Telefon in die Hand gedrückt.

»Es isch der Dean Vane«, hat er geflüstert.

»Hello, Sanktus, sorry, dass ich störe so late. Ich möchte mich für mein Verhalten von vorgestern entschuldigen. Ich hab das nicht so gemeint«, hat der Dean mit amerikanischem Akzent in der Stimme gesagt. »Ich war etwas upset, weil dieser Anschlag auf meinen Cousin verübt wurde. Ich werde wahnsinnig, solange ich nicht weiß, wer das war. Könnte ich dich hier für die Ermittlungen engagieren? I heard you are fuckin' good.«

Der Sanktus jetzt sprachlos, weil schon wieder so ein Auftrag? Was war bloß in die Leute gefahren?

»Muss ich drüber nachdenken«, war das Einzige, was ihm eingefallen ist.

»Lass dir Zeit. Ich melde mich wieder. Take care«, hat der Dean das Gespräch geschlossen.

»Ja so ein Depp«, hat der Sanktus gemurmelt und ist endgültig aus der »Bierwerkel« hinaus.

Heute hat der Amerikaner gar nicht gestottert, ist dem Sanktus aufgefallen.

Der Sanktus hat den Knopf am Klingelbrett des Altbauhauses in der Weißenburger Straße gedrückt. Nach kurzer Nachfrage ist die Tür geöffnet worden, und er ist das beeindruckende Treppenhaus hinaufgestiegen.

Die Sabine Mahler ist in einer Art seidenem Negligé in der geöffneten, hohen eichenen Tür gestanden und hat ihn fragend angesehen. Sie war barfuß und der Sanktus gleich Blick nach unten. Zehennägel heute weinrot lackiert. Zefix, wirklich unverschämt schöne Füße, jetzt Gedanke beim Sanktus.

»Herr Sanktus. Was führt Sie denn hierher?«, hat sie das Gespräch begonnen.

»Ich hätte ein paar Fragen an Sie, Frau Mahler. Passt's Ihnen gerade?«

»Sicherlich. Kein Problem. Kommen Sie rein. Sind Sie jetzt sozusagen ein Privatermittler?«, hat die Mahler gefragt und mit der Hand am Negligé auf Brusthöhe herumgenestelt.

Der Sanktus hat den Blick abgewendet, weil eh schon auffällig und jetzt rein in die noble Wohnung. Auf dem Boden war ein exquisites Parkett verlegt, die Räume ansonsten eher spärlich möbliert. Hier wurde auf Freiraum und Stil wert gelegt. Ein paar bunte Bilder an den Wänden haben gewisse Akzente gesetzt. Alles in allem war dem Sanktus nicht klar, ob die French Quarter Brewing Company so viel Geld für das alles hat abwerfen können. Aber vielleicht hatte sie ja geerbt.

Er hat auf der Ledercouch Platz nehmen dürfen und die Mahler hat ihm ein Glas Rotwein gereicht. Dann hat sie sich neben ihn gesetzt. Ihre Füße hat sie auf die Couch hochgezogen und elegant neben dem Sanktus platziert, sodass er direkt darauf schauen hat müssen. Sie hat ihn angelächelt und zugeprostet. Die Form ihrer festen Brüste hat sich dezent durch das Negligé abgezeichnet. Ein Mordsweib, muss man ihr lassen, hat der Sanktus gedacht. Und die dunklen Augen zu den blonden Haaren. Wäre sein Typ gewesen. Also rein theoretisch.

»Sie haben Glück, dass Sie mich angetroffen haben, Herr Sanktus. Ich war den ganzen Tag in den Belangen der Brauerei unterwegs. Ich hatte die falschen Schuhe an. Oh, ich habe Plattfüße. Heiko konnte meine Füße so toll massieren. Obwohl Brauer ja eigentlich keine Feinmotoriker sind.«

»Das dürfen S' jetzt aber ned sagen, Frau Mahler«, hat der Sanktus seinen Berufsstand verteidigt.

»Ach, wie toll. Können Sie das dann auch?«, hat sie gelacht und dem Sanktus einen ihrer Füße in den Schoß gelegt. »Beweisen Sie's mir. Ich lechze nach einer Fußmassage.«

Der Sanktus hat jetzt geschaut wie ein Schwalberl, wenn's blitzt, hat aber den Fuß ergriffen und massiert. Die Mahler hat die Augen geschlossen und entspannt geseufzt.

»Oh, Sie könnten öfter kommen, Sanktus. Ah, tut das gut. Was kann ich Ihnen nun Gutes tun?«, hat sie ihn gefragt.

»Ich hätte noch eine Frage an Sie, Frau Mahler. Hat der Heiko irgendwann erzählt, dass er was über einen Anschlag mit Phosphorsäure oder Mikroorganismen in einer Brauerei weiß? Oder über einen Ammoniakstörfall?«

»Sie meinen vor ein paar Tagen bei der Benediktiner Brauerei?«

»Ja, und bei ein paar anderen.«

»Bitte nicht aufhören«, hat die Mahler gefordert und dem Sanktus den nächsten Fuß hingestreckt. »Aber nein. Über solche Dinge hat Heiko nie im Detail gesprochen. Einmal hat er etwas gemurmelt, dass wohl bald mit Aktionen zu rechnen sei. Aber er selbst war sicherlich nie an so etwas beteiligt. Oh, Sanktus, an Ihnen ist ja ein Masseur verloren gegangen.«

»Schon, gell! Sagt die Kathi auch immer!«

Irgendwie ist jetzt eine Regung durch die Mimik der Mahler gegangen. Nur ganz kurz. So ein Aufblitzen.

»Haben Sie niemand, der Ihnen außer mir die Füße massieren könnte?«, hat der Sanktus provokativ gefragt.

»Was glauben Sie denn? Heiko ist erst ein paar Tage tot!«, hat sich die Mahler verteidigt.

»Ja schon, aber ich mein«, hat der Sanktus gestottert, »manchmal läuft's ja ned so gut, und man hat ja dann schon gleichzeitig jemand.«

»Sie meinen, ich hätte Heiko betrogen?«

»Nein, nein. Ist schon in Ordnung, Frau Mahler.«

Die Mahler hat jetzt einen eher lüsternen Blick und auf einmal beide Füße im Sanktus-Schoß gehabt. Der Sanktus hatte sich in der »Werkel« nicht umgezogen und daher noch seine dünne Arbeitshose angehabt. Das hat den Mahler-Füßen ein leichtes Spiel ermöglicht, als sie sich um seine erogene Zone herumgeschmiegt haben. Jetzt für den Sanktus als Fuß-Liebhaber kein unangenehmes Gefühl, aber halt nicht die Kathi, sondern die Mahlerin. Dem Sanktus war nicht klar, was sie damit bezwecken hat wollen, und ihm ist der Schweiß in Sturzbächen runtergelaufen. Was tun?

»Du stehst auf mich! Gib's zu. Du stehst auf meine Füße, meine Beine und meine Titten«, hat ihm die Mahler auf einmal zugeflüstert und die erotische Fußmassage jetzt nicht mehr vom Sanktus für sie, sondern von ihr für den Sanktus. Sie hat jetzt ihr Dekolleté zu öffnen begonnen. Dem Sanktus jetzt warm, kalt, warm, kalt und Extrem-Schweiß. Was hat das werden sollen?

Gott sei Dank ist in diesem Augenblick ein dumpfes Krachen aus dem Nebenzimmer zu hören gewesen, und er hat die Gelegenheit am Schopf gepackt und ist aufgesprungen.

»Was war das?«, hat er gefragt.

»Ups. Das muss die Katze gewesen sein. Ich hab sie ins Schlafzimmer gesperrt.«

»Gut, also wunderbar«, hat der Sanktus gemeint. »Ich muss jetzt wirklich weiter. Vielen Dank für die Auskunft, und Sie haben wirklich wunderschöne Füße. Wiedersehen!«

Abgang Sanktus.

Er ist jetzt laut stapfend die ersten Treppen hinuntergestiefelt. Einen Stock tiefer hat er sich gleich wieder umgedreht, ist zurück zur mahlerschen Wohnungstür geschlichen und hat gelauscht.

»Du bist so ein Idiot«, hat er die Mahler schreien hören können, dann eine Männerstimme, die sich anscheinend verteidigen wollte. Abschließend Türknallen, dann Ruhe. Was war jetzt das für eine Aktion gewesen?

»So eine Matz«, hat der Sanktus zu sich selber geflüstert und ist heim zu seiner Familie.

Am Abend sind alle Sanktjohansers, also auch Sanktus' Vater, seine Schwester Anna sowie die Bian zusammen am großen Tisch der Wohnküche am Johannisplatz gesessen und haben vietnamesische Spezialitäten, die die Bian mithilfe der Damen gekocht hatte, genossen. Die Bian war die Tochter eines guten Bekannten von Sanktus Vater, um die sich der alte Sanktjohanser während ihres Studiums in München gekümmert hat. Ab und zu hat sie die Sanktjohansers besucht und asiatisch aufgekocht, was allseits recht gut angekommen ist. Sogar die Martina war Feuer und Flamme, weil kalorienarm, und der kleine Schorschi hat den asiatischen Klebereis mit Soße grad so in sich hineingestopft. Alle haben versucht, mit Stäbchen zu essen, was zur allgemeinen Heiterkeit beigetragen hat.

Als die Martina nach dem Essen kurz aufs Klo gegangen ist, hat der Sanktus die Geschichte mit der Mahler erzählt. Große Aufmerksamkeit und Schmunzeln. Aber auch totale Fassungslosigkeit, und keiner hat sich einen Reim drauf machen können, was die Dame da geritten hatte.

»Die wollt dich in irgendwas reinreiten, Bub«, hat der Vater gesagt.

»Wie meinst du das?«, hat die Bian gefragt.

»Ja, so schön is er aa ned, der Fredi«, hat der Alte gemeint und dann hat's ihn zerrissen vor lauter Lachen. »Naa, ohne Schmarren. Die hat was im Schilde geführt, und das kriegen wir noch raus.«

»Und wer war der Mann?«, hat die Anna gefragt.

»Wahrscheinlich dieser Anwalt, von dem der Gernot gesprochen hat. Jetzt hab ich den Namen nicht herausgefunden, zefix!«, hat der Sanktus genörgelt.

»Gott sei Dank bist du standhaft geblieben, Sanktus«, hat die Kathi gescherzt. »Wo die doch *so* schöne Füße gehabt hat.«

Dem Sanktus die Diskussion jetzt unangenehm.

»Steht er auf schöne Füß', der Bub?«, hat der alte Sanktjohanser glucksend gefragt.

»Jetzt hörts no grad wieder auf. Euch erzähl ich nichts mehr. Das habts jetzt davon«, hat der Sanktus mit rotem Kopf geschimpft.

»Was ist mit Füßen?«, hat die Martina gefragt, die gerade wieder in die Küche hereingekommen ist.

28. JULI 2016

Heute war Donnerstag, also bewirteter Abend in der »Haidhauser Bierwerkel«. Der Sanktus ist in der Früh, während der Schorschi im Krümeltreff war, in die Brauerei und hat die Gär- und Lagertanks kontrolliert. Alles war zu seiner vollsten Zufriedenheit. Kurz nach 9.00 Uhr hat der Metzger Moser die Würstl für die abendliche Brotzeit geliefert. Der Metzgermeister war ein alter Spezl vom Sanktus. Einer der wenigen übergebliebenen Fachbetriebe, der aufgrund seiner Qualität und seines Services nicht den Discountern und Supermärkten zum Opfer gefallen war. Er hat auch wie ein richtiger Metzger ausgeschaut, der Moser. Schweinsäugerl und Stiernacken. Eine rundherum schlüssige Erscheinung.

Nachdem der Metzger wieder gefahren war, hat der Sanktus die Ware in den großen Kühlschrank in der Küche verfrachtet, und als er gerade wieder zurück in den Brauereiraum hat gehen wollen, da war es ihm, als hätte er die große Eingangstür quietschen hören. Er ist stillgestanden und hat gelauscht. Kein Geräusch, nur Stille. Bloß ein leichtes Surren der Kälteanlage aus dem Nebenraum war zu hören. Der Sanktus ist jetzt von der Brauerei in den Schankraum, aber niemand da. Auch hier kein Mucks. Er hat das Gefühl gehabt, als würde es nach frischer Sommerluft riechen, also so, als, wäre die Tür auf gewesen. Er hat sich daraufhin genau umgesehen, weil Bauchgefühl doch irgendwie drückend.

Dort! Direkt vor ihm ist auf den Steinfliesen ein kleiner grüner Papierschnipsel gelegen, der vorher definitiv nicht dort am Boden gelegen war. Er hat das Papier aufgehoben, hat damit aber nichts anfangen können, da keine Schrift drauf war. Der Sanktus hatte vorher den Papiermüll rausgetragen. Da hatte er anscheinend etwas verloren. Draußen sind noch weitere Papierschnipsel gelegen. Halluzinationen! Bist ein rechter Depp, hat der Sanktus das Ganze abgetan, ist zurück in die Brauerei und hat sich wieder um das lagernde Bier gekümmert. Zwei der acht Tanks waren bereit zum Kühlen, sprich geschmackliche Reifung okay, also muss die Temperatur jetzt runter auf null bis ein Grad. Er hat die Kühlung am kleinen Touchpad, das zentral an den Tanks angebracht war, eingeschaltet und sich gerade zum Abfüllen einiger Fässer umdrehen wollen, da hat er einen Zug verspürt. War da wieder ein leises Quietschen gewesen? Der Sanktus also wieder in den Ausschankraum. Nichts zu sehen. Nichts auszumachen. Kein Geräusch. Keine Bewegung. Wer hat ihn da verarschen wollen? Nachbarn? Seine Brauerkollegen? Aber nicht mit ihm. Wirklich nicht.

Also ist er zurück in die Brauerei, hat ein Fass durch einen Schlauch und Passstücke mit einem Tank verbunden und den Wechsel zum Befüllen geöffnet. Jetzt hat er sich niedergekniet, um das Ventil zum Abblasen am Fass zu öffnen, sodass die vorgespannte Kohlensäure hat entweichen und das Bier hineinlaufen können.

Plötzlich hat er etwas Kaltes im Genick gespürt.

»Nicht umdrehen«, hat eine heisere Stimme gefordert. »Hände vom Körper weg. Mach!«

Dem Sanktus ist schlagartig kalt geworden und ein

beklemmendes Gefühl hat seinen Brustkorb penetriert. Herzschlag am Rasen und Schwindel im Kopf, aber er ist der Aufforderung nachgekommen. Gefühl am Odeonsplatz totaler Scheißdreck dagegen.

»Hör zu«, hat die krächzende Stimme weitergemacht. »Entweder du stellst deine Recherchen ein, oder es wird deiner Familie schlecht ergehen.«

Der Klang der Stimme war gespenstisch. So röchelnd, unwirklich, irgendwie geisterhaft. Der Sanktus hat nun am ganzen Körper gezittert. Kalter Schweiß ist ihm aus allen Poren getreten. Was war das für ein Wahnsinniger? Er hat zuerst an seine Kinder und dann an die Kathi denken müssen. Hoffentlich würde er diese Aktion überstehen. Ihm sind Tränen über das Gesicht gelaufen, Tränen der Angst um seine Familie.

»Hören Sie, ich recherchiere doch gar nicht viel. Das ist doch die Arbeit der Polizei!«, hat der Sanktus immer noch mit erhobenen Händen stotternd gefleht.

»Halt's Maul, du Lügner«, hat die Stimme gekrächzt. »Ich weiß genau, was du tust und was nicht. Du wirst aufhören zu ermitteln. Ansonsten töte ich zuerst deine Frau, dann das Mädchen und danach deinen Sohn. Hast du mich verstanden?«

Dem Sanktus jetzt schwarz vor Augen. Kopfschmerzen unerträglich.

»Ob du das verstanden hast?«, hat der Fremde gekeucht und ihm eine Kopfnuss gegeben.

»Ja, ich hab verstanden«, hat der Sanktus gewinselt.

»Gut! Denn ich bin immer bei dir! Denk dran.«

Eine Hand in schwarzem Lederhandschuh hat dem Sanktus von hinten ein Foto gereicht. Auf dem Bild war der Schorschi im Garten des Krümeltreffs abgebildet. Er hat fröhlich im Sandkasten gespielt. Die Botschaft war eindeutig.

»Kapiert«, hat er noch einmal bestätigt. Dann hat er kurz einen Schlag im Genick gespürt, und es ist ihm schwarz vor den Augen geworden.

Er hat ein helles Licht über sich ausmachen können. Ist er im Himmel gewesen? Alles war verschwommen, und in seinem Kopf hat eine Fußballmannschaft eine Meisterschaft ausgetragen. Stechen kein Ausdruck. Er hat sich aufrichten wollen, ist aber vor lauter Schmerz sofort wieder zu Boden gegangen und seitlich mit angezogenen Füßen auf dem kalten Fliesenboden liegen geblieben. Aus dem Augenwinkel hat er wieder das grelle Licht, das von einer Deckenlampe gekommen ist, wahrgenommen. Wie die Sonne, die hinter dem Gebirge untergeht. Der Sanktus hat die frische Luft der Alpen riechen und die ewigen Weiten spüren können. Er hat über die Grate und Gipfel geblickt und auf Bergwiesen und Seen, die im Schatten gelegen sind, hinabgeschaut. Am Fuß einer Anhöhe ist auf der Bank vor einer Almhütte der Bummerl gesessen. Eine leise alpenländische Melodie hat ihn umspielt, wie in Trance. Und hinter dem Kamm noch immer eine Spur der Sonne. Der Sanktus hat die Augen geschlossen und ist wieder weggedriftet.

Jetzt ist der Sanktus aufrecht auf dem Boden gesessen und hat seinen schmerzenden Schädel gerieben. Er hatte bisher noch nie in seinem Leben wirkliche Todesangst ausgestanden. Aber heute war es so weit gewesen. Wer war dieser Unbekannte? Er hat die Stimme nicht zuordnen können. Kein Akzent, keine bekannte Tonfärbung.

Nichts. Davon abgesehen hätte er sich auch bestimmt nicht mehr genau erinnern können. Er hat sich in seinem Betrieb umgesehen. Es war alles unverändert, nichts hat gefehlt. Der Eindringling hatte ihn anscheinend wirklich nur einschüchtern wollen. Das Ermitteln hat er aufhören sollen. Jetzt? Er war sich unsicher. Er hat eine innere Zerrissenheit gespürt, die er schon lange nicht mehr gekannt hat. Eigentlich nicht mehr, seit er mit der Kathi zusammen war.

Der Sanktus hat sich jetzt erst einmal ein »Summer Ale« direkt vom Tank gezwickelt und das Glas in einem Zug geleert. Scheiß auf die Kälte im Hals, die ihm sämtliche Gefäße zusammengezogen hat. Anschließend gleich noch eine Halbe. Nach einem Rülpser ist es ihm gleich besser gegangen. Dann ist er aufgestanden, aber wackelige Knie kein Ausdruck. Er hat die »Bierwerkel« zugesperrt und ist langsam heimgewankt. Wanken aber leider nicht vom Bier, sondern vom Schock. Das hätte der Sanktus aber nie im Leben zugegeben.

Daheim hat er erst einmal geduscht. Die Kathi ist mit dem Schorschi bei einem Freund gewesen, und wo die Martina war, hat der Sanktus nicht gewusst. Er hat das heiße Wasser über sich strömen lassen, dass es ihn fast verbrüht hat. Der Sanktus hat den Schmerz aber nicht gespürt. Er hat immer noch das Bild der untergehenden Sonne vor Augen gehabt. Ist seine Sonne bereits untergegangen? War sein Ende nahe? Er hat es nicht gewusst. Ach, woher! Papperlapapp, Sanktjohanser. Reiß dich zsamm jetzt! Der Sanktus hat nun einen Entschluss gefasst. Niemand hat etwas von dieser Aktion wissen sollen. Niemand, außer der Anna, seiner Schwester.

»Jetzt is's so wie früher, Fredi, gell«, hat die Anna gesagt und dem Sanktus, der sich auf der Couch an sie gekuschelt hat, durch die Haare gestrichen.

»Scho, Annerl«, hat der Sanktus geantwortet und die Augen geschlossen.

Es hat halt auch Sachen gegeben, die man seiner Lebensgefährtin auf keinen Fall anvertrauen will.

»Des war so furchtbar. Ich hab mir denkt, der bringt mi um. Ich hab immer an den Schorschi denken müssen. Des muass so ein Vater-Reflex sein. Komisch, oder?«

»Des is ned komisch, Fredl. Des is ganz normal. Des is dein Kind. Des is a Instinkt.«

»Hast recht, aber was soll i denn jetzt machen? Aufhören?«

»Schwer zu sagen, Fredi. Schwer zu sagen. Trink ma an Schluck?«

Die Anna hat jetzt eine Flasche Roten aufgemacht und sich und dem Sanktus einen guten Schoppen eingegossen.

»Jetzt schlafst heut erst amal drüber und na red ma morgen wieder, oder?«

Am Abend hat der Sanktus den Hanspeter angerufen und sich von der »Bierwerkel« abgemeldet. Eine Sommergrippe hat er als Grund vorgeschoben. Der Hanspeter hat ihm geraten, am nächsten Tag auch daheimzubleiben und sich auszukurieren. Der Sanktus hat dann seinen Vater angerufen und ihn gebeten, für ihn im Geschäft auszuhelfen. Der alte Sanktjohanser hat sofort zugestimmt, es aber nicht versäumt, seinem Sohn noch zahlreiche Tipps zu geben, was im Fall einer solchen Krankheit zu unternehmen wäre. Die Kathi hat den Sanktus nur etwas schief angeschaut, weil sie natürlich gefühlt hat, dass irgendwas nicht stimmt. Da sie ihren Sanktus aber gekannt und daher gewusst hat, wie er aussieht, wenn er etwas ausbrütet, hat sie es vorgezogen, ihn nicht zu bedrängen. Der Sanktus war ihr dafür unendlich dankbar und ist früh ins Bett. An Schlafen war jedoch nicht zu denken.

29. JULI 2016

Der Sanktus ist völlig gerädert aufgewacht, weil schlecht geschlafen kein Ausdruck. Ihm ist die ganze Nacht der Bummerl erschienen und hat ihn mit einer Weisheit nach der anderen überschüttet. Der Kerl ist ihm wirklich fast schon auf den Wecker gegangen. Aber jetzt erst noch einmal warm duschen. Vielleicht würde er ja die Verspannungen der unruhigen Nacht wegbekommen. Trödeln hat er jedoch nicht brauchen, weil heute war *er* dran mit dem Krümeltreff, sprich Sprösslingsablieferung.

Die Kathi war wie immer scheißgrantig in der Früh, aber heute irgendwie schlimmer als sonst.

»Schlecht geschlafen?«, hat der Sanktus versucht, ein Gespräch anzufangen.

»Nein, nein. Wunderbar. Hab ja nur alle fünf Minuten einen Rempler von dir gekriegt. Da schläft man ganz toll«, hat die Kathi fast gekeift. Wenn sie müde war, war mit ihr nicht zu spaßen.

»Oh«, nur kurz vom Sanktus und doch lieber kein Gespräch.

Die Martina hat sich die Hand vor den Mund gehalten, um nicht wild losprusten zu müssen. Diese morgendlichen Dialoge haben sie immer furchtbar amüsiert.

»Also, ich komm heut erst am späten Nachmittag heim. Sanktus, du musst den Schorschi vom Krümeltreff abholen und die Martina kommt auch schon mittags heim, weil heut gibt's nur Zeugnisse. Hast das alles gespeichert?«

»Ist heut letzter Schultag?«

Kathi jetzt nur Augenverdrehen, und schon ist sie aus der Wohnungstür raus gewesen.

Nachdem der Sanktus seinen Sohn im Krümeltreff abgeliefert hatte, ist er langsam in Richtung Johannisplatz zurückgeschlendert. Als er gerade an einer Baustelle vorbeigelaufen ist, hat ihn ein greller Schrei aufschrecken lassen. Sofort Schweißausbruch und Verkrampfen der Hände. Was war passiert? Woher war der Schrei gekommen. Sein Herz hat gepocht, dass du es fast durch sein T-Shirt klopfen hast sehen können. Plötzlich gleicher Schrei noch einmal, aber es war lediglich ein Bauarbeiter, der seinem Kollegen im Kran versucht hat, etwas zuzurufen.

Komm runter, Sanktjohanser! Alles kein Problem. Alles wunderbar, hat sich der Sanktus gedacht und hat durchgeschnauft.

»He, der Sanktus! Was tust denn du in aller Herrgottsfrüh am Viktualienmarkt?«, hat die Loipeldinger Evi, eine große Blondine, den Sanktus begrüßt.

»Ich hab raus müssen«, hat der Sanktus erwidert. »Bin ein bisserl überarbeitet. Jetzt hab ich mir denkt, schlenderst über den Viktualienmarkt und besuchst deine liebe alte Kindergartenfreundin, die Evi.«

»Deinen Schmus kannst einem anderen hindrehen, du alter Schmähtandler, du. Schaust ned guad aus. Wirklich ned.«

»A geh! Wie geht's Geschäft?«

»Guad«, hat die Evi bestätigt. »Aber die Touristen machen mich wahnsinnig. Die Preußen sind zu kompliziert, die Schwaben sind geizig, die Ossis verstehst du nicht, die Italiener sind konfus, die Franzosen zickig und so weiter und so weiter.«

Der Sanktus hat lachen müssen.

»Und die Bayern, Evi?«

»Sind auch ned besser, Sanktus.«

»Gell! Das ist der schlechte Sommer, sag ich dir. Der schlägt aufs Gemüt. Aber jetzt soll's besser werden.«

»Meinst?«, hat die Evi gefragt.

»Süücherlüüch!«, der Sanktus.

»Aber guad schaust wirklich ned aus, Fredl!«

»Geht mir aa ned bsonders, Evi. Muss ich dir amal in Ruhe erzählen.«

»Magst a Croissant? Des is ganz frisch. Kriegst an Kaffee und na erzählst mir alles. Heut geht's eh no ned so zu. Also, trifft sich gut, oder?«, hat ihn die Evi gefragt.

Der Sanktus hat eingewilligt, er hat von dem gestrigen Überfall erzählt und die Evi hat ihm sprachlos zugehört.

»Sauber!«, hat sie nur am Schluss gemeint. »Und? Lasst es auf sich beruhen?«

»Ich glaub ned. Weil, so lange dieser Psychopath auf der Straße frei rumläuft, hab ich keine ruhige Minute. Ich muss den finden. Wirklich!«

»Hast ja recht. Aber pass auf! Ich sag's dir. Das ist keine Gaudi«, hat die Evi den Sanktus beschworen.

Falls irgendwas wäre, solle er nur kommen, und sie würde ihm helfen, hat die Evi bekräftigt, und die beiden haben sich zum Abschied umarmt.

Auf einmal hat sich der Sanktus Weißwürscht eingebildet und ist sofort schnurstracks ins »Weiße Bräuhaus« im

Tal marschiert. Er hat drinnen gleich einen Platz gekriegt, weil draußen bei den narrischen Urlaubern hat er auf gar keinen Fall sitzen wollen.

»Griaß di Sanktus«, hat ihn die Bedienung freudig begrüßt. »Jetzt warst aber scho lang nimmer bei mir!«

»Ja Resi, Servus, mein Schatzi. Bist du oiwei no do?«

»Freilich. Hast gmeint, die haben mich alte Fregatte schon ausrangiert?«, hat die Bedienung gewitzelt.

»Ich hab ma denkt, du bist schon lang in Rente auf Mallorca. Hast noch deine Finca?«

»Ja eh. Und Ende des Jahres ist's so weit. Da geht die Resi wirklich in Rente, und ihr könnts mich alle küssen, wo ich am schönsten bin!«

»Respekt. Na bin ich ja froh, dass ich von dir heut noch bedient werd. Bringst ma …«

»Drei Weiße, a Brezen und a Weißbier. Richtig?«

»Resi, du wirst mir abgehen.«

»Ich glaub's glei!«, hat die Resi gelacht und sich in Richtung Schanktheke aufgemacht.

Der Sanktus hat seine Weißwürscht genossen und ist gerade bei der dritten Wurst gesessen, da ist ihm der Schock das zweite Mal an diesem Tag in die Knochen gefahren. Er hat plötzlich das heisere Flüstern seines Peinigers hören können. Er hat schnell den letzten Bissen hinuntergeschluckt und gelauscht. Eindeutig. Diese kratzende Stimme. Schweißausbruch wieder Anfänger, und das Zittern hat sich auch schon angekündigt. Wo war dieser Mensch? Wo war dieses Individuum? Die Stimme ist von hinten gekommen, aber direkt hinter dem Sanktus eine Säule. Er ist also aufgestanden und ist mit einem Satz links um die Säule herumgesprungen.

Den Schrei des älteren Ehepaars kannst du dir vorstellen, wie der Sanktus mit einer verzerrten Grimasse vor ihnen gestanden ist und einen angriffslustigen Eindruck hinterlassen hat. Jetzt Entschuldigung über Entschuldigung und so was von peinlich. Die Resi hat nur den Kopf geschüttelt und den zitternden Sanktus zurück auf seinen Platz gezogen.

»Geht's dir ned guad, Sanktus?«

»Doch, doch, Resi. Passt scho, aber ich hab gedacht jemand anders … also vermutet, weil … ja mei. 'tschuldigung!«

»Passt scho, Bub. Jetzt isst deine Würscht fertig, trinkst noch a Halbe, und na wird's scho wieder.«

Der Sanktus hat getan wie befohlen und hat sich schlagartig besser gefühlt. Eigentlich hat jetzt nichts mehr kommen können, hat er sich gedacht, aber leider Fehleinschätzung, weil auf einmal ist ein älterer Herr im leichten Stoiber, sprich sommerliches Trachten-Jackett, vor ihm gestanden und hat auf den freien Platz gezeigt.

»Setzen S' Eahna ruhig her«, hat der Sanktus den Herrn eingeladen, und der hat sich niedergesetzt und seine Zeitung aufgefaltet.

Solche Leute waren dem Sanktus am liebsten. Ruhig, wortkarg und unauffällig.

Aber dummerweise hat das nicht lange angehalten, und anscheinend hatte ihn sein erster Eindruck getäuscht. Ist sehr selten beim Sanktus vorgekommen, aber heute anscheinend Pechtag.

»Ist die Resi heute wohl nich hier, wa?«, hat sich der verkleidete Preuße zu Wort gemeldet. Anscheinend Berliner.

»Wos?«, hat der Sanktus bewusst bayerisch betont gefragt.

»Dat heißt wie bitte, wa? Aber dat lernt ihr Bayern wohl nicht mehr.«

Der Sanktus hat sich weggedreht und in seine Speisekarte geschaut und hat die verschiedenen Bierspezialitäten der Brauerei Schneider und Sohn studiert. Sehr interessant. Diese Auswahl. Da würde ein Drittes noch gehen müssen. Aber mit diesem Tischnachbarn? Fragwürdig.

»Ich hab Se wat jefracht. Is' se nun da, die Resi, oder nich?«, hat der Berliner nachgebohrt.

»Wa?«, hat der Sanktus gefragt, und der ältere Herr hat nur abgewinkt, Verzeihung abjewinkt.

Kurz darauf ist die Resi gekommen und hat ihn begrüßt. Das sei der Doktor Schlönske, hat sie dem Sanktus gesagt. Auch ein Stammgast. Ob sie schon ins Gespräch gekommen wären, die beiden Herren? Der Sanktus hat in die Speisekarte geschaut und der Schlönske den Kopf geschüttelt.

»Oh je!«, hat die Resi die Lage richtig eingeschätzt.

»Was darf ich Ihnen bringen, Herr Doktor?«

»Bring Se ma 'n Weißbier, Fräulein Resi.«

»A Wasser hätt ich Ihnen auch ned gebracht«, hat die Bedienung gelächelt.

»Und dat jebackene Kuheuter, bitte.«

»Ihnen graust's vor gar nichts, oder, Herr Doktor?«

»Ach, Fräulein Resi. Sie haben so nen erfrischenden Humor. Dat lieb ick so an Ihn'n.«

Sanktus nur Augen verdrehen, sprich bloß noch weiß.

»Mir bringst so a Hopfenweiße, bitte.«

»Die is fei stark, Sanktus«, hat die Resi betont.

»Grad recht, Resi. Grad recht.«

Er hat wieder in die Karte geschaut und der Doktor in seine Zeitung.

»Verfolge ja zurzeit diese Geschehnisse rund ums Bier, wa!«, hat der Berliner wieder angefangen. »Da sterben sie ja weg, wie die Wahnsinnigen. Zuerst diese beiden Brauereibesitzer, dann dieser Ami und nun der nächste Kraftbieridiot.«

»Der Hubsy war kein Idiot, gelln S'! Und der Garreth Vane lebt auch noch«, ist der Sanktus laut geworden und hat noch ein »Rindviech« geflüstert.

»Oh, wohl auch einer von diesem Jesocks? Na dat passt ja wie die Faust auf's Auge. Da! Sehn Se mal, wat die da wieder schreiben. Präsident des bayerischen Brauerbundes spricht sich für die Lockerung des Reinheitsjebots aus. Die Kraftbierbrauer, oh mit C schreibt man dat, also die Craftbierbrauer sollen verstärkt neue Akzente setzen dürfen. Na dat sind doch alles Verbrecher, wa? Zuerst feiern se dat 500-Jährige und nu sowat! Schämen sollten die sich!«

Der Sanktus hat dem Doktor die Zeitung aus der Hand gerissen, und pfeilgrad ist da auf einem Bild der Grieshammer, der Brauerbundpräsident, hinter einem Sammelsurium an Craftbierflaschen gestanden und hat hinterfotzig aus seinem Trachtenanzug rausgegrinst. In der Hand hat er ein Red-Head-Bier gehabt. Dieser Judas, hat der Sanktus gedacht. Nicht, dass er inzwischen nicht fast auch dafür gewesen wäre, etwas Vielfalt in den Biermarkt zu bringen, aber diese Falschheit hat ihn angekotzt. Im April hatte derselbe Mann noch das älteste Lebensmittelgesetz der Welt verteidigt und allen Einflüssen von außen abgeschworen. Und jetzt das?

»Dat macht der doch nicht freiwillig«, hat der Schlönske gemeint. »Und nu jib mal die Zeitung wieder her, du!«

Der Sanktus hat ihm wortlos die Zeitung gereicht, hat

bei der Resi gezahlt, das restliche Bier auf einmal ausgetrunken und das Lokal verlassen, da es schon höchste Zeit war, heimzugehen, wenn er den Schorschi nicht versetzen hat wollen.

Nach dem Mittagessen ist der Sanktus mit der Martina auf dem Balkon der Altbauwohnung im Schatten gesessen, und die beiden haben das endlich besser werdende Wetter, also die Sommersonne, genossen. Der Sanktus hat sich ein Radler aus einem Pale Ale gemacht. Erfrischung kein Ausdruck, weil Zitrusaroma des Ales vereint mit dem Zitronengeschmack der Limo 1 A. Die Martina hatte sich ein Holunder-Minze-Getränk gemischt, und der Schorschi hat in der Küche mit seiner Holzeisenbahn gespielt.

»Geht's dir gut, Martina?«, hat der Sanktus das Gespräch angefangen.

»Ja, schon. Warum?«

»So halt«, ist's vom Sanktus gekommen.

»Geh zu! Du sagst doch nie nur *so halt* was«, hat die Martina nachgehakt.

»Ich wollt dir nur kurz was sagen, Martina.«

»A geh? Du, übrigens, die Mama hat mich fei schon aufgeklärt. Nur falls du dir da grad deswegen einen abstottern willst. Ich kenn mich mit dem Kindermachen schon aus, weißt.«

Jetzt wär der Sanktus fast rot geworden.

»Nein, Schmarren. Ich wollt dir nur sagen, dass ich dich immer genauso gern hab wie den Schorschi, weißt«, hat der Sanktus gestottert.

»Du bist heut aber komisch unterwegs, Sanktus. Was ist denn los?«

»Ja, mei. Weißt, ich wollt dir nur sagen, dass du für mich immer wie ein eigenes Kind warst. Das war mir nur wichtig.«

Zefix, kaum wirst du einmal mit der Waffe bedroht und hast Angst um dein Leben, wirst du schon melancholisch und bringst kein Wort mehr raus, hat sich der Sanktus geärgert.

»Ich wollt halt nur, dass du des weißt, gell!«

Der Sanktus hat jetzt durchgeschnauft und in die Hände geklatscht.

»Gut, hätt ma des auch. Das war mir jetzt wichtig. Magst was Süßes zum Nachtisch, Martina?«

Die Martina hat den Sanktus jetzt umarmt und ihm ein Bussi auf die Backe geschmatzt. Sanktus jetzt überglücklich.

Der Sanktus hatte sich eigentlich von der »Bierwerkel« abgemeldet, aber nachdem er den Schock des vorigen Tages einigermaßen überstanden gehabt hatte, hat er sich doch noch entschlossen, vorbeizuschauen, weil schlechtes Gewissen dem Hanspeter gegenüber einfach zu groß. Die Kathi war einverstanden, da sich zwei Freundinnen von ihr zum Weiberabend angemeldet hatten und sie das Treffen so nicht hat absagen müssen. Der Schorschi war bereits im Bett, und die Martina hat dem Weiberspektakel beiwohnen dürfen, weil ja Ferien und doch schon angehende Frau. Bist du heutzutage mit zwölf. Beißt die Maus keinen Faden ab. Hilft nichts.

Der Hanspeter hat den Sanktus, wie er in die »Werkel« gestolpert ist, verwundert begutachtet, dann aber gelacht.

»Bischt wieder fit, Sanktus. Freut mich, dass's dir wieder besser geht. Heilandssack, so a Sommergripp isch oifach ebbes Ekelhaftes«, hat der Hanspeter hinter der Theke vorgerufen.

»Ja, geht scho wieder. Hat halt einen Tag ausruhen gebraucht.«

»Bist halt aa nimmer der Jüngste, Jüngste«, hat der Ehrensberger Helmut von einem Stehtisch hinten gerufen.

»Is halt aa schon a alter Mann«, hat der Schlauchgernot bestärkt.

»Isse faste 40!«, der Giovanni.

»Na bravo. Die ganze Deppendelegation ist auch da«, hat der Sanktus gefrotzelt und grinsen müssen. »Hab mich schon lang nimmer so gefreut, euch zu sehen.«

»Warum, warum?«, vom Helmut.

»Nur grad a so daher gesagt«, hat der Sanktus die Wogen geglättet, da er gewiss nichts verraten hat wollen.

Das Thema bei den Bierbrauern war, wie hätte es auch anders sein sollen, der Mord am Hubsy.

»Wir müsse wase tun, Sanktus. Jemand hatte den Hubsy gemachte morto. Hatte ihn gekillte. Wir sind doch ein Team, oder?«, hat der Giovanni gefordert.

»Freilich, wie oiwei, also immer, immer«, hat der Helmut bestätigt.

»Aber dieses Mal die Sache ist wirklich heiß. Pericoloso, sag ich euch«, hat der Giovanni aufgebracht gerufen.

»Drei Leichen, und des gibt no mehr. Wartets nur ab. Das hab ich im Urin«, hat der Gernot gefaselt.

»Ja pfui deifi«, hat der Sanktus abgeschlossen. »Habt's recht. Aber ich weiß irgendwie nicht, was wir tun könnten. Ich hab immer irgendeine Idee gehabt, aber dieses Mal? Keine Ahnung. Mein einziger Verdächtiger ist selber fast umgebracht worden und ist, wie man den Hubsy erledigt hat, im Krankenhaus gelegen. Die Einzige, die uns über diesen Vane was sagen könnte, ist die Weichslbaumer Verena. Aber der Vane war's halt auf keinen Fall, zefix!«

»Aber es isch scho richtig, dass des Ganze erst agfanga hedd, wie der Vane hier auftaucht isch. Die Anschläg in den Brauereien und die Morde. Vielleicht hedd der an Komplizen. Seinen Cousin zum Beispiel.«

»Geh zu! Diesen Deppen! Und warum sollten die alle Brauer hier auslöschen? Naa, naa. Da steckt was Größeres dahinter«, hat der Sanktus mit erhobenem Zeigefinger doziert. »Der Bichä hat auch noch nichts herausgebracht. Der Eindringling in den Brauereien war zweimal ein mittelgroßer, normal proportionierter und einmal ein großer, schlaksiger Mann. Also auch mehrere. Aber der Vane war, als der Anschlag auf den Benediktiner war, auch schon im Krankenhaus. Also wieder nichts. Habts ihr eigentlich was wegen den Erpressungen rausgefunden?«

»Was meinscht, Sanktus?«, hat der Hanspeter gefragt.

»Wegen dem Reinheitsgebot. Mei, der Schwob hat heut wieder a lange Leitung«, hat der Schlauchgernot gemeint. »Oiso, i kenn da wen, der wen kennt ...«

»Ja genau. Der wieder wen kennt. Geh, hör doch auf, Gernot«, hat der Sanktus dazwischengeworfen.

Der Gernot hat jetzt mit verschränkten Armen bockend auf den Tisch, an dem sie gesessen waren, geschaut.

»Okay, erzähl weiter!«

»Also der Metzger Hans kennt wen im Brauerbund. Anscheinend werden wirklich Leute aus der Brauerlobby erpresst.«

Jetzt hat der Schlauchgernot ganz verschwörerisch geschaut.

»Aus der Brauerlobby?«, hat der Hanspeter gefragt.

»Ja, aus der Brauerlobby«, hat der Gernot bekräftigt.

»Wer soll na des sein?«, hat der Hanspeter gefragt.

»Ja, … wer von derer Lobby halt. Oder?«, verstimmt vom Gernot.

Jetzt Kopfschütteln ringsum.

»Also zumindest gibt's Erpressungen, und man versucht, das Reinheitsgebot zu lockern«, hat der Piefke gesagt. »Das ist doch schon etwas. Und so wie ich Gernot verstanden habe, munkelt man, dass die Vanes dahinterstecken könnten.«

»Und dieser Vane ist mit die Verena zusamme! Weißt du?«, hat der Giovanni triumphierend ausgerufen.

»Ja, weiß ich auch schon«, hat der Sanktus gemurmelt.

»Und wenn ma doch amal die Weichslbaumer Verena besuchen?«, hat der Hanspeter eingeworfen.

»Das können wir gerne machen, denn morgen ist in Firmkirchen Volksfest, meine Herren«, hat der Drengler in die Runde geworfen. Er hatte sich inzwischen leise von hinten angeschlichen und die Runde belauscht. »Hatte diesen Ausflug ohnehin vor. Ulrike und Betty sind mit von der Partie. Vielleicht kommen ja Kathi und Martina auch mit. Wäre doch 'ne tolle Aktion, Sanktus Gambrinus, nö?«

30. JULI 2016

Jetzt, wenn du glaubst, das Volksfest in Firmkirchen hat annähernd was mit der Wiesn in München zu tun, bist du falsch gewickelt. Und wenn du dann in Richtung Dachauer Volksfest denkst, immer noch Holzweg, weil die traditionelle Firmkirchner Dult war ein Bierzelt, ein Autoscooter, ein Kettenkarussell, eine Zuckerwattenbude und dann war's das schon ziemlich. Der Sanktus wäre auch nie in diesem Leben dorthin gegangen, wenn da nicht die Weichslbaumer Verena gewesen wäre, direkt Anzugsmagnet. Die Martina hat geschimpft, weil hier praktisch Arsch der Welt, die Kathi war auch nicht allzu begeistert, weil, wenn der Sanktus, also wenn er mit den Brauern unterwegs war, selten nüchtern heimgekommen ist. Aber wenigstens dem Schorschi in seinem Buggy war es wurscht. Hauptsache, es würde nachher was Deftiges zum Mittagessen geben.

Die Englers, die Häberles und der Sanktus mit Anhang sind jetzt am Hauptplatz von Firmkirchen unter dem, wie soll's auch anders sein, weiß-blauen Maibaum gestanden und haben in der Hitze gebrütet, weil heute endlich einmal schönes Wetter. Die Martina hat natürlich zum Baden gehen wollen, und der Sanktus hat ihr einen abendlichen Sprung in einen See versprechen müssen, sonst wär sie gar nicht mitgekommen. Die Brauer waren bereits im Bierzelt zum Platz besetzen, weil gleich war Festzug, und wenn dann alle ins Zelt losstürmen, kannst du schon einmal Pech haben. Das haben die Bräuburschen selbstverständlich zu verhindern versucht. Und natürlich früheres Löschen des schlimmen Durstes im Zentrum.

Endlich hat sich der Zug zum Abmarsch aufgestellt. Vorneweg der Firmkirchner Spielmannszug, hinterher die Böllerschützen, dann der Bürgermeister mit dem Bräu und ihren Angetrauten in der Kutsche und zum Schluss das Fußvolk. Der Sanktus hat sich relativ nah zur Kutsche begeben, da er die Verena und ihren Gatten im Blick haben wollte.

Jetzt hat der Bürgermeister das Kommando gegeben und »Rittiti, rittiti« hat sich der Spielmannszug in Bewegung gesetzt. Eine Tortur für den Sanktus, weil diese Glöckerl und Pfeifferl komplett rotes Tuch für ihn. Tinnitus und Hörsturz gar nichts dagegen. Aber da musst du durch, oder? Also Hinterhertrotten, aber Gott sei Dank nicht zu lange, weil der Weg zur Festwiese nur zehn Minuten.

Vor dem Bierzelt haben sich dann die Böllerschützen aufgestellt und einen Salut, der sich gewaschen hat, auf eine friedliche Dult abgefeuert. Der Schützenmeister hat noch alle mit leiernder Stimme begrüßt, und dann ist die Menschenmenge in das Bierzelt hinein. Der Sanktus also Direttissima in Richtung Brauertisch und der Drengler samt Hanspeter ihm nach, aber weit sind sie nicht gekommen, weil sie die jeweilig zugehörige Frau sofort am Ärmel gehabt hat. Die Damen samt Kinder würden erst eine Runde über den Volksfestplatz flanieren, dann würde man zu den Männern hinzustoßen. Einstweilen sollten sich die Herren bitte zusammenreißen, denn man wolle sie später noch kennen, wenn man käme. Daraufhin Nicken und Lachen der drei Delinquenten. Ja, genau.

Reds ihr nur, war ihnen ins Gesicht geschrieben, aber die Hoffnung stirbt ja bekanntlich zuletzt. Also nun in Richtung Brauertisch zum Giovanni, Malte, Helmut und Gernot. Der Sanktus ist an einem rotgesichtigen, bärtigen älteren Herrn hängen geblieben und hat den angerempelt, dass dieser fast ins Straucheln geraten ist, so rasant war der Sanktus unterwegs. Der Herr hat sich aber nicht beschwert und sich trotz Sanktus' Entschuldigungsversuchen weggedreht und abgewinkt. Komischer Kauz und komisch gerochen hat er auch. So nach Puder. Aber egal. Der Sanktus weiter zum Biertisch. Bevor er angekommen ist, ist ihm noch der Ampenberger aufgefallen, der wie immer auch anwesend war. Komischer Uhu, hat sich der Sanktus gedacht.

Endlich am Tisch angekommen, sofort die erste Maß bestellt, dann großes Hallo seitens der Brauer und Austauschen der Neuigkeiten, die sich seit dem gestrigen Abend eher in Grenzen gehalten haben. Zuerst hat der Bürgermeister vom Podest am Ende des Zelts gesprochen und eines jetzt saublöd, weil, wenn der spricht, musst du einigermaßen leise sein. Das heißt, du sitzt vor deiner Maß, schaust in den Schaum und trinkst ständig, weil was anderes kannst du ja nicht tun. Dann ist der Pfarrer auf das Podest, hat sich das Mikrofon geschnappt, also noch einmal Begrüßung und wieder Appell an ein friedvolles Verhalten. Danach ist der Weichslbaumer drangekommen. Der Applaus eher mau, also Rückschluss nur 20 auf einer Beliebtheitsskala von eins bis 100. Wahrscheinlich haben noch alle gemeint, dass er eigentlich mit dem Red Head liebäugelt und sein Laden mehr als marode ist. Das Bier war aber gut, das hat man ihm lassen müssen. Der Sanktus hat in die Runde geschaut und eher gelangweilte

Gesichter. Der Giovanni war kurz vor dem Einschlafen und dem Helmut hat es sein Auge weggedreht, dass du genau gewusst hast, dass er geistig ganz weit weg war. Nur der ältere Herr von vorher, der in der Nähe des hinteren Ausgangs gesessen ist, und der Drengler haben ein Glänzen in den Augen gehabt. Der Herr hatte es anscheinend eilig gehabt, nach der Rede gleich wieder wegzukommen, weil er seinen Autoschlüssel ständig in der Hand gehalten hat. Aber warum tut er sich nur das Gelaber an und trinkt nicht mal ein Bier? Keine Ahnung, hat sich der Sanktus gedacht, aber es muss auch komische Leute geben. So ist das mal. Irgendetwas an diesem Bild hat nicht gestimmt, aber er ist nicht draufgekommen.

Der Drengler hat den Sanktus aus seinen Gedanken gerissen, als er ihm mit seinem Ellenbogen fest in die Rippen geboxt hat.

»Sie dir die holde Verena an. Abscheu pur. Liebt ihren Gatten ja heiß und innig, nö. Ulrike wenn mich so ansehen würde, hätte ich glatt Angst um mein Leben, Sanktus.«

Der Sanktus hat genickt, gelächelt und dem Drengler zugeprostet. Der Weichslbaumer hat das Mikrofon, das auf einem Ständer festgemacht worden war, in die Hand genommen und hat sich mit gespreizten Beinen davorgestellt, dass du gemeint hast, der Elvis steht 1972 mit seiner Gitarre im nieten- und glassteinbesetzten weißen Anzug da und singt »See See Rider«. Jetzt hat er eine schöpferische Pause gemacht und gewartet, dass das Publikum seine Gespräche einstellt. Nachdem es ruhig war, hat er angefangen zu sprechen.

»So liebe Gästeeee«, hat er geleiert. Wahrscheinlich war er schon wieder angetrunken. »Im Namen der Brauerei

Weichslbaumer heiße ich euch ebenfalls herzlich willkommen zur Firmkirchner Dult.«

Jetzt hat er die Augen mit einem Ruck weit aufgerissen und ins Publikum gestarrt. Irrer Blick Scheißdreck dagegen. Die Leute auf den Bierbänken jetzt mucksmäuserlstill. Dann hat er zum Zittern angefangen, und es hat ihn geschüttelt, dass du meinst, epileptischer Anfall. Seine verbliebenen Haare sind komisch abgestanden, und mit der Hand hat er das Mikrofon fest umschlossen gehabt. Allen ist jetzt klar gewesen, da stimmt was nicht. Dann hat es einen Funken aus dem Mikrofon getan, und der Weichslbaumer ist mit einem dumpfen Knall zu Boden gegangen.

Der Sanktus jetzt wie in Trance. Alles ist in Zeitlupe an ihm vorbeigegangen. Die Verena ist von ihrem Platz aufgesprungen und zum Weichslbaumer auf die Bühne gerannt. Der Bürgermeister und der Pfarrer haben es ihr gleichgetan. Der Sanktus hat die Hand mit dem Schlüssel vor Augen gehabt, und schlagartig war sie da, die Erkenntnis. Er hat jetzt gewusst, was ihn vorher gestört hatte. Die Hand des alten Mannes war ohne Falten oder Altersflecken. Und der Autoschlüssel war logischerweise kein Schlüssel, sondern, ja, du wirst es schon ahnen, eine Fernbedienung, die das ganze Chaos hier höchstwahrscheinlich verursacht hatte. Er hat sich umgedreht und zum Platz des älteren Herrn gesehen, so gut es noch gegangen ist, weil das ganze Zelt gerade in beginnendem Aufruhr. Weg! War ja so was von klar. Kurzes Screening, aber nirgends zu sehen, nur die teuflisch grinsende Ampenberger-Fratze ist ihm aufgefallen. Also raus und dem Gesuchten hinterher, aber Pech gehabt, weil kämpf dich *du* durch eine Menschenmenge, die nicht weiß, zu welchem Ausgang sie das Bierzelt panikartig verlassen will.

Der Sanktus hat die Brauer angewiesen, das Podium zu sichern, sodass am Mikrofon nichts verändert werden hat können, bis der Bichlmaier eintreffen würde. Vielleicht war es ja sogar noch unter Strom. Die vier Burschen haben sich natürlich pflichtbewusst durch die Menge nach vorne gekämpft. Die Sanitäter waren inzwischen eingetroffen und haben versucht, den Weichslbaumer wiederzubeleben.

Der Sanktus hat es nun endlich geschafft, aus dem Zelt hinauszukommen, und hat sich umgesehen. Aber nirgends eine Spur des älteren Herrn. Ob diese junge Hand die Hand war, die den Revolver in seinen Nacken gehalten hatte? Schwer zu sagen, aber doch wahrscheinlich. Aber wer hat dahintergesteckt? Das bring ich auch noch raus, hat sich der Sanktus gedacht und hat gerade ansetzen wollen, in Richtung Hauptplatz zurückzustürmen, um vielleicht doch noch eine Spur des großen Unbekannten zu erhaschen, da ist er auch schon mit voller Wucht in die Kathi hineingelaufen, die gerade auf ihn zugekommen ist.

»Hä, geht's noch? Was ist denn da los?«, hat ihn die Kathi aufgeregt gefragt.

»Was ist denn das für ein Chaos hier?«, hat die Ulli einen draufgesetzt.

»Ist was passiert?«, ist's von der Annouk gekommen.

»Den Weichslbaumer hat er umbracht! Die Sau!«, hat der Sanktus hektisch gerufen. »Ich muss schauen, dass ich den noch erwisch. Bleibts da. Die andern sind drin und sichern den Tatort. Kathi, ruf bitte den Bichä an und sag, er muss sofort herkommen.«

Und schon ist er mit Vollgas in Richtung Hauptplatz, der wie ausgestorben in der heißen Sonne gelegen ist.

Der Sanktus war vor Schweiß gebadet und das Licht war so komisch, so wie sie das in den modernen Filmen immer machen, um die Stimmung zu heben. So hell und doch etwas matt. Wahrscheinlich ist das von seinem Kreislauf her gekommen, weil der Sanktus nach seinem Sprint jetzt fix und fertig. Atemfrequenz am Anschlag und Schwindel großgeschrieben. Aber keine Spur von dem älteren Herrn. Der Sanktus hat, die Hände auf den Oberschenkeln, in gebückter Haltung und vor Schweiß triefend, den ganzen Platz abgesucht, aber nichts. Von Weitem hat er ein Martinshorn gehört. Wahrscheinlich die eintreffende Polizei.

Plötzlich war das röhrende Brummen eines Motorrads zu vernehmen. Der Sanktus hat sich schlagartig umgedreht, und ein schwarzes Vehikel, auf dem eine ebenfalls schwarze Gestalt gesessen ist, ist auf ihn zugeschossen gekommen. Schwarz kein Ausdruck, weil selbst das Visier des Fahrers ist schwarz getönt gewesen. Als die Gestalt den Sanktus passiert hat, hat sie ihm noch den Stinkefinger gezeigt.

Der Kommissar Bichlmaier und sein Adlatus, der Kriminalassistent Demuth, haben den Tatort inspiziert. Das Bierzelt war inzwischen abgesperrt worden und der Festbetrieb nur noch im Biergarten möglich. Die Verena hat dem Kommissar eindringlich erklärt, dass ganz allein *er* für ihre Pleite verantwortlich wäre, wenn er ihr dieses Geschäft auch noch vermasseln würde.

»Bringen S' lieber raus, woher der Mörder von der Herzschwäche meines Mannes gewusst hat. Weil so ein

Stromschlag bringt dich ned unbedingt um, wenn du gut beinand bist. Aber für den Paul war der absolut tödlich«, hat die Verena dem Kommissar hingeworfen.

Der Bichlmaier war ja kein Unmensch, also hat er sie gewähren lassen, aber sein Hirn hat nach dieser Aussage gerattert. Seine Falten auf der Stirn haben eindeutig signalisiert, dass sich die Weichslbaumer somit ganz weit hinauf auf die Liste der Verdächtigen katapultiert hatte, weil halt so gar keine Trauer und anscheinend jetzt alleinige Chefin. Von der Herzschwäche dürften außer ihr auch nur wenige gewusst haben. Das gleich anzubringen, ein Trick? So quasi, wenn ich ihn umgebracht hätt, würd ich das ja nicht sagen? Aber draufgekommen wäre der Bichlmaier ja sowieso. Zefix noch mal, aber!

»Möchtest jetzt da wirklich noch mittagessen?«, hat die Kathi den Sanktus gefragt. Die kleine Gruppe ist draußen an einem der sich inzwischen leerenden Biertische gesessen.

»Also mir ist der Appetit vergangen«, hat die Ulli bestärkt.

»Ich denke, vielleicht sollten wir da ins ›Da Pedro‹ wechseln. Die hätten auch ’nen schönen Biergarten«, hat der Drengler vorgeschlagen.

»Ja genau, und ein Drittel Pils um vier Euro und einen italienischen Fraß ab 20 Euro aufwärts. Außerdem ist das kein Biergarten, sondern ein Möchtegern-Oleanderhain oder so was«, sofortige Retourkutsche vom Sanktus.

Der Drengler hat die Augen verdreht und hat gerade zu etwas ansetzen wollen, da hat der Schlauchgernot geplärrt: »Also wir kaufen uns no a Maß, und na schau’ ma weiter!«

»Sanktus, wir packen’s. Von mir aus geh’ ma noch in den Hofbräukeller Biergarten, aber ich mag jetzt da weg.

Mir ist's ned wohl bei so vielen Toten«, hat die Kathi die Lage geklärt.

»Mag no Kallusell fahren«, hat sich der Schorschi lautstark eingeschaltet, und die Martina und die Betty-Lou haben nörgelnd für einen See oder ein Schwimmbad plädiert.

Quintessenz war, man würde das Bier austrinken und anschließend ins Prinzregentenbad, also ins »Prinze« gehen. Dort hat es auch was zu essen gegeben, und so war für alle etwas dabei. Natürlich nur für die Sanktjohansers, Englers und Häberles. Die Bierbrauer haben eher gar nicht zu einem Freibad tendiert.

Kurz bevor sie aufbrechen wollten, ist der Bichlmaier an den Tisch gekommen.

»So, die Spurensicherung grast jetzt alles ab. Die werden schon ein paar Spuren finden. Den kriegen wir schon, den Saukerl«, hat er begonnen.

Die Verena ist gerade aus dem Zelt herausgekommen und hat sich zu der illustren Gesellschaft dazugesellt. Eine Haarsträhne ist aus ihrem Pferdeschwanz herausgehangen, was ihr ein äußerst verwegenes Aussehen gegeben hat. Lara Croft Anfängerin. Von der Figur her, also was man halt im Dirndl gesehen hat, durchaus ebenbürtig. Dem Sanktus aufgefallen, dass die Verena immer noch eine schöne Frau war. Ist ihm jetzt schon klar gewesen, warum sie dem Vane gefällt. Und wie sich der Sanktus die Verena so ohne Dirndl vorgestellt hat, und ob sie wohl schöne Füße hat, ist der Kriminalassistent Demuth aus dem Zelt in Richtung Biertisch gekommen.

»Herr Bichlmaier, Herr Bichlmaier! Ich müsst mit Ihnen sprechen«, hat er schon von Weitem gerufen.

»Na legen S' los, Demuth!«

»Eher unter vier Augen. Wir ham da an dem Disch schließlich an Verdächtichen!«

Der Bichlmaier hat die Augen verdreht und ist schnaufend aufgestanden. Ein bisserl abspecken hätte dem Kommissar nicht geschadet. Aber Liebe geht halt durch den Magen, und das hat seine Brigitte anscheinend brav beherzigt. Der Demuth war so aufgeregt, dass der Sanktus und auch der restliche Tisch jedes Wort hat verstehen können.

»Chef! Wir haben die Dadwaffe. Es war a einfache Stromleitung, die an des Mikrofon angeschlossen war. Da war a Schalter dran, der, scheint's, mit aaner Fernbedienung aktiviert worden ist. Und bumms, scho lach er da, der Dicke!«

»Na, na, na, Demuth. A bisserl mehr Pietät. Und? Weiter!«

»Die Spusi hat alles eingebackt. Anscheinend sind scho genedische Spuren festgestellt worden. Auf dem Schalter, der übrichens unter dem Botest versteckt war, sind Hautschuppen gefunden worden.«

»Unter dem was?«

»Botest! Naa, also Podest. Mit hartem B und weichem D!«

Plötzlich ist der Demuth auf ihn zugekommen, und hat ihn angefunkelt.

»Ich find's übrichens wieder amal äußerst aufschlussreich, Herr Sanktjohanser, dass Sie schon wieder da sind. Immer bei den Leichen, gell.«

Und jetzt ist der Demuth langsam auf ihn zu, und so schnell hat der Sanktus gar nicht schauen können, ist der Kriminalassistent mit seinen Griffeln in den Sanktus-Haaren gewesen und hat seine Hand siegessicher mit einem Sanktus-Haar emporgereckt, ist zu einem Mitarbeiter der Spusi im weißen Anzug und hat es samt kleinen Schuppen in einem Plastiktüterl verstaut.

»Hä, was soll denn das?«, hat der Sanktus erbost geschrien. »Hat's dich komplett, du Volldepp!«

Der Sanktus hat aufspringen wollen, aber der Bichlmaier hat ihn zurückgehalten.

»Lass ihn spinnen. Ich kauf ihn mir später. Aber wennst ihn jetzt verdrischst, hast mehr Ärger, als dir lieb ist. Das ist's ned wert, oder?«

Sanktus jetzt schon wieder herunten.

Die Damen haben beschlossen, dass dies jetzt wirklich der Punkt war, an dem man aufbrechen sollte, und dem Sanktus, dem Drengler und dem Hanspeter ist nichts mehr anderes übrig geblieben, als zuzustimmen. Das »Prinze« hat ja schließlich gewartet.

»Ich müsst euch schnell noch was zeigen, bevor ihr gehts«, hat die Verena noch kurz eingeworfen. »Das Bräustüberl liegt eh auf dem Weg zu S-Bahn.«

Zur S-Bahn haben sie alle gemusst, sogar der Drengler, der sonst alles mit dem Auto gefahren ist, weil erstens normalerweise zu faul und zweitens hat er ja seinen Luxus-Karren vorführen müssen. Aber heute war das Bier halt doch wichtiger. Also auf zu Fuß ins Bräustüberl.

Die Gruppe ist vor dem Schanktisch stehen geblieben und die Verena hat ein altes Fotoalbum geholt und aufgeschlagen.

»Das ist ein Album, das ich im Archiv der Brauerei gefunden hab. Ist aus den 30er-Jahren. Also dem Ende zu. Und jetzt pass auf, Sanktus. Da ist ein altes Familienfoto drin. Moment. Warte. Da! Schau!«

Auf dem Schwarz-Weiß-Foto waren die einstigen Mitarbeiter der Brauerei abgebildet, die sich auf dem Brauereihof versammelt gehabt und vor einem großen Holzlagerfass posiert hatten. Ein wunderbarer alter Brauereilaster mit der Weichslbaumer-Bemalung war auch zu bestaunen. Im Vordergrund sind vier besser gekleidete Personen gestanden. Ein Ehepaar im mittleren Alter sowie ein junger Mann und eine hübsche, junge Dame.

»Und?«, hat die Verena den Sanktus gefragt.

»Wie und?«, der Sanktus, weil keine Ahnung, was sie will, die Weichslbaumerin.

»Na, da, die Frau!«

»Ja, nett. Schaut gut aus.«

»Das können S' bei dem vergessen«, hat die Kathi eingeworfen. »Da braucht er schon einen Tipp. Sonst erkennt der niemand.«

Die ganze Gruppe um den Sanktus hat jetzt geschmunzelt, nur der Drengler hat laut herausgelacht. Aber nur sehr kurz, weil grantiger Sanktus-Blick. Die Verena hat gelächelt und hat sich noch mal an den Sanktus gewandt.

»Bist halt auch nur ein Mann, gell. Sanktus, du warst doch beim Garreth in der Wohnung, hast du gesagt.«

Jetzt hat's dem Sanktus gedämmert.

»Ja, leck! Hast recht, Verena. Das ist die junge Frau, die auf dem Bild auf dem Tisch im Wohnzimmer war. Einmal in alt, einmal in jung. Und das ist eindeutig die junge Version. Scheiß die Wand an. Ich mein alleweil, der Garreth hat was mit eurer Brauerei zu tun. Ihr könnts mich jetzt für deppert halten, aber so, wie die beieinanderstehen, gehört das Mädl zur Familie. Hat der Opa vom Paul eine Schwester gehabt? Und ist der Vane vielleicht mit ihr verwandt? Und dann sogar mit dem Paul? Na bravo! Des gibt wos!«

»Des sollt' ma schnellstmöglich rausfinden, oder?«, hat die Verena in die Runde geworfen.

Der Sanktus ist seine Bahnen im »Prinze« geschwommen. Von seinem Umfeld hat er eigentlich gar nichts mitbekommen, weil er gedanklich bei den ganzen Toten der letzten Woche war. Er hat sich auf das alles einfach keinen Reim machen können. So ahnungslos wie in diesem Fall war er noch nie gewesen. Vor drei Jahren bei den Ripper-Fällen waren sie auch lange im Dunkeln getappt, aber dieses Mal war es einfach zum Wahnsinnigwerden. Jetzt hatten sie inzwischen vier Leichen und keinen blassen Dunst vom Täter.

Nach dem Schwimmen ist der Sanktus auf seiner Decke gelegen und hat in die grüne Baumkrone über ihm gestarrt. Die anderen waren beim Kiosk, einen Kaffee trinken. Er hatte dankend abgelehnt, weil er einfach nicht in der Stimmung war. Er hat nachdenken müssen. Viel nachdenken. Wer war dieser ältere Mann vom Firmkirchner Volksfest? War er der Eindringling, der ihm die Pistole an den Kopf gehalten hatte? War er es auch, der den Heiko, den Bertl und den Hubsy umgebracht hatte? Und wenn ja, hatte auch er die Anschläge auf die Brauereien durchgeführt? Und wenn wirklich ja, warum? Was war das Motiv? Und hängt das Ganze irgendwie mit dem Garreth Vane zusammen? Weil die Ereignisse hatten erst angefangen, nachdem der amerikanische Bier-Hiasl nach München gekommen war. Zefix! Er ist einfach noch nicht draufgekommen.

Und wie er so mit leerem Blick in den Himmel gestarrt hat, ist die Lena über ihm aufgetaucht und hat auf ihn herabgelächelt. Herrschaftszeiten, diese Figur, hat sich der Sanktus gedacht, wie er die Lena so in ihrem knappen Bikini angeschaut hat.

»Geh' ma auf an Kaffee, Sanktus?«, hat ihn die Lena gefragt. Das war inzwischen der *Running Gag* zwischen den beiden. Vor vier Jahren hatten sie sich auch hier im Prinzregentenbad getroffen, und die Lena war dem Sanktus mit ihrem Fuß an die Wäsche, sprich unter die Badehose gegangen. Heute haben sie immer wieder über diese Aktion lachen können. Die Lena hat sich auf ihren Krücken abgestützt und hat den Sanktus mit ihrem Fuß am Bauch gekitzelt.

»Wo hast denn heut deinen neuen Lover?«, hat der Sanktus gefragt.

»Welchen Lover?«, hat sie extra verwundert getan.

»An Graffiti halt!«

»Man muss ned alles wissen, Sanktus«, hat sie geschmunzelt. »So, auf geht's, alter Griesgram. Was ist los? Hast mal wieder einen Melancholischen?«

»Ja, schon. Heut hat's schon wieder eine Leiche gegeben. Und ich komm nicht drauf, wer der Mörder ist. Das ist so was von niederschmetternd. So eine gequirlte Scheiße. Ich sag's dir!«, hat der Sanktus gegrummelt.

Und dann hat er der Lena die ganze Geschichte erzählt. Die Lena hat ihre Krücken ins Gras gelegt, sich zu ihm auf die Decke gesetzt und ihm schweigend zugehört. Während der ganzen Erzählung hat der Sanktus abwechselnd auf ihren Fuß und den Beinstumpf schauen müssen. Aber natürlich so, dass sie es nicht merken hat sollen. Die Lena hat es aber natürlich schon gemerkt und gegrinst. So gut es halt bei der Horror-Story gegangen ist, die ihr der Sanktus dargelegt hat.

»Pass auf den Demuth auf, Sanktus«, hat sie ihn gewarnt. »Der ist gefährlich. Der will dir ans Leder.«

Der Sanktus hat mit dem Kopf genickt.

»Und wenn was ist, ich helf dir jederzeit. Du hast ja schließlich schon a mal in meinem Bett geschlafen, oder?«

»Stimmt!«, hat der Sanktus gelacht. »Aber da weiß ich nichts mehr. Da war ich leider bsoffen.«

»A geh?«, hat die Lena gegrinst.

»Eigentlich schad«, hat der Sanktus gescherzt.

»Mei, ewig schad«, hat ihn die Lena gefoppt. »Also pass auf dich auf. Und wenn was ist, meldst dich!«

Der Sanktus hat der Lena nachgeschaut und sich gewundert, wie man nur auf einem Haxen so sexy laufen hat können.

1. AUGUST 2016

Der Sanktus hat mit der Kathi und den Kindern gerade auf ihrem Balkon ein Eis gegessen, als es an der Wohnungstür geklingelt hat. Der Sanktus sofort wieder nervös, weil er jetzt gerade niemand gebraucht hat, da er ja gleich zur »Bierwerkel« hat losmüssen. Er ist also unter Protest in Richtung Tür, hat den Türöffner gedrückt und zum Treppenhaus hinuntergeschaut. Es war ein rumpelndes Fußgetrappel zu hören, als vier Männer, zwei davon in Polizeiuniform, die Treppen heraufgekommen sind. Die anderen beiden waren der Bichlmaier und sein depperter Franken-Hiwi. Was haben die am helllichten Tag wohl hier wollen, hat sich der Sanktus gefragt, vorsichtshalber die Wohnungstür wieder geschlossen und der Kathi von dem ankommenden Besuch erzählt. Die war ganz aufgeregt, weil das hatte nichts Gutes zu bedeuten. Wirklich nicht. Eine weitere Leiche? Ein weiterer Anschlag? Ihr ist der Puls gegangen, Herzklopfen Anfänger. Dann hat es noch einmal geklingelt und der Sanktus hat die Tür geöffnet.

»Derf ma reinkommen?«, hat der Demuth gefragt.

Die beiden Polizisten hat der Sanktus noch von früher gekannt. Der Wildmoser Werner und der Heckmaier Franz. Also schon einmal gut.

»Klar! Was ist denn los, dass ihr gleich mit Verstärkung kommts?«, hat der Sanktus gefragt.

»Na ja. Des is a so«, hat der Bichlmaier rumgedruckst,

sich seine schwitzenden Hände gerieben und ist von einem Fuß auf den anderen getreten. »Also, weil, weißt …«

»Herr Sanktjohanser, wir müssen Sie wechen des Verdachts des versuchten Mordes an Garreth Vane und des Mordes an Baul Weichslmeier verhaften«, hat der Demuth stolz verkündet.

»Baumer, ned Meier«, hat ihn der Heckmaier korrigiert.

»Wie?«

»Weichslbaumer«, hat der Sanktus vervollständigt. »Aber ham s' euch jetzt komplett ins Hirn geschissen? Warum soll ich denn den Vane und den Weichslbaumer umbringen wollen?«

»Herr Sanktjohanser. Sie kennen seine Frau ja schon lange und recht gut. Vielleicht leffd da ja was? Und sie war ja anscheinend auch die Geliebte von dem Vane«, hat der Demuth geantwortet.

Der Sanktus ist jetzt auf den Franken los, aber die zwei Polizisten haben ihn zurückgehalten, weil sonst Schaden zu groß.

»Machen S' nur so weider. Kann alles gechen Sie verwendet wern. Sehr schön! Grad recht, Herr Sanktjohanser. Auf der Abbaradur, die zum Dod des Herrn Weichslmeier geführt hat, sind genedische Spuren von Ihnen gefunden worden. Schubben, also Schuppen nämlich!«

»Und wie sollen die da hingekommen sein?«

»Das erklären Sie mir wohl besser selbst, Herr Sanktjohanser«, hat der Demuth mit einem fiesen Lächeln gefordert.

»Demuth«, hat sich der Bichlmaier zerknirscht eingemischt. »Das ist doch alles no ned genau erwiesen!«

»Herr Bichlmaier, Ihr Dienstgrad in allen Ehren, aber das sind die Ergebnisse der modernen Kriminaldechnik.

Die können auch Sie ned leuchnen«, hat der Demuth gekeift. »Und im Bent-House vom Herrn Vane waren überall Herrn Sanktjohansers Fingerabdrücke!«

»Ganz, toll, du Rindviech! Da war ich ja mit dem Bichä drin! Sehr starke Beweisführung!«

Der Demuth hat dem Kommissar einen vernichtenden Blick zugeworfen und der Bichlmaier hat verlegen genickt. Würde ihm dieses Mal das Nebenher-Ermitteln mit dem Sanktus zum Verhängnis werden?

»Weil Sie ihn wahrscheinlich dorthin getrieben haben, um unter seinen Augen weitere Abdrücke zu blatzieren, wechen der Verschleierung der eichentlichen, die Sie am Abend der Dad dort hinterlassen haben. Sie machen mir nichts vor, Herr Sanktjohanser«, hat der Demuth gekeift.

»Kathi«, hat der Kommissar angefangen, »des klärt sich bestimmt alles schnell auf. Bitte nehmts euch einen Anwalt. Der Drengler weiß doch bestimmt einen.«

Die Kathi ist jetzt blass geworden, und die Martina, die sich von hinten angeschlichen hatte, hat zum Weinen angefangen. Die Kathi hat sie eng an sich gedrückt und ihr über den Kopf gestreichelt. Den Blick, den beide Frauen dem Demuth zugeworfen haben, hätte dir das Blut in den Adern gefrieren lassen. So viel war klar, Giftpfeil Scheißdreck dagegen.

»Sanktus, pack dir ein paar Sachen ein, falls d' übernachten müsstest«, hat der Bichlmaier den Sanktus angewiesen und dabei mit den Augen gerollt. Das hat aber nur der Sanktus gesehen.

»Da muss ich kurz ins Schlafzimmer. Und zum Pieseln muss ich auch noch kurz. Können S' noch so lang warten, Herr Kriminalrat?«, hat der Sanktus dem Demuth sarkastisch gefragt.

Der schon wieder hochroter Schädel. Die Polizisten und der Bichlmaier haben das Lachen gerade noch unterdrücken können, und der Demuth, der das natürlich gemerkt hat, hat sich verlegen die Brille geputzt, um niemandem in die Augen schauen zu müssen.

Der Sanktus ist also in das Schlafzimmer und hat sich in aller Eile einen Rucksack geschnappt und ein paar Unterhosen, Socken und T-Shirts hineingepackt. Waschsachen hat er sich irgendwo besorgen müssen, so viel war klar. Dann noch ein paar Geldscheine aus der Nachtkastlschublade. Das Handy von der Martina hatte er sich schon vorher im Gang vom Telefonkastl unbemerkt in die Hosentasche gesteckt. Von draußen hat er den Bichlmaier reden gehört, der mit tiefer Stimme langsam und verständlich die Kathi über das weitere Verfahren aufgeklärt hat. Der Demuth ist ihm ständig ins Wort gefallen und wollte seinen Chef beschleunigen, aber der Bichlmaier hat ihn sofort ausgegrätscht. Die beiden Polizisten haben mit weiteren Ausführungen auch immer wieder ihren Beitrag zu dieser Zeitverlängerung geliefert. Komödienstadl Anfängerveranstaltung.

»Mir passen schon auf ihn auf, wenn er länger sitzen muss, gell Werner«, hat der Heckmaier gesagt.

»Freilich, Franz. Ned, dass er gar mit einem Preißn in die Zelle muss, gell«, hat der Werner geantwortet.

»Oder mit so einem wie eurem Gscheithaferl da«, hat die Kathi gezischt, und der Demuth ist aufgegangen wie ein Hefezopf.

Weitere drei Minuten. Super gemacht, meine Kathi, hat sich der Sanktus gedacht und gelächelt. Er hat das Schlafzimmerfenster geöffnet, ist auf das Fensterbrett gestiegen, und hat sich mit der linken Hand am Fensterstock festgehalten. Mit der Rechten hat er jetzt versucht, den Efeu, der am danebenliegenden Balkon der Küche heraufgewachsen ist, zu greifen. Er hat jetzt fest an dem Efeugestrüpp angezogen, aber nichts zu rütteln. Wenn sich der Efeu in einen Putz hineinfrisst, bringt ihn da so schnell auch keiner mehr raus. Nun hat er den rechten Fuß im Efeu verankert und den Fensterstock losgelassen. Dem Sanktus ist kurz das Herz stillgestanden, als sich das Gestrüpp etwas gesenkt hat, und er hat sich schon mit 180 die Wand runterkommen und auf dem Hinterhofboden aufschlagen sehen. Aber Gott sei Dank nur 20 Zentimeter, und der Efeu hat sich wieder gefangen. Runtergeschaut hat er lieber nicht, der Herr Hochseilakrobat.

Jetzt hat der Sanktus sich langsam bis zum Balkon vorgetastet und das Geländer auch schon in der Hand gehabt. Der Rest war eher einfach, weil sozusagen wieder festen Boden unter den Füßen. Er hat sich nun am Geländer hochgezogen, einen Fuß rüber geschwungen und ist sicher auf dem Balkon gelandet. Fabian Hambüchen Scheißdreck dagegen.

Der Sanktus hat vorsichtig durch die offene Tür in die Küche gelugt, aber keine feindliche Bewegung auszumachen. Die Kathi hatte den Schorschi anscheinend schon zu sich geholt. Das war praktisch, weil wenn der Bub seinen Papa gesehen hätte, Auffliege-Risiko immens. Der Sanktus ist geduckt zum Ende des Balkons geschlichen. Hier war eine von zwei festen Metallstützen, an der alle übereinanderliegenden Balkone des Hauses befestigt waren. Der Sanktus, jetzt ganz James Bond, hat sich wieder über das Geländer geschwungen und ist die Stütze nach unten geklettert. Glücklicherweise saß keiner der Nachbarn auf ihren Balkonen, sodass er die unteren Stockwerke ohne großes Aufsehen passieren hat können.

Unten angekommen hat sich der Sanktus sein Radl, also Fahrrad, geschnappt und hat es durch Hintereingang und Treppenhaus hinaus auf den Johannisplatz getragen. Er hat zur backsteinroten Johanniskirche hinübergeschaut und geflüstert: »Ich bin jetzt zwar kein großer Kirchgänger, aber jetzt, wennst mir nur a bisserl helfen könntst, des wär a Sach!«

Von rechts war ein Hupen zu hören und der Sanktus-Blick auf das parkende Polizeiauto und den Bichlmaier-Polizei-Fünfer.

»Danke«, hat er zur Kirche hinüber geflüstert und hat sich darangemacht, bei den Autos bei jeweils zwei Reifen die Luft rauszulassen.

Der Sanktus war froh, dass die »Neue Kirche« schon offen gehabt hat. Die Ramona hat gerade die Tische draußen auf dem Trottoir hergerichtet, und der Bhupinder war auch schon in seiner Küche am Werkeln.

»Was tust denn du schon da, Sanktus?«, hat ihn die erstaunte Ramona gefragt.

»Zum Hanse«, die kurze Antwort.

»Geh nei«, ebenso kurz und Deuten auf die Küche.

»Oh, good afternoon, detective«, hat der Inder geflötet.

»Servus Bhupinder«, hat der Sanktus angefangen.

»O-o, sagt er Bhupinder su mir. Brauckt er was, der Herr Sanktus. Haha!«, hat der Bhupinder gelacht.

»Bhupinder, ohne Schmarren. Der Bichä wollt mich grad verhaften. Ich muss untertauchen, und du musst mir helfen.«

»Der wollte what?«, hat der Bhupinder mit übersteuerter Stimme gebrüllt. »Is der verruckt?«

»Naa. Das ist wegen dem depperten Demuth. Der hat's auf mich abgesehen. Kannst du bitte ein bisserl auf die Kathi schauen. Du bist der Einzige, dem ich sie wirklich anvertrauen kann. Du hast die Ruhe und Besonnenheit. Die haben weder der Drengler noch der Hanspeter. Außerdem werden die bestimmt vom Demuth überwacht. Mit denen kann ich mich also nicht treffen, wenn was ist. Herrschaftszeiten, ich komm mir vor wie der größte Schwerverbrecher.«

»Mackst du bei mir ubernaschten, Sanktus?«

»Nein, ich geh zur Evi auf den Viktualienmarkt, weil hier in Haidhausen treff ich bestimmt schneller auf den Demuth. Ich muss da nur unbeschadet hinkommen.«

»Oh, Sanktus. No problem. I drive you! Mit de Hindustan. Bleibst du hier. Ick bin gleick wieder da«, hat der Bhupinder gerufen, seine Schürze in ein Eck gepfeffert und ist an der völlig ratlosen Ramona aus dem Lokal gestürmt.

Kurz darauf hat der Sanktus die bekannten Schüsse gehört. Vor ein paar Jahren, als er den Hindustan Classic Model 69 das erste Mal gesehen hatte, hatte er gedacht, eine Schießerei wäre in der Münchner Innenstadt im Gange. Heute war es für ihn lediglich das Zeichen, hinaus auf die Kirchenstraße zu gehen, weil der indische Koch ja praktisch im Anflug. Sein Radl hatte der Sanktus einstweilen im Hinterhof versteckt.

Draußen ist der Bhupinder in seiner kleinen gelben, mit indischen Gottheiten und Schriftzeichen vollgepinselten, Schäsen gesessen und hat vom rechten Sitz, weil Indien ja Linksverkehr, durch das linke Fenster zum Sanktus geschaut und gerufen: »Lose geht, Sanktus!«

Der Sanktus-Blick auf die roten Quasten, die immer noch von der Stoßstange gehangen sind, und gleich Déjà-vu, sprich, er hat den Shah Rukh Khan, also wahrscheinlich ist er's gewesen, aus dem Auto heraus winseln hören.

»Shah Rukh Khan, oder?«, hat der Sanktus wissend getan, als er sich in das Auto hineingequetscht hat.

»Nice try, Sanktus, aber das is Yo Yo Honey Singh mit ›Dheere Dheere‹. Das war a Number One Hit 2015. Die ›Best of‹-CD hat mir die Ashwini mitgebracht. Gib su, du mackst die Musik. Ick merk das schon«, hat der Bhupiner gelacht und mit dem Kopf gewackelt.

Der Sanktus hat sich im Auto umgesehen. Die Sitze waren immer noch mit orientalischen Teppichen ausgelegt und der Ramakrishna hat ihm wie beim letzten Mal vom Armaturenbrett entgegengegrinst. Alles beim Alten. So hat der Sanktus das mögen. Genau. Der Bhupinder hat die Musik lautgedreht und die Fenster bis auf einen Schlitz geschlossen. Der Sanktus hat gedacht, ihm zerreißt's das Trommelfell, aber mit offenen Fenstern hat er sich auf keinen Fall fahren trauen, weil Demuth-Gefahr zu groß. Der Inder hat wie immer mit den Fingern auf das Lenkrad getrommelt und mitgesungen, also gewinselt. Der Sanktus hat ganz sachte und versteckt mit dem rechten Fuß mitgewippt. Aber auf jeden Fall so, dass es der Bhupinder nicht gemerkt hat. Eh klar, oder?

Der Bhupinder ist traditionell im »Indian Style« unterwegs gewesen, sprich einzige Verkehrsregel: Fahr in jede Lücke, die sich vor dir auftut, und halte null Abstand zum Vordermann. Der Sanktus also am Bodenblech Durchschlagen, weil verzweifelte Bremsversuche mit dem rechten Fuß. Der Bhupinder war völlig entspannt und ist bei Dunkelrot von der Seeriederstraße in die Einsteinstraße eingebogen, hat das Auto vor ihm gleich auf der rechten Spur überholt und anschließend sofort wieder links geschnitten. Hupen und vehementes Zurückhupen seitens Bhupinder. Das Singen hat er deswegen aber nicht aufgehört. Dann Vollgas über den Max-Weber-Platz, aber nicht, dass du denkst, direkt. Der Bhupinder ist auf der Rechtsabbiegerspur vorgeprescht, logischerweise nicht abgebogen und kurz vor dem gegenüberliegenden Gehsteig auf den Millimeter zwischen zwei Autos links zurück auf die Fahrbahn eingeschert. Der Sanktus-Magen am Rebellieren. Drengler-Fahrt Scheißdreck dagegen.

»Dir gehte gut, Sanktus?«, hat der Bhupinder gefragt und sofort wieder weitergesungen.

Der Sanktus hat nur leicht genickt und das Autofenster für den Fall der Fälle halb heruntergekurbelt. Im Rondell um den Landtag hat sich der Bhupinder in Schlangenlinien zwischen den anderen Verkehrsteilnehmern durchgemogelt und ist dann mit Tempo 80 die Maximilianstraße hinabgeschossen. Der Sanktus war kurz vor dem Speiben und hat gehofft, dass er sich den letzten Kilometer noch zusammenreißen können würde. Eine indische Sängerin im Radio hat anscheinend mit ihm gelitten, oder ihr war auch schlecht. Der Gesang hat sich zumindest so angehört.

An der Schrannenhalle hat der Bhupinder den Sanktus abgesetzt und ist mit ein paar Fehlzündungen im Münchner Verkehrsgewühl verschwunden. Der Sanktus ist wie ein unsichtbarer Schatten über den Viktualienmarkt an den hellgrünen Verkaufsständen und -buden vorbeigeschlichen. Mehr als Schleichen war bei dem nervösen Magen und dem Schwindelgefühl eh nicht drin. Mit seiner Baseballkappe und der Sonnenbrille hätte ihn höchstens die Kathi erkannt. Sonst niemand. Die duftenden Waren, die auf dem Markt angeboten worden sind, hat er überhaupt nicht wahrgenommen, weil auf der Hut kein Ausdruck. Überall hat er gemeint, seinen Namen zu hören. Auch die heisere Stimme des Eindringlings hat er hie und da geglaubt, wiederzuerkennen. Verfolgungswahn jetzt 100 Prozent.

Am Stand von der Loipeldinger Evi hat er sich in der Reihe angestellt und gewartet, bis er drangekommen ist. Die Evi hat ihn zuerst komisch angeschaut und war dann recht überrascht, als sie in diesem komischen Kunden den Sanktus erkannt hat.

»Evi, es ist schneller gegangen, als ich geglaubt hab, aber ich brauch deine Hilfe jetzt schon.«

Der Sanktus hat der Evi, die ihn inzwischen hinter die Theke gebeten hatte, sozusagen seine ganze Leidensgeschichte erzählt.

»Und jetzt? Wie kann ich dir helfen«, hat die Evi gefragt.

»Ich muss wo übernachten. Ich kann ja nimmer heim«, hat der Sanktus fast gewinselt, weil eigentlich komplett fertig mit den Nerven.

»Na, nichts leichter als das. Kannst in meinem Standl schlafen. Darfst halt kein Licht machen. Das tät man merken. Aber unter dem Stand ist auch ein kleiner Keller. Da kannst du dich im Fall des Falles verstecken und kannst auch Licht machen. Ich organisier dir nach Feierabend so ein selbstaufblasbares Bett. Des krieg ma schon. Heut Abend schau ich bei der Kathi vorbei und geb ihr Bescheid, dass du bei mir bist.«

»Mei Evi, du bist die Beste«, hat der Sanktus gesagt. »Danke!«

»Passst scho! Du hast mich früher so oft aus den dümmsten Situationen rausgehauen. Da hast du noch einiges gut.«

»Alles klar. Dann geh ich einstweilen den echten Mörder suchen, oder? Wann soll ich wieder da sein?«, hat der Sanktus gefragt.

»So um 20.30 Uhr. Da ist auf dem Markt Ruhe.«

»Passst! Bis später, Evi!«

Der Sanktus ist in das warme, grüngekachelte Sudhaus hinein und hat seinen Delinquenten schon mit einem Bierbrauer hinter der Würzepfanne stehen sehen. Großkotzig, geschäftig und unsympathisch wie immer. Als der Brauer weggegangen war, ist der Sanktus auf ihn zugeschritten.

»So, Luggi, und jetzt reden wir zwei Tacheles«, hat er dem Ampenberger an den Kopf geworfen.

»Der Sanktjohanser! Was willst denn du da? Raus aus meinem Sudhaus!«, hat der Brauereibesitzer geplärrt.

»Du haltst jetzt einmal dein Schandmaul, du Blender!«, hat der Sanktus gedroht und den Ampenberger am Schlawittl gepackt. »Hast du was mit den Mordanschlägen zu tun? So wie du vorgestern gegrinst hast, liegt das nahe. Red, sonst prügel ich's aus dir raus, du!«

Beim Ampenberger jetzt keine Spur mehr von der vorherigen Großkotzigkeit, und du hast ihm die pure Angst ansehen können, so hat ihn der Sanktus mit seinem irren Blick eingeschüchtert.

»Ich hab nichts damit zu tun, Sanktus. Glaub mir. Lass mich los!«

Aber der Sanktus hat ihn noch fester gepackt.

»Wirklich, Luggi? Ich frag dich nur das eine Mal!«

»Ja, wirklich. Ich hab denen doch nichts Böses wollen. Weder dem Heiko, dem Bertl, dem Hubsy noch dem Vane.«

»Apropos Vane! Bist ein rechter Anhänger von seinem Schmarrn, oder?«

Der Ampenberger hat immer noch gezittert wie Espenlaub. Der Sanktus hat erkannt, dass das Zittern nun nicht mehr von der Angst, sondern eher von einem keuchenden Lachen hergerührt hat.

»Ich? Streng dein Hirn an, du Depp! Ich hab den am Anfang schon toll gefunden, wie er gegen die Großen aufbegehrt hat. Macht den handwerklichen Betrieben! Aber das Reinheitsgebot kippen? Hör mir auf. Verschärfen müsste man es! Das ist noch viel zu lax. Aber deswegen bring ich doch keinen um«, hat der Ampenberger gehechelt.

Da hat ihm der Sanktus recht geben müssen. Diese Argumentation hat was für sich gehabt. Warum hätte dieser verkorkste Biobrauer etwas am Reinheitsgebot ändern wollen? Nicht logisch. Er hat dem Ampenberger aber trotzdem keinen Meter über den Weg getraut.

»Okay, Luggi. Und die anderen Anschläge auf die Brauereien?«, hat der Sanktus gezischt. »Hast du die Tanks beim Stern mit Megasphaera versaut?«

»Sch…ml«, hat der Ampenberger rausgepresst, weil schon wieder fester Sanktus-Griff am Schlawittl.

»Ich glaub, ich hab dich ned verstanden, Luggi!«

»Schim…mel. Nur das mit dem Schimmel war ich. Diese Möchtegern Bio- und Münchner Brauer. Ich wollt sie vor den Leuten dumm dastehen lassen. Bitte glaub mir, Sanktus. Lass mich jetzt los. Ich hab dir die Wahrheit gesagt! Wirklich! Ich krieg schon keine Luft mehr«, hat der Ampenberger mit blau anlaufendem Gesicht gekeucht, woraufhin der Sanktus lockergelassen hat.

»Okay, Luggi. Ich glaub dir jetzt amal. Aber hör auf und halt dich raus. Sonst landest du auch noch am Ostfriedhof. Hast mich verstanden?«

Der Ampenberger hat genickt und sich dabei immer noch mit der Hand an die Gurgel gefasst. Seine Augen waren noch ganz rot unterlaufen.

»Die Vanes sind nicht hasenrein, Sanktus. Bei denen musst du suchen. Nicht bei uns braven Brauern«, hat er gekrächzt. »Die wollen uns kaputtmachen. Glaub's mir.«

»Ich merk's mir. Gut, Luggi. Und zu keinem ein Wort, dass ich da war! Gell! Und wenn du was Neues erfährst, gibst du mir sofort Bescheid. Da hast meine Handynummer«, hat ihm der Sanktus noch einmal gedroht und die Nummer von Martinas Mobiltelefon aufgeschrieben.

Wieder Nicken seitens Ampenberger.

Der Sanktus ist nun zur Sudhaustür hinaus, und hat den Brauereibesitzer noch kurz beobachtet. Gott sei Dank, weil jetzt ist der Ampenberger in die Schaltwarte hinein und hat sofort zum Telefon gegriffen. Der Sanktus hat sich vorsichtig angeschlichen, hat die Glastür geöffnet und von hinten auf das Festnetztelefon gedrückt, sodass die Leitung unterbrochen war. Dann hat er den erschrockenen Ampenberger aus der Schaltwarte herausgezogen, ihm draußen einen Kaltwasserschlauch, der zum Reinigen des Sudhausbodens an der Wand gehangen ist, hinten in seinen Hemdkragen gesteckt und aufgedreht. Der Ampenberger ist zusammengezuckt, als ihm das kalte

Wasser den Rücken hinunter und bei den Hosenbeinen wieder herausgelaufen ist.

»Was haben wir ausgemacht?«, hat ihn der Sanktus gefragt und ihm eine betoniert, dass er bewusstlos zusammengesackt ist.

Zuletzt hat er den Zettel mit der Handynummer wieder an sich genommen und den Schlauch zugedreht, weil ja schade um das Wasser.

Der Sanktus hatte durch einen kurzen Anruf bei der Verena herausgefunden, dass der Dean in einer Altbauwohnung in der Herzogstraße in Schwabing gewohnt hat. Er ist also sofort nichts wie hin und pfeilgrad ist ihm die Tür von Dean geöffnet worden.

Dieser hat den Sanktus erst einmal komisch durch seine Buddy-Holly-Brille angeschaut, aber kurz darauf hat schon ein Lächeln seine Lippen umspielt. Trotzdem komischer Kerl, hat der Sanktus gedacht. Ein bisserl hat ihn dieser Typ an den Ralph von der Sendung mit der Maus erinnert.

Der Dean hat dem Sanktus einen »Fruity Fritz«, also das neue Weißbier vom Red Head, angeboten. Ein gelungener Trunk. Das Aussehen etwas kupfern und das bananenartige Aroma der Weißbierhefe ist von einer fruchtigen Hopfennote verstärkt worden.

»Was is'n das für ein Hopfen?«, hat der Sanktus gefragt. »Is ja spitze!«

»Sanktus, das ist ein Geheimnis. Diese Kombination top secret. Garreth und ich haben zu viele Selbstversuche und Blackouts hinter uns, um das zu verraten«, hat der Amerikaner geschmunzelt. »Aber was führt dich her?«

»Wie geht's Garreth?«, hat der Sanktus gefragt.

Das trottelige Gesicht von Dean hat sich verdüstert.

»Langsam besser. Sie wollen ihn bald aus dem künstlichen Koma holen. Aber er braucht noch Ruhe.«

Kurzes Innehalten seitens Sanktus, weil einziger Gedanke, die Garreth-Vane-Befragung.

»Ich möchte diesen Killer unbedingt erwischen, Sanktus.«

»Ich weiß. Und ich würde Ihnen nun doch meine Hilfe anbieten.«

Jetzt haben die Augen des Amerikaners geleuchtet.

»Crazy! That's fuckin' good! Wo setzen wir an?«, hat er mit seiner fiependen Stimme gefragt und dümmlich gelacht.

»Haben Sie einen Verdacht?«

»Zuerst Sanktus, sagen wir besser du, oder? Dean!«

»Sanktus!«

»Garreth hat sich ja mit seinen Äußerungen niemals viele Freunde gemacht. Aber dass sie ihn gleich umbringen? On the other side, ich glaube, Garreth hat beim Reinheitsgebot nicht ganz sauber gespielt. Ich bin mir noch nicht sicher, aber es scheint, er hat Leute erpresst. Aber hier kann ich noch nicht mehr sagen, Sanktus.«

»Den Brauerbundpräsidenten vielleicht. Der redet ja jetzt in diese Richtung. Sehr interessant«, hat der Sanktus mit gesenkter Stimme gemurmelt.

»Zum Beispiel. But treat this confidently, also geheimhalten, bitte.«

»Eh klar!«, vom Sanktus schnell bestätigt. »Okay, ich höre mich in meinen Brauerkreisen um. Vielleicht find ich was raus.«

»Okay!«

»Aber jetzt zu den anderen Morden. Meinst du nicht, dass die irgendwie zusammenhängen. Auch mit diesen mysteriösen Anschlägen auf die Münchner Brauereien. Das kann doch kein Zufall sein, oder?«, hat der Sanktus weitergemacht und noch einen Schluck von seinem Weißbier getrunken.

Einfach brutal gut! Der Dean hat ihn jetzt komisch angesehen.

»Die Morde vielleicht schon, aber die seltsamen Anschläge? Ich weiß nicht. Eigentlich interessiert mich nur der Mordversuch an Garreth. Wenn die Bayern meinen, sich gegenseitig umbringen zu müssen, bitte! Ich glaube nicht, dass es da einen Zusammenhang gibt. Ich würde hier keine Energie verschwenden, Sanktus. Das ist doch die Arbeit der Polizei.«

»Der Angriff auf deinen Cousin aber auch.«

»Wie du sagst: Angriff. Kein Mord. Hier wird auf Sparflamme ermittelt und wir müssen pushen.«

Dann hat der Dean auf die Uhr gesehen.

»Holy shit! Ich muss weg. Wie kann ich dich erreichen? Zuhause?«

Der Sanktus hat dem Dean die Nummer des Handys seiner Ziehtochter gegeben und angedeutet, dass er zurzeit nicht daheim anzutreffen sei. Der Dean hat so lange nachgebohrt, bis ihm der Sanktus die Geschichte seiner entkommenen Verhaftung erzählt hat, was den Amerikaner sehr amüsiert hat.

»Siehst du. Wir müssen was tun. Die checken es nicht. Hast du genügend Geld?«

»Hab nicht viel mitnehmen können. Aber meine EC-Karte hab ich dabei.«

»Be careful. So können sie checken, wo du etwas

abholst. Ich weiß auch nicht, ob sie die Karte sperren können. Hier hast du 500 Euro. Gib sie mir zurück, wenn du wieder rehabilitiert bist.«

Und dann ist es mit dem Sanktus durchgegangen und er hat noch die Geschichte seiner eigenen Bedrohung in der »Bierwerkel« erzählt. Bestürzung seitens Dean.

»Siehst du, Sanktus. Lass diese Morde auf sich beruhen. Du hilfst mir bei Garreth, und ich helfe dir, deine Unschuld zu beweisen.«

»Das ist ein Deal, Dean. Aber bei den anderen Morden muss ich dir widersprechen. Wenn mich einer mit einer Knarre bedroht, möchte ich wissen, wer das ist.«

Der Dean hat tief eingeschnauft und geseufzt.

»Äh Dean, Frage!«, hat der Sanktus beim Verlassen der Wohnung gesagt, »wer ist die ältere Dame auf dem Foto bei Garreth neben der Couch?«

Der Dean ist kurz hochgeschreckt.

»Das ist unsere G-Großmutter. R-Rose Vane. Sie war aus München.«

Der Sanktus hat natürlich sofort die Weichslbaumer Verena angerufen und ihr die Neuigkeiten mitgeteilt.

»Hast du ihn nie gefragt, wer das auf dem Foto ist? Ihr Frauen seids doch sonst so neugierig«, hat der Sanktus die Verena gefragt.

»Das Bild hab ich nur einmal gesehen. Da muss er es vergessen haben. Sonst war das nie auf dem Nachtkasterl!«

»Klingt irgendwie logisch«, hat der Sanktus überlegt. »Weil diese Dame irgendetwas mit eurer Brauerei zu tun hat. Und somit der Vane auch. Verena, das hab ich im Urin!«

Die Verena hat versprochen, sich schlauzumachen und sich dann schnellstens wieder beim Sanktus zu melden.

»Halt! Verena. Leg nicht auf! Ich muss dir noch was sagen. Sie wollen den Garreth bald aus dem künstlichen Koma holen.«

Der Sanktus ist pünktlich um 20.30 Uhr bei der Evi auf dem Viktualienmarkt aufgeschlagen. Die Sonne war kurz vor dem Untergehen und der traditionelle Markt ist in einem romantischen Licht erschienen. So wie es die Evi vorausgesagt hatte, waren nur noch wenige Leute, meist Gäste des kleinen Biergartens oder gastronomischer Stände, unterwegs.

Der Sanktus hat sein neues Exildomizil inspiziert. Im Keller des Marktstandes hatte die Evi bereits eine große, selbstaufblasbare Luftmatratze und eine Lampe bereitgestellt. Daneben war ein Kasten Sternbräu deponiert. Die Evi hat den Sanktus angegrinst, und der hat sich sofort eine Halbe aufgemacht, durchgeschnauft und ihr vom heutigen Tag berichtet.

»Das mit der Dame auf dem Foto ist schon komisch«, hat die Evi gemeint. »Vielleicht find ich ja mit der Kathi was raus. Die ist doch so gut im Internet, hast du mal gesagt, oder?«

Der Sanktus hat sich sehr bedankt, hat den Schlüssel des Standes übernommen, sich draußen vor dem Stand in einem einigermaßen verborgenen Winkel auf eine Truhe gesetzt und sein Bier in der Abenddämmerung genossen.

Wo war er da dieses Mal nur hineingerutscht? Warum hat es immer wieder ihn mit diesen abstrusen Vorkommnissen erwischt? Schicksal? Karma? Schmarren, oder? Kann ja ned sein. Daran hat der Sanktus ja schon gleich gar nicht geglaubt. Also reiner Zufall. Blöder Zufall eigentlich. Bisher war es ja immer spannend und amüsant gewesen. Und am Schluss als Held des Alltags dazustehen, war ja auch recht schön. Hat er sich schon gerne gesonnt, in diesem Rampenlicht, der Sanktus. Aber so wie jetzt Ziel einer Mordermittlung zu sein? Naa, wirklich ned! Dieses Mal ist's bestimmt das letzte Mal, dass ich ermittle, hat er sich gedacht. Soll doch der Bichlmaier seinen Käse selber erledigen. Er und sein Vollpfosten Demuth. Der Kommissar und die Polizeibeamten hatten ihm zwar geholfen, die Zeit zur Flucht zu finden, aber eigentlich hätte er ja gar nicht auftauchen müssen, der Bichlmaier. Hatte der denn gar keine Kontrolle mehr über den Demuth, über diesen selbstherrlichen, eingebildeten, besserwisserischen Kriminalassistenten? Der Sanktus hätte kotzen können, wenn er nur an diesen Typen gedacht hat. Ihm hatte er es zu verdanken, dass er heute das erste Mal überhaupt dem kleinen Schorschi kein Gutenacht-Bussi hat geben können. Bei dem Gedanken sind ihm gleich Tränen in die Augen geschossen. Na, jetzt aber, Herr Sanktjohanser. Zusammenreißen! Auf geht's! Aber das würde ihm der Demuth büßen.

Und wie sich der Sanktus gerade die schönsten Foltermethoden ausgedacht hat, hat er hinter dem Marktstand ein Geräusch gehört. Das Geräusch einer Glasflasche, die auf einem Holzuntergrund abgestellt wird. Er hat erst jetzt bemerkt, dass es inzwischen komplett dunkel geworden war. Da er keine Taschenlampe zur Hand gehabt hat, hat der Sanktus das Handy von der Martina untersucht und nach einer gefühlten Ewigkeit das Icon für die eingebaute Lampe gefunden. Vorsichtig ist er um den Stand geschlichen. Daneben haben sich unter einer

Markise Holzgestelle befunden, auf denen die Evi noch weitere Waren, die nicht an der Front Platz gehabt haben, ausgestellt hat. Darauf ist etwas gelegen. Beim genaueren Hinsehen hat sich das Etwas als jemand herausgestellt. Er hat sich der Person weiter genähert, immer im Begriff, eine schnelle Flucht anzutreten, weil wer weiß, wer das ist? Der Sanktus hat die Person langsam von den Beinen aufwärts beleuchtet, bis er zum Gesicht gekommen ist. In diesem Moment ist die Gestalt aufgesprungen, hat an einer Ecke des Holztischs die leere Flasche, die der Sanktus vorher gehört hatte, zerschlagen und hat den Sanktus nun mit dem Flaschenhals in der Hand, die scharfen Kanten auf ihn zeigend, mit weit geöffneten Augen bedroht.

»Lissy?«, hat der Sanktus gerufen. »Bist du des?«

Die Advokaten-Lissy hat den Sanktus fragend angeschaut und die Flasche sinken lassen.

»Höchstpersönlich. Wer stört meine Nachtruhe?«, hat die Lissy gelallt.

»Ich, der Sanktus.«

Die Lissy hat den Sanktus gemustert, ist nähergekommen und hat an ihm gerochen.

»Keine Ahnung, wer du bist. Hab ich dich mal angeklagt?«

»Geh Schmarren. Dich kennt doch jeder in München. Gehörst doch sozusagen zum Inventar. Fast schon zu den Sehenswürdigkeiten, aber obwohl. Na, ja …«, hat der Sanktus gestottert.

»Bin ich dir nicht schön genug als Sehenswürdigkeit?«

Sehenswert war sie wirklich nicht, die Lissy. Ihre Haare waren total verfettet, ihr Mantel, den sie trotz der warmen Witterung angehabt hat, war speckig, die Jeans darunter hingegen war relativ sauber und um ihre Schuhe hat sie Plastiktüten gebunden gehabt.

»Regnet's heut noch?«, hat der Sanktus gefragt.

»Warum?«

»Weilst deine Gummistiefel anhast«, hat der Sanktus gelacht. »Magst a Bier?«

Und so sind die beiden vor dem Marktstand gesessen und die Lissy hat über ihr Leben auf der Straße erzählt. Eher in verwirrten Episoden, als chronologisch, und der Sanktus hat Schwierigkeiten gehabt, alles richtig zusammenzusetzen. Anschließend hat er ihr von den Morden, die ihn gerade beschäftigt haben, erzählt. Die Lissy hat ihre Flasche Bier auf ex getrunken und den Sanktus angegrinst.

»Ich weiß, wer des war, Herr Kommissar«, hat sie gelallt und dem Sanktus tief in die Augen geschaut. »Das reimt sich, und was sich reimt, ist gut!«

»Ja genau, Lissy. Komm, spinn dich aus und verarsch mich ned«, hat der Sanktus verärgert geantwortet.

»Ich hab ihm vor der Bierfabrik da direkt in die Augen geschaut. Böse Augen, Sanktus Gambrinus. Die Augen einer Bestie!«

Bei dem Wort Bestie hat sie ihre Hände krallenartig erhoben und fest gehaucht, sodass es dem Sanktus von ihrer Fahne fast schlecht geworden ist. Der Sanktus war sich nun nicht mehr ganz so sicher, ob das alles nur dummes Gerede einer stadtbekannten Pennerin war. Er hat die Lissy jetzt fest angesehen.

»Wer war's, Lissy? Sag!«

Die Lissy hat jetzt den Kopf in den Nacken geworfen und gelacht.

»Paragraf zwei fünf drei, bald Geld wie Heu. Gschamster Diener. Verabschiede mich. Baba«, hat die Lissy gefaselt und den Sanktus noch einmal angegrinst.

Der Sanktus hat nichts verstanden, aber aus der Lissy war nichts mehr herauszubringen. Dann ist sie aufgestanden, hat sich noch zwei Flaschen Bier in die Manteltaschen gesteckt und ist zurück auf ihr Holzgestell, von wo aus sie der Sanktus kurz darauf schnarchen gehört hat.

2. AUGUST 2016

Ihm war es nun zum ersten Mal völlig klar geworden. Dieser Mensch wollte seine Ermittlungen nicht aufgeben. Nicht die geringste Chance. Er hatte ihn mit der Waffe bedroht. Zu diesem Zeitpunkt hatte er gedacht, dass Schluss sein würde. Doch sein Opfer hatte die Aktion gut überstanden. Andere hätten sich in die Hosen gemacht. Der Sanktus hatte lediglich gezittert und etwas Herzflattern bekommen. Es war ein weiser Entschluss von ihm, die Haarbürste mit den Schuppen aus dem Badezimmer der kleinen Brauerei mitzunehmen. Der perfekte genetische Beweis am elektrischen Funkschalter, der den Strom auf das Mikrofon am Volksfest freigegeben hatte. Er war stolz auf so viel Gerissenheit. Dann hatte er der Polizei, also genauer diesem übereifrigen aufstrebenden Assistenten, den Tipp gegeben, sich genetisches Material von diesem bayerischen Sturschädel zu organisieren. Und siehe da, er wird nun von der Polizei gesucht. Doch er hatte die Münchner Verbindungen unterschätzt. Dieser Typ war auf dem Viktualienmarkt untergekommen. Bei dieser Antipasti-Hexe. Er musste andere Saiten aufziehen.

Den Sanktus haben am nächsten Tag gleich zwei Dinge simultan aus seinem eh nicht besonders tiefen und daher wenig erholsamen Schlaf gerissen. Zum einen war da das vehemente 6-Uhr-Läuten der Heilig-Geist-Kirche, dass du meinst, der Pfarrer Schiessler zwingt dich zum

Morgengebet, und zweitens hat die Evi versucht, ihren Laden aufzusperren, was ihr wegen einer Sanktjohanser-Hochsicherheitsvorkehrung nicht geglückt ist. Der Sanktus hatte nämlich am Abend zuvor den Schlüssel im Schloss stecken lassen und somit keine Chance für die Evi, ihr Tagwerk aufzunehmen, was sie mit einem lauten und nachhaltigen Pumpern und Klopfen zum Ausdruck gebracht hat. Der Sanktus also tramhappert, sprich verschlafen, aus seinem Kellerverlies nach oben und hat der Evi geöffnet.

»Morgen Hasi! Hast Angst ghabt, dass s' dich klauen, oder warum hast gar so gut zugsperrt?«, hat ihn seine Freundin begrüßt.

Der Sanktus hat nur gegrummelt und ist an der Evi vorbei hinter den Stand, aber die Advokaten-Lissy war schon nicht mehr da.

»Weg!«, hat er nur gemeint.

Auf den fragenden Blick der Evi hin hat der Sanktus die Geschichte von der Lissy ausführlich erzählt. Die Evi hatte schon länger gemerkt, dass da jemand übernachtet, aber da ihr Stand nie beschädigt worden ist, hat sie nichts dagegen gehabt.

»Die Advokaten-Lissy! Sauber! Die schläft da. Kannst dich an die noch erinnern, Sanktus?«, hat die Evi gefragt.

»An die Lissy? Nein. Ich kenn sie nur vom Sehen.«

»Geh zu. So ist's beim König Ludwig auch angegangen. Hirnmassig, verstehst. Die Lissy kennst doch. Das war die Leistl Elisabeth. Die hat bei mir im Block gewohnt. So ein Wunderkind. Gscheithaferl und Brillenschlange haben wir ihr immer hinterhergerufen. Die hat in der Grundschule eine Klasse übersprungen, weil sie gar so gescheit war.«

»Die Leistl Elisabeth. Nehmts euch ein Beispiel an der Elisabeth, haben sie uns immer gesagt. Die lernt und grüßt so schön und ist so brav, gell. Und wir haben sie geärgert bis aufs Blut. Das tut mir heut noch leid, was wir der angetan haben. Weißt noch, wie wir ihr im Winter den Rollsplitt aus den großen Kisten in den Kragen gesteckt haben?«

»Und wie wir ihr im Sommer jeden Tag die Luft aus dem Radl gelassen haben, und sie hat zu Fuß in die Schule gehen müssen?«

»Müssten wir uns heut noch schämen. Wir waren fei schon furchtbar, gell!«

»Eine richtige Brut!«

»Und die ist jetzt Pennerin. Gut, dass wir uns kein Beispiel an ihr genommen haben.«

»Die Lissy war Staatsanwältin. Irgendwann hat sie einer ihrer Angeklagten, oder so wer, in den Isarauen halb totgeschlagen. Sie hat ihr ungeborenes Kind verloren, und das war zu viel. Aus war's! Da ist sie abgestürzt. Aber was wollt sie dir da sagen?«

»Keine Ahnung. Paragraf zwei fünf drei, Geld wie Heu, oder so was …«

Die Evi hat gegoogelt.

»Paragraf 253. Erpressung«, hat die Evi gemurmelt.

»Ja, bin ich ein Arsch!«, hat der Sanktus geschrien. »Bin ich ein Depp. Die hat den Mord am Heiko wirklich beobachtet und hat den Mörder auch noch erkannt. Jetzt will sie ihn erpressen. Scheiße noch mal. Das geht schief!«

»Aber was willst denn tun?«, hat die Evi gefragt. »Aber apropos Depp! Hast du unsere Nachricht gekriegt. Also die von der Kathi und mir?«

»Wie geht's der Kathi und den Kindern?«, hat der Sanktus gleich wissen wollen.

»Die Kathi ist völlig fertig, aber irgendwie geht's schon. Ich hab sie ein bisserl beruhigt. Die Anna ist einstweilen bei euch und hilft ihr. Dein Vater schwirrt auch die ganze Zeit umeinand. Der Schorschi hat's Gott sei Dank gar nicht kapiert und die Martina ist voll davon überzeugt, dass du das ›wuppst‹, hat sie gesagt. Du zeigst es den Deppen schon, hat sie gemeint. Also im Großen und Ganzen passt's schon, aber je früher du wieder daheim bist, desto besser«, hat die Evi versucht, den Sanktus zu beruhigen. »Aber pass auf. Wir haben was herausbekommen. Die Frau auf dem Bild ist die Rose Vane, die Oma von Garreth und Dean.«

»A geh?«, hat der Sanktus gestichelt.

»Aber jetzt kommt's. Geboren in München unter dem Namen Rosalia Weichslbaumer!«

Jetzt hat die Evi gegrinst, und dem Sanktus ist der Kinnladen heruntergefallen.

»Ja Sakrament!«, hat er noch rausgebracht.

»Sie ist die Großtante vom Paul Weichslbaumer. Rosa ist in der Nazizeit nach Amerika ausgewandert. Ihr Geliebter war Kommunist, und ihr Bruder, also der Opa vom Paul, hat ihn an die Gestapo verraten. Die haben ihn erschossen und Rosa ist weg. Da der Vater der beiden zu dieser Zeit schon tot war, müsste Rosa also noch die Hälfte der Brauerei gehören.«

»Dann ist das doch kein Zufall, dass der Garreth da sein Bier brauen lassen will, oder? Dann gehört dem ja eh ein Teil davon. Und der Paul hat den Red Head aus dem Vertrag rausgekickt. Aber warum?«

»Keine Ahnung«, hat die Evi gemeint. »Vielleicht hat

er ja was von der heimlichen Liebschaft seiner Frau mit dem Garreth mitgekriegt. Darauf tippt auf jeden Fall die Kathi.«

»Aber wer ist sein neuer Partner?«

»Auch das, lieber Sanktus, haben wir in Erfahrung gebracht. Das ist die Simbacherin. Die lässt ihr Bier jetzt beim Weichslbaumer machen. Sie verkauft ihren Brauereikrempel in Oberföhring und lässt sich am Arsch lecken. Ha, was sagst?«, hat die Evi triumphiert.

»Verreck. Eine Matz bist schon, Evi. Aber warum die ganzen Morde und Anschläge? Das passt noch nicht zsamm, oder?«

»Nein, noch ned. Aber wir müssen noch mehr über die Rolle der Red Head Brauerei rausbringen. Ich denk, dann wissen wir mehr, oder? Aber wer könnte das tun?«

»Ich hab's! Der Drengler! Der ist doch so auf Wirtschaft und Börse. Der weiß bestimmt, wo man nachschauen muss, oder?«

»Das könnt passen. Aber jetzt frühstücken wir a bisserl was.«

»Gut«, hat der Sanktus gemeint, »ich hol amal einen Cappuccino gegenüber bei dem Kaffeeladen.«

»So kannst aber nicht gehen«, hat die Evi gelacht und der Sanktus hat gemerkt, dass er die ganze Zeit in T-Shirt und Boxershorts vor dem Stand gestanden ist.

Der Sanktus hat sich also schnell umgezogen und ist über die Straße zu dem Schnellcafé und wollte zwei Cappu-to-go holen, aber weit gefehlt, weil so früh hat er halt noch nicht auf, der neumodische amerikanische Coffeeshop. Also ist dem Sanktus nichts anderes übrig geblieben, als zur »Schmalznudel« vorzuschauen und da das Frühstück zu besorgen. War ihm sowieso sympathischer. Er hat noch gleich zwei frisch rausgebackene Ausgezogene mitgenommen und ist beladen mit Kaffeebechern und Tüte zurück zur Evi.

Als er sich dem Stand von hinten genähert hat, hat er schon eine vertraute, jedoch verhasste, Stimme hören können.

»Frau Loibeldinger, wir haben an anonymen Hinweis bekommen, dass sich der flüchtiche Alfred Sanktjohanser bei Ihnen aufhält. Ich bidde Sie, nun den Wech freizumachen, sodass wir den Stand durchsuchen können.«

Der Demuth! Wie hatte der das Versteck rausbekommen? Anonymer Hinweis. Von wem? Hatte ihn jemand gesehen? Oder haben sie überrissen, dass der Sanktus mit dem Handy der Martina unterwegs war, und sie hatten ihn geortet? Er hat die Evi etwas murmeln hören, hat sie aber nicht verstehen können.

»Gut, Frau Loibeldinger. Wir besorchen uns jetzt den Durchsuchungsbeschluss und in einer Stunde sind wir wieder da. Der Herr Heckmaier bleibt einstweilen hier, nur für den Fall, dass der Gesuchte ned doch da drin ist und zufällich rauskommt«, hat der Demuth geschlossen und ist mit dem Wildmoser Werner abgezogen.

Der Sanktus hat um die Ecke gelugt und die Evi mit dem Heckmaier Franz ratschen sehen. Belanglose Dinge, und es war ersichtlich, dass die Evi versucht hat, den Polizisten wegzulotsen. Irgendwann ist sie dann im Stand verschwunden, und der Franz ist mit verschränkten Armen davor stehen geblieben. Nach ein paar Minuten ist die Evi zurück gewesen und hat ihre Waren aufgebaut. Den Heckmaier hat sie von einer Seite zur anderen geschoben und ihn beim Beladen der Verkaufstische eingespannt. Der Franz ist aus dem Schwitzen nicht mehr rausgekommen.

Plötzlich ist eine der alteingesessenen Marktfrauen von einem Stand gegenüber um Hilfe rufend herübergelaufen gekommen.

»Hilfe! Diebstahl, Hilfe. Herr Wachtmeister, Kommen S' bitte schnell. Mir hat grad einer eine ganze Tüte Käs um 150 Euro gestohlen. Einfach nicht bezahlt und weggelaufen. Schnell, vielleicht erwischen S' ihn noch. Der ist in Richtung Altes Rathaus davon. So ein pinkfarbenes T-Shirt hat er an. Schnell!«

Dem Heckmaier Franz hast du ansehen können, dass ihm gar nicht wohl in seiner Haut gewesen ist. Da ihn die schreiende Marktfrau aber praktisch mit Gewalt vom Evi-Stand weggerissen hat, hat er keine Chance gehabt und hat sich dem Druck fügen müssen.

Kaum ist der Franz in Richtung Diebstahl unterwegs gewesen, ist der Sanktus ums Eck rumgekommen und wäre fast mit der Evi zusammengestoßen, die gerade nachsehen hat wollen, ob er bereits hinter dem Stand in Habtachtstellung war.

»Was sagst, Sanktus? Hat s' guad gmacht, die Theres, oder?«, hat die Evi gefragt.

»Hast das du eingefädelt? Respekt! Und jetzt?«

»Jetzt trinkst schnell deinen Kaffee mit mir, holst deine Sachen und dann musst verschwinden. So leid's mir tut, aber dieser Aff kommt bestimmt schnell wieder«, hat die Evi geseufzt.

»Dann probier ich, ob ich bei der Lena unterkomm«, hat der Sanktus gemeint. »Die hilft mir bestimmt aus.«

Der Sanktus ist ziellos durch die Münchner Innenstadt gerannt und hat eigentlich nur versucht, alle Leute ringsherum im Blick zu haben. Nicht, dass er dem Demuth über den Weg laufen würde. Das wäre der *Gau*. Er hatte zuvor noch mit der Evi im Internet nach seinem Namen gesucht, aber kein Treffer hatte ergeben, dass er in irgendeiner Zeitung genannt oder auf einer Polizeiseite als flüchtig gesucht worden wäre.

Plötzlich hat das Handy geklingelt und der Dean war dran.

»Hi, Sanktus! Wollte mich nur erkundigen, ob alles okay ist bei dir?«

»Ah, servus, Dean. Alles total paletti. Die Polizei hat schon mein Versteck herausgefunden und ich renn wie ein aufgescheuchtes Huhn durch München.«

»Wie konnte das denn passieren?«, hat der Dean gefragt.

»Ich weiß es nicht. Vielleicht haben sie ja mein Handy geortet. Außer der Evi hat niemand gewusst, wo ich war. Außer der Evi und … dir!«

Der Dean hat am Telefon schallend gelacht.

»G-Genau. Deswegen hab ich dir auch das Geld gegeben und dich gebeten, mir zu helfen. Guter Witz, Sanktus. Spaß beiseite. Du kannst gerne bei mir unterkommen. Ich habe genug Platz.«

»Ich meld mich wieder. Servus«, hat der Sanktus gesagt und den Dean weggedrückt.

Anschließend hat er sich eine Prepaidkarte gekauft und in sein Handy eingesetzt. Dann hat er der Evi und der Kathi eine SMS mit seiner neuen Nummer geschickt. Aber jetzt auf zum Drengler!

Der Sanktus ist im Vorzimmer der Anwaltskanzlei Doktor Engler und Partner gesessen und hat nervös auf den Drengler gewartet. Die nette Vorzimmerdame, inzwischen war es eine junge Blondine, hat den Sanktus partout nicht vorlassen wollen, da der Herr Doktor einen wichtigen Termin habe. Sein ganzes Repertoire an Charme hat dem Sanktus nichts geholfen. Diese Frau ist einfach resistent geblieben. Komische Sache. War er nicht gewohnt.

Doch dann ist endlich die Tür zum Drengler-Büro aufgegangen und eine imposante Dame, wahrscheinlich Mittvierzigerin, ist aus dem Büro herausgekommen. Der Drengler hat ihr mit verzücktem Blick nachgeschaut.

»Oh Sanktus. Was führt dich hierher? Komm rein. Frau Schlesinger, wir möchten nicht gestört werden. Danke!«

»Wer war denn das gerade?«, hat der Sanktus den Drengler gefragt.

»Oh? Die hübsche Dame?«, hat der Drengler gefragt. Aber anscheinend wieder einmal rhetorische Frage, weil er gleich weitergemacht hat. »Das war Frau Doktor Feldmarschall, äh Feldmeier. Plant die Scheidung von ihrem vierten Mann. Nicht zu spaßen mit dieser Dame. Aber nun zu dir. Wie kann ich dir helfen?«

»Ich muss alles über die Red Head Brewing Company wissen. Was treibt die in Amerika und was will sie in Deutschland? Welche Rollen spielen Garreth und Dean Vane?«

»Oh, Spannung, Spiel und Schokolade. Alles zugleich, Sanktus. Aber keine Bange. Lass mich mit Jeffrey, meinem Craftbeer-Buddy in New York, telefonieren. Der müsste das wissen. Ist ebenfalls Anwalt. Moment, wo habe ich denn seine Nummer.«

»Jens, schlafen die nicht noch in New York?«

»Oh! Stimmt. Da war ich jetzt wohl etwas übereifrig, Sanktus«, hat der Drengler zugegeben.

»Was ist denn ein Craftbeer-Buddy? Was soll denn das wieder sein?«

»Mein Partner beim Bierverkosten. Wie haben uns in den USA kennengelernt. Wir versuchen abwechselnd exotische Biere und mailen uns unsere Eindrücke. Wir sammeln sozusagen Biergeschmäcker.«

»Aha, sauber«, hat der Sanktus gemeint und nicht genau kapiert, was dieser Spleen wieder hat bedeuten sollen.

Kurz darauf hat sein Mobiltelefon geklingelt. Die Kathi ist dran gewesen. Schon an ihrer Stimme hat er erkannt, dass etwas nicht in Ordnung war.

»Der Schorschi ist weg. Er ist nicht mehr im Krümeltreff«, hat die Kathi aufgeregt gekrächzt.

Demuth hatte versagt. Er hatte ihm den genauen Standort durchgegeben. Wie hatte dieser Affe die Verhaftung so versauen können? Nicht auszuhalten. Er konnte es nicht zulassen, einen gehetzten Sanktjohanser durch München laufen zu lassen. Dieser Kerl war bauernschlau. Das wurde ihm schon öfter bestätigt. Und er wusste es. Der Sanktus würde ihm auf die Schliche kommen. Das galt es zu verhindern. Jetzt würde es ihn an seiner empfindlichsten Stelle treffen.

Der Sanktus ist mit dem Drengler in Richtung Kirchenstraße gerast, wo der Schorschi in den Krümeltreff gegangen ist. Er hat unbedingt vor dem Bichlmaier und dem Demuth da sein wollen, um etwas aus den Kindergärtnerinnen herauszubekommen. Die Sanktus-Gefühle kannst du nicht beschreiben. Sie waren zwischen Frieren, Zittern, Hitzewallungen, unerträglichem Kopfweh und einem akuten Brechreiz, der in einen großen Kloß im Hals übergegangen ist. Die Tränen sind in den Augenhöhlen angestanden, und jedes Mal, wenn er an den Schorschi gedacht hat, hat der Sanktus einen unerträglichen Druck im Hals spüren können. Jedoch verdrängen, später! Weil jetzt vor dem Drengler? No way!

Der Drengler hat in der zugeparkten Straße in zweiter Reihe vor dem Kindergarten gewartet und der Sanktus ist mit gefühltem Tempo 200 in die Institution hinein. Drinnen hat es wie in jedem Kindergarten gerochen. Dem Sanktus ist nicht klar gewesen, wie das hat sein können, aber es war ihm dieses Mal auch egal. Die Kindergärtnerin, die ihm geöffnet hatte, hat ihn mit geweiteten ängstlichen Augen angesehen und ist instinktiv einen Schritt zurückgestolpert. Das hat die Frau Erhardt, die Leiterin der »Zauberlandgruppe«, sein müssen. Der Sanktus also ernster Blick.

»Sie bleiben da!«, hat er gerufen. »Ich hab nicht viel Zeit!«

Er ist einen Schritt nach vorne und hat die Dame fest am Arm gepackt, sodass ihr ein lautes »Aua, Sie tun mir weh!«, ausgekommen ist.

»Was ist passiert? Reden S'. Auf geht's, oder muss ich grob werden?«

Der Sanktus hat sich in dieser Rolle selbst nicht gemocht, aber man war hier ja schließlich nicht auf dem Ponyhof.

»Die Kinder haben draußen im Garten gespielt. Als ich sie um 10.00 Uhr zur Brotzeit reinholen wollte, war Georg nicht mehr da.«

»Und? Weiter?«

»Die anderen Kinder haben gemeint, dass ein alter Mann zu ihnen gekommen ist und gesagt hat, er sei der Opa von Georg. Er wolle ihn abholen«, hat das Fräulein gestammelt.

»Machts ihr da keine Aufsicht, oder was?«, hat der Sanktus gekeift.

»Vor unserer Tür ist ein Sack mit alter Kleidung angezündet worden. Wir sind alle raus, um zu löschen. Ich weiß nicht, wie der Mann mit dem Kind in der Zwischenzeit aus dem Garten herausgekommen ist. Das große Tor zur Straße hin ist verschlossen. Da k-kommt er nicht raus.«

»Wo sind eigentlich die anderen Kinder?«, hat Sanktus gefragt.

»Die sind vorsichtshalber in ihren Gruppen. Bis die Polizei kommt«, hat die Erhardt gestammelt.

Der Sanktus hat genug gehört gehabt und hat die Kindergärtnerin wieder losgelassen. Er hat wieder wegmüssen. Lange würde es eh nicht mehr dauern, und der Bichlmaier würde anrücken. Der Sanktus hat sich umgedreht und ist der Schranner Bine Vollgas in die Arme gelaufen. Die Polizistin ist aus allen Wolken gefallen, den Sanktus hier zu treffen. Sofort hat sie nach ihrer Pistole gegriffen.

»Sanktus. Spinnst du, dass du da auftauchst. Ich muss dich jetzt verhaften«, hat sie fast geschrien. »Die Kollegen kommen doch gleich!«

»Bine. Schau dir bitte das Tor im Garten an. Da müssten Spuren am Schloss sein. Anders sind die nicht rausgekommen. Es war ein älterer Herr, der den Schorschi entführt hat. Ich schätz, derselbe vom Volksfest. Der ist in echt jung. Also nur verkleidet. Muss ich dir in Ruhe mal erklären.«

Die Bine hat ihn immer noch verstört angeschaut.

»Und jetzt lasst mich bitte gehen. Ich muss den Schorschi suchen. Und ich befürcht, der Entführer ist der Mörder, den wir suchen. Er will mich vom Ermitteln abhalten. Bitte Bine, tu die Waffe weg.«

Die Bine hat die Pistole weggesteckt, hat den Sanktus umarmt und ihm viel Glück gewünscht.

»Danke, Bine. Das vergess' ich dir nie. Ich mach's wieder gut. Ich versprech's. Ich schau noch kurz zur Kathi. Kannst du mir eine halbe Stunde geben?«

Die Bine hat genickt.

»Jetzt hau ab«, hat sie den Sanktus angewiesen, »bevor uns die Kindergärtnerinnen zusammen sehen. Pfiat di, Sanktus.«

Der Drengler hat den Sanktus vor dem Haus am Johannisplatz aussteigen lassen. Natürlich nicht, ohne ihm noch zahlreiche Ratschläge zu geben, wie *er* sich in seinem Fall jetzt verhalten würde, und nicht ohne ihm vehement zu verdeutlichen, wie er heldenhaft und ohne Rücksicht auf Verluste, aus der zweiten Reihe vor dem Kindergarten in eine Garageneinfahrt sozusagen gestochen ist, als das Polizeiauto mit der Bine gekommen war. Der Sanktus hat ihn abgewürgt und beide haben vereinbart, dass sie am Nachmittag telefonieren würden, sobald der Drengler seinen komischen Buddy befragt hat.

Der Sanktus hat an der Wohnungstür geklingelt, und die Kathi hat ihm mit roten, verweinten Augen aufgemacht.

»Sanktus!«, hat sie geschnieft und hat ihn sofort fest

umarmt. Der Sanktus hat die Kathi in die Wohnung hineingeschoben und die Tür verschlossen. So sind sie erst einmal zwei Minuten dagestanden. Der Sanktus hat die Nähe zur Kathi einfach nur genossen. Ihm war, als würde er seinen Akku im Schnellbetrieb aufladen, so gut ist es ihm auf einmal wieder gegangen.

»Kathi, wir haben ned viel Zeit. Der Bichä wird bald aufkreuzen. Die Schranner Bine ist im Kindergarten. Sie gibt mir eine halbe Stunde.«

»Sanktus, in was sind wir da reingeraten? Das ist doch der Wahnsinn, oder?«

»Ja. Das war jetzt das letzte Mal, dass ich mich in so was eingemischt hab, aber da müssen wir durch. Pass auf! Ich denk, es ist der gleiche Mann, der auf dem Volksfest in Firmkirchen war, der jetzt den Schorschi hat. Der will mich vom Ermitteln abhalten. Aber ich find unseren Buben schon. Die Morde sind mir wurscht. Soll der Bichä aufklären, aber ich lass mich jetzt ned einsperren. Ich find den Schorschi. Das versprech ich dir.«

Die Kathi hat nur geschluchzt.

»Wo ist denn die Martina?«, hat der Sanktus gefragt.

»Die ist mit der Betty im ›Prinze‹«, hat die Kathi geantwortet. »Aber die hol ich jetzt gleich ab. Wer weiß, was der Typ noch alles vorhat.«

»Braucht's des?«, hat der Sanktus gefragt. »Die sind doch zu zweit unterwegs.«

»Ja, Sanktus«, hat die Kathi mit strengem Blick bestätigt. »Das braucht's!«

»Und erzähl dem Bichä bitte von dem Mann vom Volksfest«, hat der Sanktus die Kathi angewiesen. »Den muss er suchen. Dann haben wir den Schorschi bald wieder. Ich schau, dass ich heut bei der Lena unterkomm.«

Die Kathi hat den Sanktus jetzt ganz fest an sich gedrückt.

»Wenn was ist, meld dich beim Bhupinder. Der weiß Bescheid und hilft dir. Ich muss jetzt weiter. Bussi. Ich schreib eine SMS. Pfiat di, Kathi!«

Er hat sich direkt aus der Umklammerung von der Kathi befreien müssen, um wieder wegzukommen.

Der Sanktus ist gerade die letzten Stufen hinuntergesprungen, als er gemerkt hat, dass die große Eingangstür des Mietshauses geöffnet worden ist. Flink ist er rechtsherum in Richtung Hinterhof abgebogen und hat unter den Treppenstufen, dort wo die Kinderwagen gestanden sind, gewartet und hervorgespitzt. Tatsächlich sind der Demuth und der Bichlmaier die Eingangstreppe hinaufgerannt. Also der Demuth ist gerannt. Der Bichlmaier mit seinem Kampfgewicht eher Hinterherhecheln wie eine schnaufende Dampflokomotive. Oben haben die beiden bei der Kathi geklingelt, und sobald sie eingetreten waren, hat der Sanktus das Haus verlassen. Heute hat er darauf verzichtet, ihnen die Luft aus den Reifen herauszulassen, weil er sonst die Kathi aufgebracht hätte. Die hat sicherlich behauptet, dass sie ihren Sanktus seit der Verhaftung nicht mehr gesehen hatte.

Der Sanktus ist erst einmal in Richtung Isarauen gewandert, wo er unter wenigen Leuten war. Auf einer schattigen Bank hat er gerastet und den Blick über die Isar schweifen lassen. Er hat ständig an den Schorschi denken müssen. Ob es ihm gut gegangen ist? Herrschaftszeiten, das hatte er wieder super hingebracht mit seinen Ermittlungen. Nicht nur sich selbst hatte er in Gefahr gebracht, nein, jetzt auch seine Familie und dann noch das jüngste Mitglied, das am wenigsten etwas damit zu tun gehabt hat. Seinen eigenen Sohn. Bravo! Gut gemacht, Sanktjohanser.

Der Sanktus hat jetzt die Augen geschlossen, um kurz zur Ruhe zu kommen. Er hat an die Kathi gedacht. Damals, als sie sich kennengelernt hatten. Die Kathi war ja, wie du weißt, die Tochter des Brauereidirektors Müller. Schon während seiner Lehrzeit war der Sanktus in sie verliebt gewesen. Also eher so eine Jugendliebe. Er hatte immer gedacht, die Kathi würde ihn gar nicht beachten, doch als er dann bei den Morden in der Sternbrauerei ermittelt hatte, hatte auch sie ihm gestanden, dass sie schon immer ein Auge auf ihn geworfen hätte. Von da an hatte die schönste Zeit in seinem Leben begonnen. Die Liebe zwischen ihnen war etwas ganz Besonderes, was er zuvor in seinem Leben nicht gekannt hatte. Bedingungslos, impulsiv und doch unkompliziert. Es hatte bisher nie Unstimmigkeiten gegeben, außer natürlich, wenn ihn wieder einmal sein Ermittlerdrang gepackt hatte. Seine Familie war alles für ihn. Obwohl die Martina nicht seine leibliche Tochter war, hatten die beiden so viel gemeinsam, dass du meinen könntest, genetisch direkte Linie. Er hat an die Martina denken müssen, wie sie bei der Kathi auf der Wiesn dabei war und er sie zum ersten Mal gesehen hatte. Ist das dein neues Gspusi, hatte sie die Kathi damals gefragt. Von da ab hat der Sanktus gewusst: Volltreffer! Und der Schorschi praktisch ein Sanktjohanser durch und durch. Halt sein Bub. Ein Treibauf, wie er im Buche steht. Der Sanktus war sogar bei der Geburt dabei gewesen, also nicht nur auf dem Geburtsvorbereitungskurs, wie viele vermutet hatten. Als er da den Buben im Arm gehalten hatte, war für ihn das Glück perfekt.

Und jetzt? Er hatte es geschafft, den Kleinen in ernsthafte Gefahr zu bringen. Was für ein Vater war er überhaupt? Diese Frage hat er sich stellen müssen.

Er hat jetzt versucht, den Buben erst einmal aus seinen Gedanken zu verdrängen, weil er mit Trübsalblasen nun auch nicht weitergekommen ist. Zuerst hat er die Lena angerufen, und die ist Gott sei Dank gleich ans Telefon gegangen. Er hat ihr die ganze Story erzählt, und die erschrockene Lena hat ihm sofort zugesichert, dass es gar kein Problem sei, wenn er einige Tage bei ihr unterkommen wollte.

Auf dem Weg in die Lucille-Grahn-Straße hat der Drengler angerufen.

»Sanktus, ich hoffe, es ist alles klar, sind sie dir schon auf den Fersen?«, hat er ins Telefon geplärrt.

»Nein, nein, Jens. Alles paletti. Ich hab sogar eine Bleibe gefunden. Die weiß jetzt aber nur die Kathi, und du brauchst mich jetzt gar nicht fragen, wo ich bin.«

Er hat von vorne ein Polizeiauto die Einsteinstraße herunterkommen sehen und ist sofort in einem Hauseingang untergetaucht. Die alte Dame, die er bei dieser Aktion angerempelt hat, hat nur den Kopf geschüttelt und ihn leise beschimpft.

»Ja, ja. Ist in Ordnung. Schon verstanden«, hat der Drengler eingeschnappt gemault.

»Jens, jetzt komm. Es ist wirklich besser, keiner weiß was, oder?«

»Ja, Miss Marple. Message angekommen. Aber jetzt merke mal auf. Ich habe mit Jeffrey telefoniert. Die Red Head Brewing Company hat Rose Vane gehört. Diese Rose Vane ist Rosa Weichslbaumer aus Firmkirchen.«

»Weiß ich schon, Jens. Weiter?«

»Wohl, wohl, aber sie hat die Brauerei ihren beiden Söhnen übertragen. Einer ist Garreths, einer ist Deans Vater. Garreths Vater ist eher stiller Teilhaber, Deans Vater ist der CEO, also der Geschäftsführer. Garreth ist der Technical Director und jetzt halt dich fest, Dean ist der Financial Director. Jetzt biste baff, wa?«

»Sauber. Aber warum sind die beiden hier in Deutschland?«, hat der Sanktus gefragt.

»Der Craftbier-Boom in Amerika verebbt bereits ein wenig. Wer hätt's gedacht? In Europa stehen noch alle Weichen auf Grün. Red Head versucht nun, aus Deutschland heraus Marktanteile zu gewinnen, weil sie sich gegenüber den kleinen, wie sagt ihr immer, Pritschlern Wettbewerbsvorteile ausrechnen. Die Familie hat dieses Unterfangen komplett selbst finanziert. Sie wollen vom Kapitalmarkt unabhängig bleiben, weil bisher noch nie Banken bei den Geschäften mitentschieden haben. Das ist untypisch, aber es war die Vorgabe von Rose. Das war ihre Philosophie, die die beiden Söhne immer noch verfolgen. Garreths Zweig ist finanziell saturiert bis in die Ewigkeit, aber Deans Zweig ist nicht so gut aufgestellt. Auch Dean hat sein ganzes Kapital eingesetzt. Dieser Deal muss klappen, sonst ist er ruiniert. So, jetzt kommen wir zu den Weichslbaumers. Rein theoretisch müsste Rose, und somit den Söhnen, noch die Hälfte der Brauerei in Firmkirchen gehören. Rose wurde während des Naziregimes weder für tot erklärt, noch enteignet. Ihr Bruder Gottfried muss sich ziemlich sicher gewesen sein, dass sie nie wieder auftauchen würde. Sie hat auch nie Anspruch auf die Brauerei erhoben. Wie sie das mit ihrem Bruder nach dem Krieg geregelt hat, weiß niemand. Fakt ist, die Vanes wollten ihr Bier erst einmal dort produzieren. Jeffrey meint, sie beabsichtigten, die Weichslbaumers über die zusätzlichen Hektoliter abhängig zu machen und die Brauerei dann zu übernehmen. Hätte Garreth die Weichslbaumer-Anteile direkt kaufen wollen, hätte das Pauls Preis exorbitant in die Höhe getrieben. Erst wenn der ohne die Red Head Hektoliter nicht mehr alleine hätte bestehen können, hätte ihn Garreth dort gehabt, wo er ihn haben wollte. Dann plante er, zuzuschlagen, und den Anteil günstig zu kaufen.«

»Und genau das hat ihnen der Paul versalzen. Er hat die Absichtserklärung gecancelt und die Vanes haben seitdem keinen Partner mehr. Gleich darauf hat sich der Weichslbaumer mit der Simbacher zusammengetan. Die ist wahrscheinlich schon auf Kreuzfahrt und lässt sich gernhaben.«

»Und Frau Weichslbaumer?«, hat der Drengler gefragt.

»Weiß ich nicht. Ich denke, sie wird warten, bis der Garreth aus dem Koma erwacht ist. Jessas, da muss ich auch noch schauen. Die wollten den ja jetzt amal aufwachen lassen.«

»Also, Sanktus. Sei vorsichtig. Vor allem bei Dean. Der steht mit dem Rücken zur Wand.«

»Danke, Jens. Servus. Ciao.«

Der Sanktus hat sofort die Verena angerufen und sie gefragt, ob sie schon etwas Neues vom Garreth wisse. Sie hatte bereits im Krankenhaus angerufen, aber da sie kein Familienmitglied war, hat man ihr natürlich keine Auskunft gegeben. Der Sanktus hat ihr noch erklärt, dass die Frau auf dem Bild die Großtante von Paul gewesen war. Die Verena hatte sich schon gedacht, dass Rose Vane irgendwie zur Weichslbaumer-Familie gehören hat müssen, nachdem sie auf dem Brauereifoto abgebildet war. Dann hat er ihr die Geschichte mit der Flucht aus Deutschland und dem Verrat an ihrem Freund erzählt.

»Das ist typisch Weichslbaumer. Die waren sich schon sehr ähnlich, der Paul, sein Vater und sein Opa. Na warte. Jetzt gehört der Laden mir. Also zur Hälfte. Und zu einem Viertel gehört er Garreth. Na ja, dem Dean gehört ja dann schließlich auch noch ein Viertel.«

»Grundsätzlich ja, aber eher den Vätern in Amerika. Aber egal. Ich schau, ob ich rausfinden kann, ob der Garreth schon bei Bewusstsein ist. Pass auf den Dean auf. Der wird sicherlich bald bei dir aufschlagen und den Deal wieder einfädeln wollen. Sei vorsichtig. Der weiß nicht, dass du über die Verhältnisse im Bilde bist. Bei dem geht's um alles. Ich weiß nicht, ob der gefährlich ist. Bisher macht er mir nicht den Eindruck, aber stille Wasser …, heißt's immer, gell.«

»Ich pass auf und mach nichts ohne den Garreth. Wenn was ist, meld ich mich bei dir. Servus, Sanktus!«

Er war wohlbehalten mit dem Jungen bei ihr angekommen. Frauen hatten einfach einen anderen Bezug zu Kindern. Hier würde der Kleine für kurze Zeit gut untergebracht sein. Er hatte nicht vor, dem Kind ein Haar zu krümmen. Bis jetzt zumindest nicht. Der kleine Kerl war äußerst liebenswürdig und spritzig. Aber würde sein Vater einlenken? Sicher war es nicht. Der Junge war ohnehin nur Plan B. Plan A war immer noch, Sanktjohanser hinter Schloss und Riegel zu bringen, sodass dieser außer Gefecht gesetzt war. Er übergab der Frau das Kind und erteilte ihr neue Instruktionen. Nun war er gespannt.

Der Bichlmaier ist hinter seinem Schreibtisch in der Mordkommission gesessen und die Bine Schranner ihm gegenüber. Beide haben verzweifelt an die Wand gestarrt, an der der Demuth seine Verbindungen in diesen Mordfällen zu Glas, also an die Wand, gebracht hatte. Keiner der beiden hat sich noch richtig ausgekannt. Das Einzige, das wirklich zu erkennen gewesen ist, war, dass alle Linien zu einem Bild vom Sanktus geführt haben.

»Herr Bichlmaier, Frau Schranner. Meine Dheorie ist folchende. Der Sanktjohanser hat den Herrn Weichslbaumer umgebracht. Das ist ja wohl durch die genedischen Tests bewiesen. Die Frache ist nur, warum? Der Mordversuch an Garreth Vane ist ihm mit höchster Wahrscheinlichkeit auch zuzuschreiben. Fingerabdrücke sind ja in der Wohnung gefunden worden. Modiv? Meiner Meinung nach sexueller Natur. Der Sanktjohanser hat was mit der Frau Weichslbaumer. Ich denke sogar, dass sie seine Komplizin ist. Miteinander haben die beiden ihren Mann Baul umgebracht und versucht, Vane zu döden.«

»Und warum, Demuth?«, hat der Bichlmaier entnervt gefragt.

»Um die Brauerei für sich allein zu haben. Die Hälfte gehört nämlich den Vanes. Gell, da schauen S', Herr Bichlmaier. Vane ist nämlich mit dem Weichslbaumer verwandt. Das sind Großkussängs.«

Jetzt haben der Kommissar und die Bine wirklich geschaut wie Autos, als der Demuth die Verwandtschaftsverhältnisse um Rose Vane aufgeklärt hat.

»Sauber, aber die anderen beiden Opfer?«

»Drei, Herr Bichlmaier. Drei! Simbacher, Mahler und dieser Chaoten-Hubsy. Alle Drei übrichens unglücklich verheiratet. Alle jetzt dod. Die Brauerei und die Hektoliter gehen billich her. Das Imperium der Verena und des Herrn Sanktjohanser wächst?«

In diesem Moment hat das Telefon beim Bichlmaier geläutet. Der Kommissar hat schweigend zugehört, und der Bine ist aufgefallen, dass sich seine Miene immer mehr verfinstert hat. Der Demuth hat nichts bemerkt, weil er an seiner allwissenden Glaswand beschäftigt war.

»Es war die Frau Mahler«, hat der Bichlmaier geflüstert.

»Und?«, hat die Bine gefragt.

Der Demuth hat sich sofort hinter den beiden postiert, um ja alles mitzubekommen.

»Sie hat eine Anzeige aufgegeben.«

»Wegen was?«, hat die Bine gefragt.

»Wegen sexueller Nötigung«, ist's vom Bichlmaier gekommen.

»Wer?«, die Bine.

»Sie sei vom Sanktus in ihrer Wohnung sexuell belästigt worden.«

»Dousché!«, hat der Demuth gerufen. »Vielleicht wollt er das Ding zerscht mit der Mahler durchziehen. Aber da hat was ned geklabbt! Das ist die Rache. Auf jeden Fall hab ich ihn jetzt an den Eiern!«

Die Demuth-Augen haben gefunkelt, Irrsinn Anfänger. Die Bine und der Bichlmaier verwirrt.

Der Sanktus ist in der Lucille-Grahn-Straße mit gemischten Gefühlen angekommen, sprich Achterbahn im Kopf. Wo war der Schorschi, wer war der Mörder, was hatten die Vanes mit alldem zu tun? Ein Wechselbad der Gefühle. Dem Sanktus war es völlig egal gewesen, ob ihn jemand auf dem Weg hierher erkennt, erwischt oder an die Polizei meldet. Eigentlich schön dumm, weil eine Verhaftung hätte den Schorschi sicherlich nicht schneller zu ihm und der Kathi zurückgebracht, so viel war klar.

Aber jetzt war er auf sicherem Terrain bei der Lena, und die hat ihm sofort die Tür geöffnet. Gut hat sie wieder ausgesehen mit ihrem knappen weißen Top und ihrer eng anliegenden Stretch-Bermuda-Short. Das leere Hosenbein hatte sie lose herunterhängen lassen. Als sie den Sanktus gesehen hat, ist ihr Lächeln schlagartig verschwunden.

»Öha!«, war das Einzige, was sie herausgebracht hat. »Komm rein und erzähl.«

Die Lena ist mit zwei Bierflaschen, jeweils eine samt Krücke in der Hand, auf den kleinen Hinterhofbalkon, wo der Sanktus jetzt gesessen ist, herausgekommen.

»Jetzt trinkst erst einmal und dann schauen wir weiter.«

Der Sanktus hat einen großen Schluck genommen, und die Lena hat ihm gleich eine Neue holen wollen, aber der Sanktus hat ihr bedeutet, sitzen zu bleiben, und ist selber aufgestanden.

»Im Kühlschrank, ganz unten. Müsst noch ein Stern-Pils da sein, Sanktus«, hat ihm die Lena nachgerufen.

Zurück auf dem Balkon hat er ihr die ganze Story erzählt. Die Lena ist aus dem Staunen nicht mehr rausgekommen und hat ganz belämmert dreingeschaut. Bei der Kindesentführung ist ihre Gesichtsfarbe kurz ein bisserl blasser geworden, dann aber sofort auf krebsrot, weil sie sich so aufregen hat müssen.

»Ich werd aus dem Ganzen ned schlau«, hat die Lena gemeint. »Das passt alles irgendwie zusammen und dann auch wieder ned. Der Garreth hat doch mit Aktionen gedroht. Das würde mit dem Metasphära, oder wie des

Dings heißt, zusammenpassen. Auch mit der Säure im Bier. Gut, der Schimmel war der andere Narrische. Das können wir ausklammern. So kommen wir zu den Morden. Der Simbacher und der Mahler haben beide eine relativ große Brauerei und sind in der Münchner Bierbranche wichtig. Möglicherweise haben die etwas gegen den Vane gehabt, und er hat sie eliminiert, oder so!«

»Ja, aber was?«, hat der Sanktus gefragt.

»Vielleicht haben sie bei den Aktionen nicht mitmachen wollen.«

»Ja, aber da bringt man doch nicht gleich einen um«, hat der Sanktus lauter als gewollt ausgerufen und hat verlegen zu den Nachbarbalkonen geschaut.

»Nein, eigentlich nicht. Höchstens, es geht eigentlich um was anderes. Also nicht nur um die Aktion.«

»Aber um was? Also, wenn's überhaupt so ist?«, hat der Sanktus flehend gefragt.

»Ich weiß es ned«, hat die Lena gemeint. »Aber jetzt machen wir weiter. Pass auf! Die Vanes wollen mit dem Weichslbaumer eine Kooperation eingehen. Der sagt zu, dann aber wieder ab. Warum? Hast du dir das einmal überlegt?«

»Schon. Aber ihm steht das Wasser bis zum Hals. Er braucht diese zusätzliche Produktion. Unbedingt! Der einzige Grund kann nur sein …«

»… dass er dem Garreth und seiner Verena draufgekommen ist. Genau.«

»Und in dem Moment, in dem die Simbacherin auf ihn zukommt …«

»… und sie bei ihm produzieren will, ist er nicht mehr auf den Vane angewiesen und sagt ihm ab«, hat die Lena vervollständigt.

»Wir zwei würden als Miss Marple und Mister Stringer durchgehen, oder?«, hat der Sanktus gegrinst, und ihm ist aufgefallen, dass er an diesem Tag das erste Mal gelächelt hat.

»Jetzt gfallst mir wieder besser«, hat die Lena strahlend erwidert.

»So, wer hat jetzt versucht, den Vane umzubringen?«, hat der Sanktus gefragt.

»Entweder der Gleiche, der die anderen umgebracht hat. Dann sind wir aber mit unserer Theorie völlig auf dem Holzweg. Oder der gehörnte Ehemann. Was meinst?«

»Dem Weichslbaumer würd' ich das schon zutrauen. Der, wenn in Rage ist, dann kennt der nichts.«

»Gut, Mister Stringer. Dann nehmen wir das einmal so an. Jetzt wird der Hubsy umgebracht. Das heißt, wenn unsere Theorie stimmt, dann kann der Garreth nichts damit zu tun haben. Was nun?«

»Der Garreth könnte ja einen Auftrag an einen Killer vergeben haben, der seine Sachen brav fertigmacht, auch wenn er im Koma liegt.«

»Schon, aber warum der Hubsy. Ist der so wichtig? Der hat doch nur so eine kleine Werkel, oder? Stopp! Er könnte natürlich auch an den Aktionen vom Garreth beteiligt gewesen sein. Vielleicht wollt' er ihn irgendwie bei der Polizei hinhängen, oder nicht mehr mitmachen.«

»Der Hubsy? Aktionen gegen Brauer? Nie in diesem Leben«, hat der Sanktus rausgeplärrt. »Nicht der Hubsy! Miss Marple, da sind Sie auf dem Holzweg.«

»Dann ist's komisch. Also stellen wir den Hubsy hinten an. Nächster Mord, der Weichslbaumer. Also auch der Serienkiller?«

»Ich weiß ned«, hat der Sanktus gemurmelt. »Dass die alle miteinander irgendwas ausgeheckt haben, wegen Reinheitsgebot und Craftbier-Revolution? Irgendwas ist schiefgegangen und jetzt bringen sie sich gegenseitig um? Oder einer die anderen?«

»Anderes Motiv«, hat die Lena gemurmelt. »Rache oder Exit-Strategie seitens deiner Verena. Sie macht sozusagen den Trittbrettfahrer und hat ihren Alten los. Was meinst?«

»Klingt plausibel. Die Verena ist am Ende gewesen. Aber sie hat den Garreth kennengelernt, und hat den Paul verlassen wollen.«

»Dann haben der Vane und sie die Brauerei, und es gibt keine schmutzige Scheidung. Passt doch, oder?«

»Ist zumindest eine Alternative, der man nachgehen sollte. Ich besuch die Verena noch einmal, sobald ich den Schorschi wieder hab.«

»Halt! Eine Alternative gibt's noch. Der Dean!«

»Der? Der kann sich ja ned amal alleine die Schuhbandl zubinden. Außerdem möchte er, dass ich ihm bei der Suche nach dem Mörder helfe.«

»Du hast mir von seinen Wutausbrüchen erzählt, und wie wild er war, als ihm der Weichslbaumer die Zusammenarbeit gecancelt hat.«

»Stimmt schon. Er hat sein ganzes Geld im Red Head-Deal, und er war auch der Einzige, der mein Versteck bei der Evi gekannt hat. Komisch ist das schon.«

»Und wenn der kriminelle Kopf dahinter gar nicht der Garreth ist, sondern der Dean?«

»Schwer vorzustellen«, hat der Sanktus gemeint. »Und wir suchen einen Verkleidungskünstler, nicht zu vergessen. Der war auf dem Fest, und der hat auch den Schorschi entführt.«

»Ein alter Mann mit jungen Händen, hast du gesagt. Könnte das der Dean gewesen sein?«, hat die Lena gefragt.

»Mei, kann ich ned sagen. Du meinst, dann wäre er es auch gewesen, der mich überfallen und mir gedroht hat? Der Dean mit seiner Fistelstimme? Kann doch eigentlich ned sein, oder?«

»Möglich ist alles!«

»Aber schwer vorzustellen«, hat der Sanktus wieder entgegnet.

»Aber jetzt zum Schorschi! Warum hat man den Buben entführt?«

»Man will, dass ich zum Ermitteln aufhör!«

»Also, zuerst hat er dich bedroht. Als das nichts geholfen hat, hat er genetisches Material auf das Mordwerkzeug gebracht. Woher kann er eigentlich Schuppen von dir haben?«, hat die Lena gefragt.

»Wenn, dann aus der ›Bierwerkel‹. Da ist eine kleine Dusche drin. Vielleicht hat er da einen Kamm oder was mitgenommen. Mir ist bisher nichts aufgefallen. Ich hab aber auch ned explizit geschaut.«

»Gut. Du bist geflüchtet und hast trotzdem weitergemacht. Dann hat er deinen Buben gekidnappt. Als weiteres Drohmittel. Jetzt müssen wir noch rauskriegen, wo der Schorschi ist. Vorher solltest du wirklich nichts mehr machen. Das ist zu gefährlich, Sanktus. Denk an den Buben. Wenn der dem was antut, machst du dir Vorwürfe bis an dein Lebensende. Denk drüber nach!«

In diesem Moment hat es an der Haustür geklingelt. Die Lena, die an diesem Nachmittag niemand mehr erwartet hat, hat den Sanktus in ihr Schlafzimmer verfrachtet und die Tür geöffnet. Er hat durch den Schlafzimmertürspalt die Schranner Bine ausmachen können.

Wie hat ihn die Polizei so schnell finden können? Jetzt ist er in der Falle gesessen. Finito. Over and out. Die Lena hat die Bine anscheinend nicht abwimmeln können und sie dann schlussendlich hereingebeten. Gerade, als sie die Wohnungstür wieder schließen hat wollen, ist der Kommissar Bichlmaier, der sich anscheinend irgendwo im Treppenhaus versteckt hatte, im Türstock erschienen und hat mit seiner wuchtigen Hand die Tür langsam wieder geöffnet. Er hat sich im Wohnungsflur umgeschaut und gerufen: »Komm raus, Sanktus. Ich weiß, dass du da herin bist. Die Bine und ich sind in Zivil. Brauchst dir nix denken.«

Der Sanktus hat jetzt sauber mit sich selbst gehadert, aber was ist ihm anderes übrig geblieben, und so ist er zum Schlafzimmer hinausgegangen. Der Bichlmaier hat ihn angelächelt und ihm mit der Hand fest auf die Schulter geschlagen.

»Griaß di. Hob i di, ha? Du oider Saubazi, du verreckter.«

Jetzt hat ihn der Kommissar auf den Balkon geschoben, wo die beiden Frauen schon gesessen sind. Der Bichlmaier hat sich auch eine Halbe aufgemacht und dem Sanktus zugeprostet.

»Wie habts ihr mich denn gfunden?«, hat der Sanktus gefragt. »Ich hab euch doch bei der Kathi abgehängt.«

»Uns schon«, hat der Bichlmaier gelacht.

»Aber mich ned«, hat die Bine gemeint. »Ich bin dir vom Johannisplatz aus nach. Der Hans hat aber schon drauf getippt, dass du bei der Lena unterkommst.«

»Ich hab deine Unschuld noch nicht beweisen können«, hat der Kommissar weitergemacht. »Ich denk, du solltest heute Nacht auf jeden Fall dableiben. Der Demuth lässt deine Wohnung überwachen, aber das ist dir ja eh klar, oder?«

»Schon. Habts ihr was vom Schorschi?«

»Leider ned, Sanktus. Der Bub ist wie vom Erdboden verschluckt. Aber sei dir sicher. Wir suchen mit allen Kräften. Das Schloss am Kindergarten-Tor war wirklich aufgebrochen. Da sind sie raus.«

»Habt ihr eigentlich jemals was mit dem Phantombild von dem Guide und vom Metzger rausgefunden?«, hat der Sanktus gefragt.

»Ah, von wegen. Gar nichts«, hat der Bichlmaier geseufzt, und dann hat es ihn gerissen. »Herrschaft. Apropos Phantombild! Wir haben von der Kindergärtnerin auch eins erstellen lassen. Der Kerl schaut aus wie ein alter Opa, oder?«, hat der Bichlmaier gesagt und dem Sanktus das Bild gezeigt.

»Das ist er!«, hat der Sanktus ausgerufen. »Derselbe Mann, der auch auf dem Volksfest war. Was meint ihr?«

»Wir glauben, dass der Schorschi entführt worden ist, damit du aufhörst, uns zu unterstützen. Du musst also ziemlich nah an der Lösung des Falls dran sein«, hat die Bine geschlussfolgert.

»Na, toll. Ewig weit weg bin ich. Super«, hat der Sanktus geknirscht.

»Der Täter hat Angst vor dir, Sanktus. Ich bin mir ganz sicher. Definitiv! Der will dich mit Gewalt mundtot machen«, hat die Lena gemeint.

»Exakt«, die Bine. »Und wenn wir Frauen das im Gespür haben, dann ist das so.«

Wenn du dich jetzt fragst, warum der Sanktus so ruhig am Balkon hat sitzen können, wo doch sein Sohn entführt war, dann hätte es dir der Sanktus selbst nicht sagen können. Die Tatsache, dass der Täter Angst vor ihm gehabt hat, hatte einen Schalter bei ihm im Hirn umgelegt, und er ist sich vorgekommen wie eine Maschine, die funktionieren und den Stammhalter retten muss.

»Eins ist noch wichtig, Sanktus. Die Mahler Sabine hat dich wegen sexueller Belästigung angezeigt. Du solltest dich von ihr fernhalten. Ich sag nur *Demuth*«, hat der Bichlmaier gesagt.

»Mich hat sie angezeigt?«, hat der Sanktus hinausgeplärrt. »Diese notgeile Kuh hat mich verführen wollen. Zuerst hat sie eine Fußmassage haben wollen, und dann hat sie ihre Zehen in meinem Schritt versenkt.«

Er hat die Lena angeschaut, die ihm belustigt zugezwinkert und verwegen an ihrem kleinen Finger gekaut hat. Der Sanktus hat sich geräuspert und weitergeredet.

»Was soll denn das wieder? Warum macht sie diese Aktion?«

»Kann es sein, dass das zu dem Plan gehört, dich mundtot zu machen? Dann müsste sie aber mit dem Täter unter einer Decke stecken, oder?«, hat die Bine gefragt.

Hätte die Schranner Bine geahnt, wie falsch der eine und wie treffend der andere Teil der Aussage, die sie gerade getätigt hatte, war, wer weiß …

Die illustre Gesellschaft der Ermittler hat noch auf dem Balkon Brotzeit gemacht und ein Bier getrunken. Gerade, als sie am frühen Abend auseinandergehen wollten, hat das Bichlmaier-Handy geklingelt. Miss Marple-Musik obligatorisch. Der Kommissar hat einen offiziellen Blick aufgesetzt und genickt. Immer und immer wieder. Dann hat er aufgelegt und in die Runde geschaut.

»Der Garreth Vane ist aus dem Koma aufgewacht«, hat er gesagt. »Jetzt wird's interessant. Bine, da schauen wir morgen hin. Heute lassen sie uns eh nicht mehr rein. Und kein Wort zum Demuth, sonst wird's ein Fiasko. Der soll nach dem Sanktus fahnden.«

Der Bichlmaier und die Bine haben versprochen, der Kathi und der Anna noch Bescheid zu geben, dass der Sanktus wohlbehalten bei der Lena war, und beide haben den Sanktus beschworen, ja keine unüberlegten Sachen zu unternehmen.

»Mir geht der Dean nicht aus dem Kopf«, hat die Lena gesagt, als sie sich ein Glas Wasser eingeschenkt hat. Ich kenn den ja nicht, aber so wie du mir den Kerl beschrieben hast, ist der nicht ganz hasenrein.«

Sie hat ihren Fuß beim Sanktus auf dem Stuhlpolster abgestellt gehabt, sodass der Sanktus wieder einmal ständig hinschauen hat müssen.

»Was meinst?«, hat der Sanktus, der gar nicht zugehört hat, gefragt.

»Dass der ned ganz sauber ist, der Dean«, hat die Lena noch einmal gemeint. »Ich find den Garreth irgendwie viel normaler und netter. Also ich kenn ihn ja nur aus der Zeitung. Macht einen sympathischen Eindruck. Der Dean ist ein Nerd, also so ein Freak, scheint mir. Und der Garreth ist jetzt aus dem Koma erwacht?«

»Herrschaft, ja! Da sollten wir morgen gleich vorbeischauen. Aber, zefix, wie kommen wir unbemerkt da in die Station rein?«, hat der Sanktus sinniert.

»Mit mir«, hat die Lena gegluckst.

»Wie?«

»Ich bind mir einen Verband um mein Stummerl und

setz mich in einen Rollstuhl. Und du schiebst mich. Da kommen wir überall hin, oder?«

»Du bist eine Matz, Stangassingerin. So mach ma's! Und jetzt?«

»Jetzt googeln wir den Dean. Ich möchte mehr von dem erfahren«, hat die Lena angeschafft.

»Gut, geh' ma zu deinem Computer«, hat der Sanktus gemeint.

»Laptop, WLAN? In welcher Zeit lebst du denn, Herr Sanktjohanser? Bleib sitzen, ich hol den Rechner raus.«

Die Lena ist in die Wohnung rein und gleich mit ihrem Notebook, das sie unter der Achsel geklemmt gehabt hat, zurückgekommen. Da die Internetrecherche jetzt nicht gerade die Königsdisziplin vom Sanktus war, hat sich dieser zurückgelehnt und die laue Nacht genossen. Kurz, nachdem die Lena ins World Wide Web eingetaucht war, ist ihr ein Schrei ausgekommen.

»Da schau her! Die Münchner Polizei bittet um Ihre Mithilfe. Heute gegen 22.00 Uhr wurde eine stadtbekannte Obdachlose schwer verletzt im Hof einer Schule an der Herzogstraße gefunden. Die Frau war anscheinend kurz vorher niedergeschlagen worden. Wer hat etwas bemerkt? Schau das Bild! Hast du nicht von der vorher dem Bichä erzählt?«, hat die Lena gesagt.

Der Sanktus hat in den Laptop hineingeschaut und vor ihm das Bild der Advokaten-Lissy.

»Die Lissy. Scheiß die Wand an. Das kommt vom Paragraf 253.«

»Wenn die Erpressung nicht aufgeht, oder?«, hat die Lena gefragt. »Was hat sie zu dir gesagt? Gschamster Diener?«

»Ja irgend so was. Ist wienerisch, mein ich. Heißt so viel

wie gehorsamster Diener. Keine Ahnung, was sie wollte. Sie ist halt doch schon a bisserl blödgsoffen, die Lissy.«

»Keine Ahnung, aber mei, vielleicht kommen wir noch drauf.«

Die Lena hat weitergegoogelt, und vor dem Sanktus seinen Augen ist der Garreth, der Dean, die Mahlers, die Simbachers und Gott und die Welt auf dem Bildschirm vorbeigezogen. Durcheinander kein Ausdruck. Die Lena hat immer wieder gestaunt und dann geflucht. Der Sanktus hat sich ein letztes Bier aus dem Kühlschrank geholt und hat gemerkt, dass er schön langsam aufhören hat müssen, weil morgen ja großer Ermittlungstag!

»Und, hast schon was gfunden?«, hat er die Lena gefragt.

»Naa, nichts, was wir nicht schon über die Vanes gewusst hätten. Der Dean hat tatsächlich mal eine Freundin gehabt. Cindy Eccles. Nette Dame. Waren zusammen in der Uni. Dort haben sie Theater gespielt. Da ist auch ein Artikel. Sie haben Shakespeares ›Merchant of Venice‹ gegeben. Der Kaufmann von Venedig. Shylock, der vom Kaufmann Antonio dessen Herz als Pfand beim Geldverleih nimmt. Kennst du das Stück, Sanktus?«

»A woher. Ich doch ned. Wen hat der Dean denn gespielt?«

»Den Shylock, den alten Geldverleiher. Da schau her. Da ist ein Bild drin.«

Der Sanktus hat die Webseite des Computers betrachtet, ist mit einem Schlag aufgesprungen und hat die Lena entsetzt angesehen.

»Gschamster Diener«, hat der Sanktus gesagt. »Zefix!«

3. AUGUST 2016

00.15 Uhr

»This is Dean speaking. Sorry, I can't take your call. Please leave a message after the beep«, hat der Sanktus den Dean aus seiner Mailbox hören können.

»Servus, Dean. Da ist der Sanktus. 'tschuldige, dass ich so spät anruf, aber ich hab Neuigkeiten wegen dem Mordanschlag auf den Garreth.«

Der Sanktus hat nach dem Auflegen noch nicht durchgeschnauft gehabt, da hat der Dean schon zurückgerufen.

»Hi, Sanktus. Sorry. Ich bin nicht schnell genug an mein Handy gekommen. Du hast Neuigkeiten. Tell me, tell me!«

»Nicht am Telefon, Dean. Das muss ich dir persönlich sagen. Bist du daheim?«, hat der Sanktus gefragt.

Die Lena ist dicht neben ihm gestanden und hat ihr Ohr an das tragbare Telefon gepresst, um möglichst viel mitzukriegen.

»Sh-Shit. No. Ich bin nicht zu Hause. Ich komme erst morgen zurück. W-Was ist los?«, hat der Dean jetzt mit fast schriller Stimme gekrächzt. »Sag es einfach am Telefon!«

»Nein, Dean. Das geht nicht. Ich kann jetzt auch nicht sprechen. Ich meld mich wieder«, hat der Sanktus scheinbar keuchend das Telefonat beendet und aufgelegt.

»So. Der ist unterwegs. Jetzt den Bichä!«

00.55 Uhr

Der Sanktus und die Lena sind auf Deans Wohnhaus zugesteuert. Der Bichlmaier ist bereits mit der Schranner Bine vor der Eingangstür auf der Herzogstraße gestanden. Sie hatten das Glück gehabt, dass gerade jemand aus dem Haus herausgekommen war und die Bine geistesgegenwärtig den Türstopper gedrückt hatte, sodass sie jetzt freien Zugang hatten. Sie sind also zusammen hinein und in den dritten Stock zur Vane-Wohnung hinauf. Da kein Aufzug in dem Alt-Münchner Haus zur Verfügung gestanden hat, hat die Lena mit ihrer Prothese, weil sozusagen Einsatz und zwei Beine notwendig, ein bisserl länger gebraucht, was der Bichlmaier genutzt hat, um ohne Publikum die Wohnungstür zu öffnen. Der Dean hatte die Tür nur zugezogen und nicht abgesperrt, was dem Kommissar die Sache immens erleichtert hat. Das Quartett hat sich im Treppenhaus umgesehen. Keiner der Nachbarn hatte die Aktion bemerkt, und so sind sie leise eingetreten. Der Sanktus hat die Wohnung ja vom Vortag gekannt. Sie war fast klinisch rein gehalten. Nirgends ist etwas herumgelegen, nirgends war ein Staubkorn auszumachen. Die Wohnung hat den Eindruck gemacht, als wäre sie ein unbewohntes Museum.

»Wo ist denn der Demuth?«, hat der Sanktus gefragt.

»Wir haben ihn irgendwie nicht erreichen können. Muss in einem Funkloch sein«, hat die Bine gegrinst.

»Wie kommst du jetzt eigentlich auf den Dean Vane?«, hat der Kommissar den Sanktus gefragt, nachdem er die Wohnungstür zugezogen hatte.

»Wir haben ihn gegoogelt«, hat die Lena geantwortet. »Einfach so, weil wir uns mit unseren Theorien nicht sicher waren. Wir haben herausgefunden, dass er in den USA an der Uni Theater gespielt hat.«

»Und da hat er den Sherlock gespielt«, hat der Sanktus herausgerufen.

»Den Shylock, Sanktus! Den jüdischen Geldverleiher aus dem Kaufmann von Venedig«, hat ihn die Lena verbessert.

»Ja und weiter?«, hat der Kommissar genervt gefragt.

»Auf einem Bild war er genau zu erkennen. Das war die gleiche Verkleidung. Also der alte Mann vom Volksfest. Verstehst? Der Alte war tatsächlich der Dean in Verkleidung«, hat der Sanktus fast gebrüllt.

»Ja verreck«, hat der Bichlmaier gesagt und gegrinst.

»Und ich glaub, es war auch der Dean, der mich überfallen hat. Im Kommentar in dem Internet-Dings ist nämlich gestanden, dass er im wirklichen Leben mit einer Fistelstimme gesprochen hat, wenn er aber Theater gespielt hat, war die wie weg. Zefix, hat mich der verarscht.«

»Und er hat versucht, die Pennerin, also die Advokaten-Lissy, umzubringen. Die hat ihn beim Mord am Mahler Heiko beobachtet und ihn erpressen wollen. Gschamster Diener hat sie gesagt. Diener, also Deaner, verstehts ihr?«

Der Bichlmaier und die Bine haben genickt.

»Guad! Inoffizielle Hausdurchsuchung, oder?«, hat die Bine gefordert.

Der Bichlmaier hat in alle Zimmer reingeschaut und gleich das Büro ausgemacht. Auf dem Arbeitstisch haben sie ein Notebook und einen Drucker gesehen. Daneben einen Korb mit Eingangspost. Der Bichlmaier hat alle Schubladen geöffnet, aber außer ein paar Büroutensilien nicht viel gefunden. Die Bine hat die Post durchsucht und gerade hat sie ein Dokument aus einem braunen DIN-A4 Umschlag genommen.

»Ui, schauts! Das ist der Vertrag mit dem Weichslbaumer. Den hat er doch nie unterschrieben, oder?«, hat die Bine gefragt.

»Nur die Absichtserklärung. Und die hat er dann widerrufen«, hat der Sanktus bestätigt.

»Und was ist das?«, hat die Bine erstaunt gemeint.

»Ein Kaufvertrag. Der Dean will einen Teil der Brauerei Weichslbaumer kaufen. Betrag ist keiner eingesetzt.«

Die Lena hat der Bine den Vertrag aus der Hand gerissen.

»Datiert auf heute. Sauber. Der will die zweite Hälfte. Der will die Brauerei allein für sich«, hat die Lena sinniert.

»Aber heute?«, hat der Sanktus gemeint. »Da hätte uns die Verena doch was gesagt.«

»Die unterschreibt das doch ned. Jetzt, wo der Garreth nicht mehr im Koma liegt. Herrschaftszeiten! Das hab ich ihr noch gar nicht gesagt. Ich hab sie am Abend nicht erreicht«, hat der Sanktus geschimpft.

»Egal«, hat die Bine gemeint. »Morgen ist auch noch ein Tag, oder?«

»Eben«, hat der Kommissar bestätigt. »Ich lass den Dean jetzt erst einmal zur Fahndung ausschreiben. Hau ma wieder ab. Mehr find' ma hier eh ned.«

02.45 Uhr

Die Lena und der Sanktus haben sich erschöpft auf der großen Couch in Lenas Wohnzimmer niedergelassen. Der Sanktus hat zwei Stern-Pils aus dem Kühlschrank geholt, und die beiden haben noch einen Gutenacht-Trunk gezischt.

»Ich bin fix und fertig«, hat der Sanktus gemeint. »So einen Tag hab ich noch nie gehabt.«

»Aber wir haben rausgefunden, wer's war. Hast du der Kathi schon Bescheid gegeben?«, hat die Lena gemeint.

»Schon. Aber wie mag's dem Schorschi gehen? Hoffentlich tut der dem nichts. Und überhaupt. Wo ist denn der? Beim Dean ja anscheinend ned.«

»Keine Ahnung. Aber morgen, also eigentlich heut, finden wir ihn. Das sagt mir mein Bauchgefühl«, hat die Lena gegrinst.

Die Lena hat ihren Kopf an seine Schulter gelegt, seine Hand in die ihre genommen und tief geseufzt.

»Morgen hast deinen Buben wieder. Auf jeden Fall.«

»Lena?«

»Ja?«

»Hast du eigentlich was mit dem Graffiti?«

»Mal schon, mal ned. Eher was Lockeres. Warum fragst?«

»Nur a so?«

»Weißt Sanktus, dem ist das egal, dass ich nur einen Fuß hab.«

»Den anderen ned?«

»Naa.«

»Deppen!«

Die Lena hat entspannt gelächelt, und so sind beide nebeneinander auf der Couch sitzend, eingeschlafen.

08.25 Uhr

Der Sanktus hat die Augen aufgeschlagen, und vor ihm haben die fünf lackierten Zehennägel von der Lena Kontur angenommen. Zefix! Wie spät ist es gewesen? Er hat verzweifelt im Zimmer umhergeschaut, aber nirgends war so ein dämlicher Wecker in Sichtweite. Er hat seinen Kopf, der sich inzwischen in Lenas Schoß befunden hatte, langsam gehoben und nach seinem Handy gegriffen. 8.30 Uhr. Na bravo! Jetzt erst einmal klar werden. Was ist auf dem Programm gestanden? Verena anrufen und ins Krankenhaus zum Garreth schleichen. Die Lena hat sich inzwischen gerekelt, hat ebenfalls die Augen geöffnet und gegrinst.

»Guten Morgen, Schatzi«, hat sie gemeint. »Gut geschlafen?«

»Oh, wunderbar. In deinem holden Schoße«, hat der Sanktus gealbert.

»Du machst einen Kaffee, weil a bisserl was zum Wachwerden brauchen wir schon, und ich geh duschen«, hat die Lena gesagt, sich ihre Krücken geschnappt und auf in Richtung Bad. Der Sanktus ist in die Küche und hat unter Fluchen, weil ein Mann findet ja schon in seiner eigenen Küche nichts, wie soll er in einer fremden was finden, Kaffee gekocht.

Die Lena ist kurz darauf mit nassen Haaren nur in T-Shirt und Unterhose in die Küche gekommen und hat gelächelt.

»Geh du auch zum Duschen, ich mach den Rest«, hat sie dem Sanktus angeschafft, und der war froh, dass ihm das Kaffeetassen-Suchen erspart geblieben ist.

Er hat aber vorher noch versucht, die Verena anzurufen. Leider hat er sie wieder nicht erreichen können. Es ist abermals nur die Mobilbox angesprungen. Dann hat er der Kathi noch eine SMS geschickt, dass es ihm gut geht, und er, wenn nichts dazwischen kommt, heute Abend mit dem Schorschi heimkommt.

Verena fror. Sie saß im Dunkeln auf einem unbequemen Holzstuhl, an den ihre Beine und ihr linker Arm gefesselt waren. Nur eine Kerze brannte vor ihr auf dem kleinen Tisch. Sie wusste nicht, wie lange sie schon so hier saß, da sie jegliches Zeitgefühl verloren hatte. Gestern Abend war er zu ihr ins Büro der Brauerei gekommen. Sie hatte gedacht, dass sie schon wusste, was er von ihr wollte, aber dass er so weit gehen würde? Sie hatte ihm sein Ansinnen verweigert und immer darauf verwiesen, alles zu besprechen, wenn Garreth wieder bei ihr sei. Garreth würde bald aus dem Koma erwachen. Ihr Besucher war völlig ausgeflippt, hatte sie gepackt und an ihren Haaren bis hier hinuntergezogen. Als sie sich weiter geweigert hatte, mit ihm zu kooperieren, hatte er sie geschlagen. Sie konnte die Schwellungen in ihrem Gesicht spüren. Der Schmerz war auszuhalten, aber was ihre Lage unerträglich machte, war ihre Sitzposition. Sie konnte sich keinen Millimeter bewegen, so fest hatte er sie verschnürt. Ihre Beine pochten wie wild. Krämpfe hatten sie in der Nacht heimgesucht. Vor ihr lagen zwei Dokumente und ein Kugelschreiber, die er ihr zur Unterschrift hingelegt hatte. Sie konnte sie gerade so erreichen, da ihre rechte Hand mit einem Metallstreifen am Holztisch angeschraubt war.

Er trat aus dem Dunkeln und sah sie mitleidig an.

»Sobald du unterschreibst, bist du erlöst«, forderte er

sie mit seiner hohen Fistelstimme auf. Sie verabscheute sein irres Lächeln.

10.03 Uhr

Die Lena und der Sanktus sind mit der U4 zum Arabellapark gefahren und am Bogenhausener Krankenhaus aus dem Untergrund an der Oberfläche erschienen. Der riesige Gebäudekomplex ist wie ein monumentales Denkmal vor ihnen gelegen.

»Hoffentlich find ich die Station vom Garreth noch«, hat der Sanktus geflüstert.

»Kein Problem. Hier war ich nach meinem Unfall. Den Schuppen kenn ich wie meine Westentasche.«

Die beiden sind also hinein und haben sich umgesehen. In der Nähe der Pforte haben sie schnell einen Krankenhaus-Rollstuhl ausgemacht. In den hat sich die Lena jetzt gesetzt und ihren daheim schon vorbereiteten Verband über ihren Stumpf gestülpt. Um diese Aktion schnell durchführen zu können, hatte sie eigens weite Shorts angezogen. Ihre Krücken hatte sie für den Fall der Fälle bei sich behalten.

»Kann losgehen!«, hat sie scherzhaft gerufen und der Sanktus hat sie in die Richtung der Aufzüge geschoben.

Die Intensivstation war durch eine große Glastür vom restlichen Gang getrennt. Mit dem Bichlmaier war es letztens kein Problem gewesen, durch die Tür zu kommen, aber heute hätten die beiden klingeln müssen. Und auch das war aussichtslos, weil in eine Intensivstation dürfen halt nur die Angehörigen rein. Daran hatten Miss Marple und Mister Stringer nicht gedacht. Blödheit kein Ausdruck.

»Zefix, bin ich eine dumme Gans«, hat die Lena geschimpft. »Das kommt davon, wenn du normalerweise nur drin liegst. Da denkst du an so was nicht. Aber vielleicht haben wir Glück. Einen Moment!«

Sie hat ihr Handy gezückt und eine Nummer gewählt.

Kurz darauf sind die beiden mit dem Pfleger Heinz an einem der Tische in der Cafeteria gesessen. Der Heinz war eine Schau. Allgäuer, etwas korpulent, lange gelockte Haare und Vollbart. Die Lena ist ihm an den Lippen gehangen, weil anscheinend ist sie auf diesen Dialekt gestanden.

»Hasch Probleme mit deim Hax?«, hat er sie gefragt.

»Kannst du schweigen?«, hat ihn die Lena gefragt.

»Wia a Grab. Des isch a mal sichr«, hat der Heinz beteuert.

Die Lena hat ihm die Wahrheit erzählt und ihm mit allem Nachdruck verdeutlicht, dass sie jetzt mit ihm sofort in die Intensivstation zum Garreth möchte, weil sozusagen die nationale Sicherheit auf dem Spiel stünde.

»Des isch der Craft-Brauer da. Hab i scho ghört. Isch a nettr Kerl.«

Jetzt hat er seine Cola in einem Zug ausgetrunken.

»Na pack mer's halt. Auf goht's! Aber so a Tragl von dem seim Bier kosch na scho a amal vorbeibringa, Lena, gell!«

»Eh klar, Heinze«, hat die Lena bestätigt.

Der Heinz hat die beiden in die Intensivstation hineingelassen und ist sofort darauf verschwunden, da er seinen Job dann doch nicht weiter hat riskieren wollen. Da der Sanktus die Station ja vom letzten Besuch mit dem Kommissar gekannt hat, hat er genau gewusst, wo sich das Schwesternzimmer befunden hat. Vorsichtig und leise hat er die Lena den Gang entlang geschoben. Gott sei Dank ist ihnen niemand entgegengekommen und im Schwesternzimmer ist auch niemand gewesen. Links hinten am Ende des Gangs ist Garreths Zimmer gelegen. Inzwischen hatte der Demuth anscheinend den Personenschutz aufgehoben, da keine Polizei mehr vorhanden.

Gerade, als die beiden die Tür öffnen wollten, hat sich die des Nachbarzimmers geöffnet und eine Schwester ist herausgekommen. Für den Sanktus zeitmäßig keine Chance, die Garreth-Tür zu öffnen und mit der Lena samt Rollstuhl hinein zu gelangen. Die Lena ist aber geistesgegenwärtig aus dem Rollstuhl gesprungen, auf einem Bein zur Tür gehüpft, hat sie geöffnet und beide haben noch gerade so, dass sie von der Schwester nicht gesehen worden sind, in das Zimmer gelangen können.

Der Garreth ist im Bett gelegen. Unter seinem Schlafanzugoberteil hast du einen mächtigen Verband auf Brusthöhe vermuten können. Der Sanktus und die Lena sind keuchend dagestanden und der Garreth hat sie angelächelt.

»Hi, dudes. Good to see you again. Wie geht's Verena?«, hat er wissen wollen.

»Ihr Mann ist tot. Ermordet worden«, hat der Sanktus sofort herausgeschossen.

»Geschieht ihm recht. Diesem bloody bastard. Aber wenigstens ist sie nun frei.«

Seine Augen haben geleuchtet.

»Herr Vane, wer hat Sie so zugerichtet?«, hat die Lena gefragt und sich nervös an ihrem Stumpf, den sie auf dem Griff ihrer Krücke platziert hatte, gekratzt. Ihren Tarnverband hatte sie bereits abgelegt.

»Verenas Mann. Paul Weichslbaumer. Er ist uns draufgekommen. Hat uns im Englischen Garten beobachtet. Dahin ist er Verena gefolgt, als sie sich mit mir getroffen hat. Am Abend des Festivals ist er zu mir nach Hause gekommen. Verena war noch im Bad. Ich wollte mit ihm sprechen, ihm erklären, dass sie ihn verlassen würde, da hat er eine Waffe gezogen und geschossen«, hat der Garreth erklärt.

»Hast eh Glück gehabt! Respekt, Garreth«, hat der Sanktus bestätigt.

»Aber allein wegen der Story seid ihr doch nicht hier?«

»Nein«, hat der Sanktus bestätigt. »Es geht um Dean.«

Der Garreth hat die Augenbrauen nach oben gezogen und geseufzt.

»Wir haben drei Tote und so wie es aussieht, hat er meinen Buben entführt. Garreth, was treibt der? Was habt ihr in München vorgehabt?«

»Okay. I'll tell you. Wir mussten in München Fuß fassen. Die Brauerei in Amerika läuft nicht mehr so gut, und wir brauchten ein zweites Standbein. In Deutschland boomt der Craftbier-Markt. Und wenn ihr Deutschen etwas macht, macht ihr es gescheit und gut. Der Boom wird also noch anhalten. Sell the Germans mystic. Darum der Auftritt in der Kirche. Wir wollten nicht nur wegen unserer Produkte gekauft werden, sondern weil es hip sein sollte, Red Head zu trinken. Wir wollten durch kleine Tricks und Scherze das Industriebier schlechtmachen. Das war Deans Part. Er hat dazu Verbündete gesucht. Das waren Heiko Mahler und Bert Simbacher. Die wollten sich an dieser Aktion beteiligen und ihr *Handcrafted Product* pushen. Ich habe noch mitbekommen, dass sie dann einen Rückzieher machen wollten. Deans Methoden waren ihnen zu krass. Das wollten sie ihren Brauerkollegen nicht antun. Er war außer sich.«

»Aber deswegen bringt man doch niemanden um«, hat die Lena hineingeplärrt.

»Normalerweise nicht. Dean war aber schon immer psychisch labil. Er war als Kind schon sehr aggressiv und von seinen Launen geprägt. In den USA war er in psychologischer Behandlung. Hier war es viel besser, und deswegen habe ich ihn auch nicht in Verdacht gehabt. Glaubt ihr, dass er die beiden auf dem Gewissen hat?«

»Ehrlich gesagt, ja. Und er hat auch den Weichslbaumer umgebracht.«

Jetzt hat der Sanktus die Geschichte vom Firmkirchner Volksfest zum Besten gegeben.

»Holy shit. Die Shylock-Verkleidung. ›Be nominated for an equal pound of your fair flesh, to be cut off and taken.‹ Das Herz als Pfand. Dann ist er gefährlich.«

Der Sanktus und die Lena haben den Garreth jetzt angeschaut, dummer Ausdruck gar nichts dagegen.

»Warum?«, ist's vom Sanktus gekommen.

»Er hat im Theaterstück, »The Merchant of Venice«, also »Der Kaufmann von Venedig«, mitgespielt. Er hatte die Hauptrolle des Juden Shylock, der von seinem Schuldner Antonio dessen Herz mit den Worten ›I will have the heart of him‹ als Pfand verlangt. Er ist in dieser Rolle aufgegangen. Er hat auch ohne seine hohe Stimme sprechen können.«

»Und?«, von der Lena.

»Er hatte sich unsterblich in die Darstellerin der Portia verliebt. Sie natürlich nicht in ihn. Er hat sie mit Geschenken und Komplimenten überhäuft. Dann hat er ihr nachgestellt, sie gestalked. Am Ende hat er sie überfallen und wollte sie vergewaltigen. Ihm wurde gerichtlich verboten, ihr nahezukommen. Immer, wenn Dean eine labile Phase hatte, ging er als verkleideter alter Mann in die Öffentlichkeit. Es war sein zweites Ich. Sein gefährliches Ich.«

»Scheiße«, ist's von den beiden Besuchern gekommen. »Also ist es durchaus möglich, dass Dean die Menschen umgebracht und die Anschläge auf die Brauerei durchgeführt hat?«

»Es scheint mir sicher«, hat der Garreth bestätigt. »Er war im Theater schon immer ein Meister der Verkleidung. Sollte kein Problem für ihn gewesen sein, in die Brauereien hineinzukommen. Auch den Plan kann er gut entwickelt haben. Dean ist überdurchschnittlich intelligent.«

»Aber auch überdurchschnittlich gaga!«, hat der Sanktus geschlossen. »Aber kommen wir zurück zu eurem Plan!«

»Oh, yes. Wir waren angehalten, unser Bier hier produzieren zu lassen, weil der lange Seeweg zu teuer und nicht gut für das Produkt ist. Da haben wir uns einen Partner gesucht. Die Brauerei Weichslbaumer. Eigentlich gehört uns die Brauerei schon zur Hälfte.«

»Wir kennen die Geschichte«, hat die Lena das Ganze abgekürzt.

»Schon, aber Verena wollte sich scheiden lassen. Das hätte Paul finanziell ruiniert, da er nur Schulden hatte. Wir hätten eine Chance gehabt, die Brauerei sozusagen feindlich zu übernehmen. Dazu hätten wir Paul aber noch etwas von der Red Head abhängig machen müssen«, hat der Garreth erklärt. »Aber dann hat Weichslbaumer die Absichtserklärung gecancelt und wollte mit dieser Frau Simbacher kooperieren. Such a fuckin' piece of a …! Ach, lassen wir das. Das war kurz, bevor er auf mich schoss!«

»Und er wollte sich die Biermarke irgendwann unter den Nagel reißen«, hat die Lena vervollständigt. »Aber wir haben doch einen neu datierten Kaufvertrag bei Dean gefunden. Wie passt jetzt das zusammen?«

Der Garreth ist schlagartig blass geworden.

»Wir müssen Verena kontaktieren. Sie ist in Gefahr! Glaubt mir.«

Der Sanktus hat sofort probiert, sie anzurufen, aber jeglicher Versuch ohne Erfolg. Sie war wie vom Erdboden verschluckt, die Weichslbaumerin. Den Dreien war nicht wohl bei der Sache.

»Jetzt sind scho zwei weg. Der Schorschi und jetzt auch noch die Verena«, hat der Sanktus geflüstert. »Das hängt alles zsamm. Da kannst einen drauf lassen!«

Verena konnte das Blut aus ihrer Nase laufen spüren. Dean hatte versucht, mit Gewalt an eine Unterschrift zu kommen. Völlig unerwartet hatte er sie mit der Faust ins Gesicht geschlagen. Der Schmerz breitete sich in ihrem ganzen Kopf aus. Wahrscheinlich war ihr Nasenbein gebrochen. Sie konnte nur noch durch den Mund atmen, und das Blut lief ihr jetzt über die Lippen in die Mundhöhle hinein. Durch den Nebel ihrer Benommenheit realisierte sie den blechernen Geschmack auf der Zunge. Sie wusste nicht, wann sie zuletzt etwas zu trinken bekommen hatte. Ein Gefühl der Beklemmung machte sich in ihrem Brustkorb breit. Ihr Herz fing an zu rasen und das Blut pochte in ihren Adern. Ein Schluck Wasser würde helfen.

Ihr Kopf sackte nach vorne. Sie hatte nicht mehr die Kraft, ihn aufrecht zu halten. Plötzlich spürte sie, wie sie Dean am Kinn packte, ihren Kopf nach oben drückte und ihr tief in die Augen sah. Benommen versuchte sie, ihm in die Augen zu sehen, doch sie driftete gleich wieder weg. Ein erneuter Schlag mit der flachen Hand ließ sie in die Realität zurückkommen.

»Du brauchst nicht auf Garreth zu warten«, piepste ihr Dean ins Ohr. »Ich habe ihn heute früh umgebracht.«

»Fick dich, du Arschloch«, keuchte Verena und ballte die festgeschraubte rechte Hand zu einem Stinkefinger. »Da passt der Sanktus schon auf, dass du das nicht schaffst!«

13.24 Uhr

Die Lena hat Treppenhäuser ohne Aufzug gehasst, weil steig mal mit nur einem Bein und Prothese ein Altbautreppenhaus hinauf. Vor allem wenn's dir pressiert, so wie es gerade der Fall war.

Der Sanktus und die Lena hatten sich aufgeteilt, weil einer hat zur Verena und einer zur Mahler Sabine gemusst. Bei der Mahler ist die Wahl schnell auf die Lena gefallen, weil der Sanktus ja explizit vom Bichlmaier gewarnt worden war, dort nicht aufzutauchen, wegen akuter Demuth-Gefahr.

Die Lena ist also keuchend vor der Tür gestanden, hat ihre Haare kurz gerichtet und geklingelt. Zuerst hat sich nichts gerührt, aber dann ist ihr doch geöffnet worden und die Mahler ist in einem aufreizenden Minirock vor ihr gestanden. Aha, hat sich die Lena gedacht. So schaut eine frisch sexuell genötigte Frau aus.

»Ja, bitte. Wie kann ich Ihnen helfen?«, hat die Sabine gefragt.

»Die Angelegenheit ist ein bisserl delikat«, hat die Lena erwidert. »Könnte ich vielleicht kurz reinkommen. Es geht um die sexuelle Belästigung.«

Die Mahler ist kurz zusammengezuckt, hat rechts und links wegen Beobachter den Hausgang sozusagen gescannt, ob jemand das mitgekriegt hat, und hat die Lena an der Schulter in die Wohnung hineingeschoben. Die Lena wäre bei der Aktion fast zu Fall gekommen.

»Es ist nämlich so«, hat die Lena gesagt, »mir ist zu Ohren gekommen, dass Sie von einem gewissen Alfred Sanktjohanser sexuell belästigt worden sind.«

»Woher haben Sie davon erfahren?«, hat die Mahler gezischt und die Lena nur fordernd ins Visier genommen.

»Mein Gott. Mir ist das so peinlich. Also es ist so. Der Sanktus hat mich auch schon einmal sexuell genötigt. Ich habe auch eine Anzeige bei der Polizei gemacht, und da ist einem Beamten rausgerutscht, dass Sie auch ein Opfer von ihm sind. Er hat so Mitleid mit mir gehabt«, hat die Lena weitergemacht und theatralisch ihre Hose hochgekrempelt, sodass die Mahler ihre Prothese hat sehen können. »Wissen Sie, ich möchte nicht zu so einer Selbsthilfegruppe gehen, weil mir das unangenehm ist. Ich wollte mich daher mit Ihnen austauschen, wie das für Sie war. Wissen Sie …«

Die Lena hat versucht, das ganze Wohnzimmer auf irgendeine Spur abzusuchen. Aber nichts. Sie hat rein gar nichts Auffälliges entdecken können.

»Tja. Das tut mir leid«, hat die Mahler gemeint. »Das war eine schlimme Erfahrung und ich möchte nicht darüber sprechen.«

Sie ist aufgestanden und hat die Lena hinauskomplimentieren wollen.

»Aber es würde mir so viel helfen«, hat die Lena versucht, ihren Aufenthalt im mahlerschen Domizil zu verlängern.

»Aber mir nicht. Tut mir leid. Auf Wiedersehen«, hat die Mahler brüsk geschlossen.

Plötzlich war Musik aus dem verschlossenen Nebenzimmer zu hören. »Vielen Dank für die Blumen«, von Udo Jürgens. Die Lena hat in Richtung Zimmertür geschaut und einen fragenden Blick aufgesetzt.

»Fernseher!«, hat die Mahler gesagt, aber ihre Stimme war alles andere als sicher. »Im Schlafzimmer. Ich habe gerade eine Dokumentation über Udo Jürgens' Lebenswerk angesehen.«

Jetzt hat sie die Lena final aus der Wohnung hinausgeschoben und die Tür hinter ihr geschlossen.

»Das ist die Titelmelodie von ›Tom und Jerry‹, du Miststück«, hat die Lena leise gemurmelt. Sie hat sofort den Sanktus anrufen müssen.

13.52 Uhr

Als die Lena aus der Haustür hinaus ist, ist sie dem Demuth direkt in die Arme gelaufen.

»Ah, die Frau Stangassinger. Wo is' na der Herr Sanktjohanser. Ich hab ja scho a weng drauf gespechtet, dass er bei Ihnen ist. Aber meine Kollechen waren ja bereits bei Ihnen zu Haus, ham aber nichts gefunden. Zufall, was?«

»Was wollen Sie eigentlich von mir?«, hat die Lena den Polizei-Franken gefragt.

»Was ham Sie bei der Frau Mahler gesucht? Das möchte ich jetzt a mal sofort wissen. Sie mischen sich doch in meine Polizeiarbeit ein. Ich seh's Ihnen direkt an. Jetzt reden S', sonst werd ich dodal ungemütlich!«, hat der Demuth fast schon geplärrt.

»Pscht!«, hat die Lena gegrinst. »D' Leut schauen scho! Ich mach Ihnen jetzt gleich eine Szene, dass alles zu spät ist. Behinderten Damen wird sofort geholfen. Das geht schlecht für Sie aus.«

Der Demuth hat geseufzt, resignierend die Schultern gezuckt und seine Brille zurechtgerückt.

»So ist's brav«, hat die Lena den Kriminalassistenten gelobt. »Und jetzt holen S' bitte Verstärkung. Ich hab nämlich einen Verdacht!«

Endlich hat sie versuchen können, den Sanktus anzurufen, ist aber nicht durchgekommen.

14.55 Uhr

Der Sanktus ist im Lagerkeller der Brauerei Weichslbaumer gestanden und hat mit den Brauergesellen eine Kellermaß getrunken, weil wenn du was erfahren willst, also die neuesten Neuigkeiten, dann hier, in einer versteckten Ecke des Lagerkellers. Die Brauer hatten die Verena heute noch nicht gesehen, obwohl sie normalerweise seit Pauls Tod jeden Tag durch die Produktionsanlagen gegangen ist. Ein altgedienter Brauer hatte zwar die Funktion ihres Mannes übernommen, aber sie war jetzt rechtlich Betriebsleiterin und somit verantwortlich. Alle waren sehr froh, dass die Verena nun zuständig war, da den verstorbenen Weichslbaumer wirklich niemand gemocht hatte. Sie hatten zwar Angst um das Weiterbestehen der Brauerei, jedoch mit der Verena an der Spitze waren die Bedenken geschrumpft. Leider hatten all diese Ausführungen für den Sanktus keinen Informationsgehalt, der ihn irgendwie weitergebracht hätte. Ein Blick auf sein Handy hat ihm jetzt verraten, dass sein Akku fast leer war.

15.04 Uhr

Der Bichlmaier hatte den Demuth angewiesen, das Haus in der Weißenburger Straße zu observieren, bis er mit der Schranner Bine und einem Durchsuchungsbeschluss am Ort des Geschehens eintreffen würde. Er hatte ihm ausdrücklich untersagt, Aufsehen zu erregen und vor allem keine Alleingänge zu unternehmen.

Der Kommissar ist nun endlich mit seinem Polizeifünfer vorgefahren und eine Mannschaft bewaffneter Polizisten ist ihnen gefolgt. Die Lena hat bei der Schranner Bine vor dem Haus warten müssen und die beiden Kriminaler sind samt Mannschaft hinein, um das Treppenhaus zur Wohnung Mahler emporzuschleichen. Der Kommissar hat geklingelt.

»Grüß Gott, Frau Mahler. Dürfen wir reinkommen?«, hat der Bichlmaier gefragt.

»Es ist gerade unpassend. Ich bin nicht salonfähig«, hat die Mahler durch den Türspalt geflüstert. Warum sie unpässlich war, ist nicht zu sehen gewesen.

»Ja gell, Frau Mahler. Das macht gar nichts«, hat der Kommissar gesagt. »Ich schau nicht hin, und der Herr Demuth ist eh schwul.«

Den Demuth hat's gerissen, aber der Kommissar hat ihn nicht beachtet. Der Kriminalassistent jetzt Hass kein Ausdruck.

Die Kathi ist in der Wohnküche gesessen und hat den Kopf in den Händen aufgestützt gehabt. Wenn du sie so gesehen hättest, hättest du die einst so hübsche Münchnerin nicht mehr erkannt. Ihre Haare waren fettig, ihre Hautfarbe blass und ihre Augen gerötet. Die Martina ist inzwischen bei der Anna gewesen, da die Kathi nicht die Kraft hatte, sich um ihre Tochter ausreichend zu kümmern. Vom Sanktus hatte sie seit seiner SMS in der Früh nichts mehr gehört. Heute würde er den Schorschi heimbringen, hatte er versprochen. Diese Hoffnung war alles, was sie an diesem Tag aufrecht gehalten hat.

Das Telefon hat geklingelt und die Kathi ist rangegangen. Die Lena war dran und hat ihr die Lage erklärt. Die

Kathi ist ruckartig hochgeschnellt, hat sich ihre Jeans und Turnschuhe angezogen und ist mit Tempo 200 zur Wohnungstür hinausgestürmt.

Der Sanktus ist jetzt in der Verwaltung der Brauerei aufgeschlagen. Leider hat ihm auch dort niemand etwas über den Verbleib der Verena sagen können. Nach langem Süßholzraspeln und Erklärungen hat ihn die Sekretärin in das Büro der Betriebsleiterin gelassen. Die Verena sei gestern, als sie heimgegangen war, noch am Schreibtisch gesessen und sehr beschäftigt gewesen. Als sie aus der Brauerei rausgegangen sei, sei ihr der Herr Vane begegnet. Anscheinend hatte der noch zur Frau Weichslbaumer wollen.

»Zefix!«, ist es dem Sanktus ausgekommen.

Die Mahler war durch die Aussage des Kommissars so perplex, dass sie kurz den Druck von der Wohnungstür genommen hat. Der Bichlmaier, der genau das hervorrufen hat wollen, hat seinen Fuß in die Türöffnung geschoben und seinen massigen Körper kraftvoll gegen die Tür gelehnt, sodass diese aufgesprungen ist. Die Mahler ist, nur in Unterwäsche bekleidet, vor den Polizisten gestanden und hat recht ängstlich geblickt.

»Was wollen Sie von mir, Herr Kommissar?«, hat sie geflüstert. »Ich habe doch meine Aussage zu Protokoll gegeben.«

Die Kathi ist die Weißenburger Straße entlang gejoggt, also eher gejagt. Das Haus hat sie nicht lange suchen müssen, da das Polizeiaufgebot davor für sich gesprochen hat. Gerade, als sie in den Hausgang hat einbiegen wollen, hat sie die Schranner Bine geschnappt und aufgehalten. Sie hat beruhigend auf die Kathi eingeredet und sie festhalten wollen, aber versuch das einmal bei einer Frau, die ihr Kind wiederhaben will. Bache mit Frischlingen jetzt Mega-Scheißdreck dagegen. Die Kathi also kurz vor der Tollwut, und da hat der Bine ihre ganze Polizeiausbildung nichts genutzt. Die Kathi hat sich mit aller Kraft von der Beamtin losgerissen, da sagst du »Sie« und dann nicht mehr viel. Die Kindsmutter also Vollgas die Treppen hinauf und die Bine hinten nach.

»Frau Mahler«, hat der Bichlmaier angefangen. »Schauen S' her. Wir gehen davon aus, dass sich der kleine Georg Sanktjohanser bei Ihnen befindet.«

»Hier ist der richterliche Durchsuchungsbeschluss. Bidde!«, hat der Demuth korrekt von sich gegeben.

Die Sabine Mahler hat sich seufzend in einen weißen Sessel plumpsen lassen, hat ein Glas mit Weißwein, das auf dem kleinen Glastisch gestanden ist, genommen und einen großen Schluck getrunken.

»Er ist im Schlafzimmer. Gott sei Dank ist es vorbei. Das Kind macht mich wahnsinnig.«

In diesem Moment hast du von draußen einen Tumult hören können. Die Kathi war vor der Tür angekommen, und die bewaffneten Polizisten haben versucht, sie am Eintreten in die Wohnung zu hindern.

»Lassts die Frau rein! Das ist die Mutter«, hat der Kommissar angewiesen, und die Kathi ist mit hochrotem Kopf in die Wohnung hereingestürmt.

Der Bichlmaier hat es gar nicht mehr geschafft, die Schlafzimmertür selbst zu öffnen, so schnell war die Kathi an ihm vorbeigeschossen und am Türgriff.

Drinnen ist der Schorschi mit einem Haufen Spielzeug und einer Tafel Schokolade vor dem Schlafzimmerfernseher gesessen und hat einen Disneyfilm angeschaut.

»Mama«, hat er gerufen und ist aufgesprungen. »Ich mag heim!«

Die Kathi hat ihren Buben in die Arme genommen und Freudentränen geweint. Sein mit Schokolade verschmiertes Gesicht hat sie mit Küssen übersät und mit Tränen benetzt.

»Mama, ned. Des is nass! Bäh«, hat der Schorschi gelacht.

16.30 Uhr

Der Dean hatte die Verena also noch am Vorabend besucht. Das hat nichts Gutes bedeutet. Wirklich nichts Gutes. Der Sanktus hat an den Kaufvertrag, den sie in der Nacht gefunden hatten, gedacht. Was hat der Dean vorgehabt? Er hat der Verena definitiv die Brauerei abkaufen wollen, um ihren Teil für sich alleine zu haben. Der Sanktus war sich sicher, dass sie die Brauerei mit Garreth weiterführen wollte. Sie würde also nie an Dean verkaufen. Aber das hat nur eines bedeuten können. Der Dean hat sich den Anteil mit Gewalt holen müssen.

Der Sanktus hatte sich zum Feierabend versteckt und in der Brauerei einschließen lassen. Er hat noch einmal das Arbeitszimmer der Verena durchsucht, aber keine

Erkenntnis. Einfach keine Spur. Nada, niente, gar nichts. So ein Dreck, so ein verdammter. Und sein Handy war jetzt komplett leer. Er, der Handyhasser, hat keinen Strom mehr gehabt. Jeden anderen hätte er ausgelacht, aber gerade heute hätte er alles für einen letzten kleinen Akkubalken gegeben, und zum Lachen war ihm schon lange nicht mehr. Mit dem Festnetztelefon auf dem Schreibtisch hat er versucht, die Kathi anzurufen, aber es ist niemand daheim gewesen. Er hat kurz auf den Anrufbeantworter gesprochen, dass er in der Brauerei ist und der Dean die Verena in seiner Gewalt habe. Das solle die Kathi bitte dem Bichlmaier ausrichten. Dem Sanktus ist jetzt auf einem kleinen Kasterl gegenüber an der Wand ein Kabel aufgefallen. Pfeilgrad, da war tatsächlich ein Handyladegerät. Er hat sich gefragt, ob das Trum wohl zu seinem Gerät passen würde und Glück gehabt. Ein Hoch auf die internationalen Normen. Der Sanktus hat das Kabel eingesteckt und das Akkusymbol ist auf dem kleinen Bildschirm erschienen. Er hat sofort versucht, den Garreth im Krankenhaus zu erreichen. Nach längeren Diskussionen ist er zu Vane durchgestellt worden. Der Sanktus hat ihm alles schnell erklärt und ihm seine Angst, dass Verena bereits etwas Schlimmes widerfahren war, mitgeteilt. Auch der Garreth hatte keine Ahnung, wo sich die beiden befinden konnten.

»Was hat der Dean eigentlich für ein Auto?«, hat der Sanktus gefragt.

»Einen weißen 3er, Kennzeichen M-DV. Die Zahlen weiß ich nicht«, hat der Garreth geantwortet.

Der Sanktus hat zum Fenster des Büros hinausgeschaut und Bingo! Der Wagen ist auf dem Brauereiparkplatz gestanden.

»Der steht da! Und die Verena?«, hat er weitergefragt.

»Dunkelgrüner Mazda MX5 Cabrio«, hat der Garreth sofort parat gehabt.

»Steht auch da«, hat der Sanktus gemeint. »Die sind irgendwo hier. Anders kann's doch gar ned sein. Aber ich hab doch schon die ganze Brauerei abgeklappert!«, hat er fast geschrien. »Ich lauf noch einmal los und meld mich später.«

»Warte, Sanktus. Leg nicht auf. Ich glaube, ich weiß, wo sie sein könnten!«, hat der Garreth in den Hörer gerufen. »Im Keller 23! Der alte Märzenbierkeller!«

Der Bichlmaier hat die Kathi heimfahren wollen, aber der Schorschi hat dieses Mal den dunkelblauen BMW ignoriert und sich nicht von dem grünen Polizeiauto abbringen lassen. Auch das Blaulicht hat kurz eingeschaltet werden müssen. So ist der Bichlmaier also mitsamt der Lena, dem Demuth und der Bine voraus in Richtung Johannisplatz gefahren. Die Kathi hat vom Polizeiauto aus versucht, den Sanktus anzurufen, aber der ist nicht erreichbar gewesen. Sie hat ihm also eine SMS geschickt, dass der Schorschi wieder da sei, und hat auch der Anna und Sanktus' Vater Bescheid gegeben. Alle würden gleich vorbeikommen, weil sie den Schorschi sofort in die Arme schließen wollten. Der Kathi war das ganz recht, weil sie hat unbedingt duschen müssen, wollte aber den Schorschi keinesfalls nur eine Minute unbeobachtet lassen. Die Lena und die Polizisten wollten auch noch kurz mit raufkommen, um den Schorschi zu befragen. Der Demuth ist bereits mit der Sabine Mahler weiter in die Hansastraße gefahren, um sie zu verhören.

Verena fror. Die Kälte hatte sie schon von Beginn an wahrgenommen. Sie wusste nicht, wo sie war, vermutete aber, dass sie in einem alten Lagerkeller der Brauerei gefangen gehalten wurde. Zu ihrer Rechten und Linken türmten sich weiße, liegende Lagertanks in zwei Reihen übereinander an den Wänden hoch. Ihre Nase war immer noch komplett zugeschwollen, und ihre Augen verklebt. Ihre Beine und Arme pochten aufgrund der Fixierung wie wild. Sie würde viel dafür geben, sich bewegen können.

Dean trat in ihr Blickfeld. Auch er schien inzwischen zu frieren. Sein Blick teuflisch.

»Ich geh mich aufwärmen. Du brauchst gar nicht zu schreien. Es ist nach 16.00 Uhr. Es ist niemand mehr in der Brauerei. Du kannst in Ruhe nachdenken, ob du jetzt endlich unterschreiben willst.«

»Von diesem Keller hat uns unsere Großmutter immer erzählt«, hat der Garreth aufgeregt gemeint. »Sie und ihr Bruder haben in der Brauerei früher gerne Verstecken gespielt. Granny hatte als Kind stets Angst, dort hinunterzugehen. Wegen der Dunkelheit, der Kälte und der gefährlichen Kohlensäure. Wenn Dean nicht artig war, hat sie immer gedroht, ihn in den Keller 23 zu stecken. Er hatte ihr stets geglaubt. Er dachte, der Keller wäre in der Red Head Brewery. In Firmkirchen hat in Keller 23 früher das Märzenbier gelagert. Dieser Keller war der tiefste und kälteste Keller. Das Bier musste ja vom März bis in den September reifen und durfte nicht kaputtgehen.«

»Ja, ja, deswegen hat's auf der Wiesn früher Märzen gegeben. Weiß ich. Mach jetzt keine Lehrstunde draus.

Wo ist dieser Scheiß-Keller?«, hat der Sanktus in den Telefonhörer geplärrt.

»Keine Ahnung, Sanktus. Sie hat immer gesagt: ›At the end of the darkest cellar there is an iron door. The entrance into a gloomy tunnel which leads to cellar 23. Da kommt der Sparifankerl und holt dich!‹«

»Am Ende vom dunkelsten Keller ist eine eiserne Tür? Richtig verstanden?«

»Ja, Sanktus«, hat der Garreth bestätigt.

Der Sanktus ist aufgesprungen und ist aus dem Büro raus. Den SMS-Signalton von seinem Handy, das inzwischen wieder genug Strom gehabt hat, hat er leider nicht mehr mitbekommen.

17.26 Uhr

»Frau Mahler«, hat der Demuth seinen Satz nun zum x-ten Mal begonnen. »Ich bidde Sie, mir Auskunft zu geben, warum das Kind Georch Sanktjohanser in Ihrer Wohnung zugechen war. Haben Sie das Kind entführt? Wenn nicht, wer hat das Kind zu Ihnen gebracht, und warum ist die ganze Entführung inszeniert worden?«

Die Mahler hat sich weiterhin mit verschränkten Armen ausgeschwiegen und hat den Demuth und seinen Beisitzer emotionslos angesehen.

»Frau Mahler. Kindesentführung ist kein Kavaliersdelikt, und der Dod Ihres Mannes wird sicherlich auch noch einmal genauer unter die Lube, äh Lupe, genommen werden. Weiterhin die Frache, warum haben Sie den

Vater des Kindes, Alfred Sanktjohanser, eines sexuellen Übergriffs bezichtigt? Bidde antworten Sie endlich, Frau Mahler.«

»Dean«, hat sie leise geflüstert. »Dean Vane …«

Die Schranner Bine hat mit dem kleinen Schorschi Autos gespielt und versucht, ein paar Informationen aus ihm herauszubringen. Zusammengefasst war ein netter alter Mann zu ihm in den Kindergarten gekommen und hatte gesagt, er sei ein Freund von seinem Opa. Sein Opa könne ihn gerade nicht vom Kindergarten abholen und er bringe ihn zu ihm. Wie er die Kindergärtnerinnen mit dem brennenden Altkleidersack abgelenkt hatte, wussten ja alle. Der alte Mann hatte ihn gepackt und mitgenommen. Wie sie durch das große Gartentor gekommen waren, hat der Schorschi nicht sagen können. Er war sofort zu dieser komischen Frau gebracht worden, hat er noch gesagt. Aber da war's erträglich, weil viel Spielzeug da war und er immer Süßigkeiten gekriegt hat. Und viel mehr Fernsehen als bei der Mama habe er auch schauen dürfen. Die Kathi hat geweint, gleichzeitig gelacht und den Schorschi ganz fest gedrückt. Sogar der alte Sanktjohanser hat Tränen in den Augen gehabt.

»Was mach' ma jetzt mit dem Sanktus«, hat die Lena gefragt.

»Keine Ahnung«, hat der Kommissar geantwortet. »Wo ist denn der?«

»Der wollt eigentlich zur Verena in die Brauerei«, hat die Lena geantwortet.

»Ich muss jetzt zum Demuth«, hat der Bichlmaier gemeint. »Der hat gerade geschrieben, dass die Mahler gestanden hat. Sobald ihr was vom Sanktus hörts, gebts mir Bescheid. Er braucht sich auch nicht mehr verstecken, gell. Also Servus derweil.«

18.05 Uhr

Der Sanktus ist aus dem Bürogebäude hinaus auf den Brauereihof. Der Eingang zum mit riesigen Glasfenstern umschlossenen Raum unter den stehenden zylindrokonischen Gärtanks war gleich hinter dem Sudhaus. Von diesem hellblau gefliesten Areal hat eine Treppe nach unten zum Lager- und Filterkeller geführt. Er hat die heraufkommende Kälte spüren und die Kohlensäure, die bei der Lagerung über die Spundapparate der Tanks entwichen ist, riechen können.

Jetzt hat er sich in einem großen, gelb gekachelten Raum befunden. An der Decke sind mehrere Edelstahlleitungen verlaufen, am Boden waren Pumpen und Desinfekionswannen. Rechts und links sind jeweils zwei Türen weggegangen, die die Lagerkeller mit ihren liegenden Edelstahltanks abgetrennt haben. Die Tanks waren brandneu. Ganz am Ende des Gangs ist auf der linken Seite ein weiterer Gang in Richtung Filter- und Drucktankkeller abgezweigt. Am Frontende jedoch war eine Tür mit Milchglasscheibe. Das hat auf keinen Fall die besagte Tür sein können, aber vielleicht war ja da der am weitesten entfernte Keller dahinter.

Plötzlich ist die Tür aufgegangen und der Dean Vane ist live dem Sanktus gegenübergestanden. Erstaunter Blick in beiden Gesichtern kein Ausdruck.

Die Kathi und die Lena haben es immer wieder beim Sanktus versucht, aber kein Durchkommen. Die Martina, die inzwischen heimgekommen war, hat ihre Mutter darauf aufmerksam gemacht, dass der Anrufbeantworter geblinkt hat. Die Kathi hat ihn sofort abgehört, und allen ist nun klar gewesen, dass der Sanktus noch in der Brauerei Weichslbaumer und auf der Suche nach der Verena war. Die Damen sind nun wirklich nervös geworden. Sie haben sofort versucht, den Kommissar anzurufen, aber der hatte anscheinend sein Handy während des Verhörs ausgeschaltet.

»Was können wir denn tun?«, hat die Kathi gefleht.

»Fahr' ma selber hin!«, hat der alte Sanktjohanser, der Sanktä, vorgeschlagen.

»Der Dean ist unberechenbar!«, hat die Lena gesagt. »Der ist gemeingefährlich. Den kann höchstens sein Cousin zur Vernunft bringen.«

»Aber der ist ja im Krankenhaus. Den bringen wir doch nie und nimmer da hin!«, hat die Kathi geflucht.

»Nur, wenn wir ihn rausschmuggeln«, hat die Lena gelacht. »Und ich weiß auch schon, wie.«

Sie hat ihr Handy genommen und eine Nummer gewählt.

»Servus Graffiti«, hat sie in den Hörer gesäuselt.

»Dean Vane hat das Kind entführt«, hat die Mahler endlich zugegeben.

»Warum?«, sofortige Frage des Kommissars.

»Er wollte Sanktjohanser vom Ermitteln abhalten. Dieser bayerische Sturkopf wurde ihm zu gefährlich«, die Antwort von der Mahler.

»Und das mit der sexuellen Belästichung«, hat der Demuth gefragt.

»War erfunden. Dean wollte verhindern, dass Sanktjohanser in meine Nähe kam. Ich hatte ja das Kind zu Hause. Das war der einzige Grund. Ehrlich, meine Herren.«

»Warum haben Sie das mit Dean Vane zusammen durchgeführt, Frau Mahler?«

Nun hat die Maler wieder die Arme verschränkt.

Der Sanktus wollte auf den Dean losgehen, aber der hat die Tür hinter sich zugeschlagen und war hinter dem Milchglas sozusagen unsichtbar. Er also sofort die Tür wieder auf und hinterher. Hier waren einige kleine, neu aussehende Edelstahltanks in einer Reihe auf der rechten Seite gestanden. Die CIP, also die Reinigungsanlage des Lagerkellers. Den langen Raum hat am Ende eine Holztür abgeschlossen, die nur angelehnt war. Hinter dieser war der Dean anscheinend verschwunden. Dass sich der Amerikaner in einer Nische zwischen CIP-Tank und ersten Eingangstür versteckt gehalten hatte, ist dem Sanktus nicht aufgefallen. Der Sanktus ist jetzt zur Tür, und die hat sich mit einem Knarzen öffnen lassen. Er hat die Tür aufgemacht und einen Blick hineingeworfen. Was er da gesehen hat, hat ihm den Atem stocken lassen.

18.46 Uhr

»Murat, Nikos, Pröbstl, Binser. Auftrag. Lassts die Rechner stehen. Aktion, auf geht's!«, hat der Graffiti durch die Werkstatthalle gerufen.

»Und was wär na des?«, hat der Binser gefragt.

»Einen Krankentransport. Bogenhausener Krankenhaus, intensiv nach Firmkirchen Brauerei. Den macht der Murat mit dem Nikos. Und wehe, ihr zwei Deppen vermasselts des! Und kein Wort jetzt über türkisch-griechische Beziehungen. Habts mi?«

Nicken der beiden Südländer.

»Und dann Personenbefreiung Brauerei Firmkirchen. Pröbstl, Binser, mir drei. Holts den getunten VW-Bus. Mia holen noch die Lena und den alten Sanktjohanser ab. Zack. Zack. Drehzahl!«, hat der Graffiti gerufen.

»Des war so klar, dass des von der einhaxerten Schnepfen ausgeht«, hat der Binser geschimpft, aber der böse Blick vom Graffiti hat ihn gleich wieder verstummen lassen.

»Und, Frau Mahler? Sachen S' jetzt doch endlich was. Sie machen's doch ned besser«, hat der Demuth gefaselt.

»Warum haben Sie die Entführung mit dem Dean Vane durchgeführt. Wird's jetzt bald einmal«, hat der Bichlmaier geschrien und ist sich wie der Gustl Bayerhammer, alias Kommissar Veigl, vorgekommen. Der hat auch immer so einen Grantler-Ton draufgehabt.

Die Mahler ist kurz zusammengezuckt und hat mit sich gerungen.

»Wir sind gerade dabei, den Herrn Vane zu verhaften, Frau Mahler. Unsere Einsatzkräfte sind bereits auf dem Wech in die Firmkirchner Brauerei. Packen Sie aus. Das macht sich vor Gericht gut. Bidde, Frau Mahler«, hat der Demuth gesagt.

Endlich hat sich die Mahler dazu bewegen lassen, zu reden.

»Vane wollte mit Heiko und Simbacher Anschläge bei großen Brauereien durchführen, um deren Nimbus niederzumachen. Die Craftbier-Betriebe sollten als Heilsbringer wie ein Phönix aus der Asche entstehen. Heiko wollte irgendwann nicht mehr mitmachen, weil es ihm zu brenzlig wurde. Vane war außer sich. Mir hätte es nichts ausgemacht, aber mein Mann war so ein Waschlappen. Heiko wollte zur Polizei. Wie Sie wissen, habe ich einen Liebhaber. Eine Trennung wäre aber auf keinen Fall infrage gekommen. So haben Vane und ich eine Win-win-Situation herbeigeführt. Eine Hand wäscht die andere. Ich habe Vane gedeckt und er hat mich von Heiko befreit. Heiko hat nie etwas vom Kauf eines Leerflascheninspektors gewusst. Ich habe ihn auf den Brauereihof gelockt.«

19.35 Uhr

Der Sanktus hat durch den gemauerten Eingang in das fahle Licht des Kellers 23 gespäht. Drinnen hat er die Verena sitzend an einem Tisch erkennen können. Sie hat versucht, ihren Kopf zu heben und ihm entgegenzublicken, musste ihn aber sofort wieder etwas sinken lassen. Der Sanktus hat gesehen, dass ihr Gesicht voller Schwellungen und über und über mit Blut bedeckt war. Dean hatte ihr die fast heruntergebrannte Kerze auf dem Tisch so nahe hingestellt, dass sie sich unweigerlich das Gesicht verbrennen würde, wenn sie den Kopf zu weit sinken ließe. Dieser verdammte Sadist! Dem Sanktus ist der Kamm geschwollen, und er hat einen starken Drang verspürt, hineinzulaufen und die Verena zu befreien, aber irgendwo da drin war sein Widersacher. Die Raumluft war extrem frisch, weil die alten Kälteaggregate an der Decke gelaufen sind, und die Verena hat bereits einen äußerst unterkühlten Eindruck gemacht.

Der Sanktus hat sich umgesehen, aber den Dean nirgends ausmachen können. So ist er also ganz langsam zur Verena hin und hat erst einmal die Kerze von ihrem Gesicht weggeschoben.

»Ich bin da. Alles wird gut. Wo ist der Dean?«, hat der Sanktus gefragt.

»Hühahia! Hühahia«, hat die Verena durch ihre geschwollene Nase getrötet, und bis der Sanktus die neuronale Verknüpfung zusammengebracht hat, dass sie über dir meint, ist der Dean auch schon von dem Kälteaggregat direkt über ihnen heruntergesprungen und hat dem Sanktus einen eisernen Hakenschlüssel über den Schädel gezogen.

Der Graffiti ist selbst gefahren, was die Fahrt nicht unbedingt erträglicher gemacht hat. Drengler-Syndrom, praktisch also alle Ampeln bei Dunkelrot und Geschwindigkeitsbegrenzung unbekannt. Die Lena ist stolz neben ihm gesessen und hat ihren Helden angehimmelt. Der Sanktä, der Binser und der Pröbstl haben sich die hinteren Bankreihen geteilt. Vor einem Blitzer hat der Graffiti keine Angst gehabt, da die Nummernschilder auf dem Bus irgendwie nicht registriert waren. Sein Handy hat geklingelt und auch da hat sich der Graffiti nichts geschissen und ist während der Fahrt einfach rangegangen.

»Murat, was gibt's?«, hat er gefragt. »Sauber. Brav! Passt! Servus.«

Er die Lena angelächelt, sich umgedreht und zu den anderen gemeint: »Das Paket ist unterwegs. Treff ma gleich in der Brauerei.«

Jetzt hat er den Radio aufgedreht. ACDC.

Der Bichlmaier hat auf sein Handy geschaut. Der Klingelton hat ihm verkündet, dass er eine Kurznachricht erhalten hatte. »Lena und Schwiegervater mit Himsl Quirin auf dem Weg nach Firmkirchen. Was tun? LG Kathi.«

»Zefix, jetzt mischt sich der Graffiti aa no ein. Demuth, Frau Schranner! Auf geht's, Einsatz.«

»Mir san quasi scho unterwegs«, hat die Bine aus der Kaffeeküche gerufen und ist mit dem Demuth um die Ecke gebogen.

»Firmkirchen. Brauerei«, hat der Bichlmaier geseufzt.

20.04 Uhr

Der Sanktus ist aus seiner Ohnmacht aufgewacht. Rings um ihn herum war es dunkel. Stockdunkel. Kein Gramm Licht ist in sein Gefängnis gekommen. Er hat versucht, sich aufzurichten. Irgendwie war der Boden unter ihm unregelmäßig oder gewölbt. Ist das von dem Schlag auf den Hinterkopf gekommen? War sein Gleichgewichtssinn etwas beeinträchtigt? Von außen hat er Geräusche gehört. Ein metallisches Klopfen und ein Knarzen, das ihn an ein Gewinde erinnert hat. So, als würde einer einen Schlauch an einen Lagetrank anschließen.

Und an diesem Punkt ist dem Sanktus die ernüchternde

Erkenntnis gekommen. Er war in einem Bierlagertank eingesperrt worden. Von draußen hat er Deans laute Stimme ausmachen, hat aber durch die dicke Aluwand nichts verstehen können. Plötzlich wieder ein metallisches Knarzen und ein Zischen. Der Tank ist von unten durch den Einlauf an der vorderen Tankwand mit Wasser befüllt worden.

»U-Unterschreib endlich, d-du Idiotin«, fiepte Dean mit hoher Stimme. »Oder w-willst du seinen T-Tod auf dem Gewissen haben? Ü-Ü-Überleg's dir gut. Ich komme in zehn Minuten zurück. Denk in Ruhe drüber nach.

Verena hörte ein lautes Klopfen aus dem oberen Satteltank direkt links neben ihr. Der Sanktus lebte noch. Sie musste unterschreiben, um nicht auch noch seinen Tod zu riskieren. Dean war bereits weg und Verena griff nach dem Stift und signierte beide Dokumente. Den Kaufvertrag für die Brauerei mit einer symbolischen Summe von 1.000,-- €, sowie ihren Abschiedsbrief, in dem sie den Mord an ihrem Mann gestand und Dean bat, die Brauerei weiterzuführen und den Namen Weichslbaumer auch in Zukunft hochzuhalten.

Der VW-Bus hat mit quietschenden Reifen vor dem Brauereigelände gehalten. Die Insassen sind herausgesprungen und haben sich dem großen, mit einer Kette verschlossenen Tor genähert.

»Bolzenschneider«, hat der Graffiti gefordert und der Binser ist schon zurück zum Bus und mit einer riesigen Zange zurückgekommen. So schnell hast du nicht schauen können, war das Tor geöffnet und die Gruppe ist leise hinein.

»Wohin?«, hat der Graffiti gefragt.

»Ich probier's noch einmal beim Sanktus«, hat die Lena gemeint und ihr Handy aus der hinteren Hosentasche geholt. Aber leider ist er nicht drangegangen, der Sanktus.

»Binser, Pröbstl z'erst ins Sudhaus, dann Halle! Sanktä, mir zwei Keller! Lena, du bleibst im Auto und wartst, bis die anderen zwei mit dem Garreth Vane kommen. Ois klar?«

»Freilich!«, ist's von allen gekommen.

20.19 Uhr

Der Sanktus ist im Tank in die Hocke gegangen, weil aufrecht stehen hat er nicht können, so klein ist das Gefäß gewesen. Seine Beine waren bereits bis zu den Knien unter Wasser. Er hat wie ein Wilder an die Tankwand geklopft, in der Hoffnung …, ja in welcher Hoffnung überhaupt? Ich will die Kathi und meine Kinder wiedersehen, hat er sich immer wieder vorgesagt. Ich will die Kathi und meine Kinder wiedersehen … Die Haut an seinen Fingerknöcheln war aufgrund der Kälte und der Feuchtigkeit bereits aufgeplatzt. Er hat die Verena draußen laut aufschreien hören.

»Da herin isser ned!«, hat der alte Sanktjohanser zwischen den Edelstahltanks des Gärkellers gerufen.

»Runter da, oder?«, hat der Graffiti gezeigt, und der Sanktä ist ihm hinunter in den Lagerkeller gefolgt.

Sie sind nacheinander den Gang entlang, haben rechts und links in die vier Lagerkellerabteilungen hineingesehen und nach dem Sanktus gerufen. Aber logischerweise keine Antwort. Am Ende des Gangs sind sie links in Richtung Filterkeller und Drucktankkeller gestartet. Sie haben in jede Ecke geschaut, aber weder im Kieselgurkammerl, im Filterkeller noch im Drucktankraum eine Spur. Im Drucktankraum haben sie den Binser und den Pröbstl getroffen, die von der Abfüllhalle hergekommen waren. Aber auch dort nichts.

Nun sind sie zurück zum Lagerkeller, doch als sie dort angekommen sind, haben sie bemerkt, dass die Tür mit der Milchglasscheibe nach links am Kopfende des Gangs nur angelehnt war. Jemand musste sie kürzlich benutzt haben.

20.31 Uhr

Dean saß auf dem Flachdach des Sudhauses und genoss den Sonnenuntergang über Firmkirchen. Er war mit den Gedanken so weit fort, dass er den lilafarbenen VW-Bus, der jetzt neben seinem BMW parkte, nicht bemerkte. Er würde Verena weichkriegen. Wenn er in den Keller zurückkommen würde, würde sie die beiden Dokumente unterschrieben haben. Er würde sie töten und als Sieger aus dieser Geschichte herausgehen. Den Sanktus würde niemand finden. Dean würde Keller 23 für immer verschließen. Er musste jedoch noch mit seiner Komplizin abrechnen. Sabine Mahler war berechenbar, aber wie würde es in fünf Jahren aussehen? Er hatte ihr definitiv noch einen Besuch abzustatten. Das Kind würde er bei seiner Mutter abliefern. Es konnte ja schließlich nichts dafür. Für die Brauerei hier plante er, einen Geschäftsführer einzusetzen, da ihm das Pflaster in München doch zu heiß war. Mit all den Morden auf dem Kerbholz würde es sich in den USA entspannter leben.

Plötzlich bemerkte er aus der Ferne Blaulicht. Zwei Polizeiwagen und ein Zivilfahrzeug bogen auf den Brauereiparkplatz ein. Sofort duckte er sich und legte sich flach auf das Dach.

Der Sanktus hatte sich aus der hockenden Position aufgerichtet, um möglichst wenig mit dem einlaufenden Wasser in Kontakt zu sein. Er war nun schon bis zum Bauchnabel im Nassen, sprich der Tank war schon fast zu zwei Drittel befüllt. Sein ganzer Körper hat bereits geschlottert, da ihn das eisige Wasser schon unterkühlt hat. Lange würde es nicht mehr dauern und er würde ertrinken. Ich will die Kathi und meine Kinder wiedersehen, ich will die Kathi und meine Kinder wiedersehen, hat der Sanktus den Satz wie einen Rosenkranz immer wieder heruntergebetet.

»Da dahinter müssen sie sein«, hat der Sanktä gerufen.

»Pröbstl, Binser voraus. Kommts«, hat der Graffiti angewiesen und eine Pistole gezückt.

»Öha«, hat der Sanktä gemeint.

»Notfall«, hat der Graffiti nur kurz bestätigt, und es ist in den Gang hineingegangen.

Die Lena ist im VW-Bus gesessen und hat nervös auf die Hauptstraße geschaut. Endlich hat sie Blaulicht sehen können, also ist der Bichlmaier nicht mehr weit gewesen. Kaum angekommen, sind der Kommissar und auch die Lena aus ihren Gefährten gesprungen und aufeinander zugelaufen. Jetzt Update beiderseits und der Bichlmaier samt Demuth und einer Schar an Polizisten in die Brauerei hinein. Die Lena und die Schranner Bine sind im Bus geblieben, weil der Murat und der Nikos ja noch ausstehend. Einsatzleiterinnen quasi.

Garreth Vane saß auf der Rückbank des BMWs und genoss die Überschall-Fahrt durch München. Er war etwas überrascht, als die beiden südländischen Erscheinungen plötzlich vor seinem Bett auf der Intensivstation standen. Sicherlich war es unverantwortlich, so bald nach dem Erwachen aus dem Koma das Krankenhaus unerlaubterweise zu verlassen, aber die Sorge um Verena war zu groß. Auch die kurze Erklärung, dass das Leben seiner Angebeteten unter Umständen in Gefahr war, bestärkte ihn in seinem Entschluss. Er spürte, dass seine Kräfte bereits schwanden, aber die Gedanken an Verena und an seinen Cousin ließen ihn durchhalten.

Der Sanktus ist jetzt so aufrecht, wie es nur gegangen ist, in dem kleinen Alu-Lagertank gestanden. Der Wasserspiegel war bereits auf Brusthöhe. Lange würde es nicht mehr dauern, und sein Durchhaltevermögen würde aufgebraucht sein. Kathi, Kinder, Kathi, Kinder, zefix, der Schorschi, mein Bub, hoffentlich geht's ihm gut, Kathi, Kathi, …

Die beiden Graffiti-Handlanger sind durch den Raum der CIP-Anlage zur Holztür gestürmt, der Graffiti und der Sanktä hinten nach. Der Binser und der Pröbstl haben leise und vorsichtig die Holztür geöffnet. Drinnen jedoch komplett dunkel.

»Schauts, obs an Lichtschalter findts«, hat der Graffiti angewiesen und kurz darauf ist der Raum erhellt worden. Der Fliesenboden war von einem See aus Blut bedeckt. Jetzt Blick vom Blutsee zu den Leichen die zwischen den Lagerkellertanks wegen der Kühle aufgehängt waren.

»Ja, zefix, wos is denn des?«, haben beide den Kommissar Bichlmaier von hinten gehört, der gerade in den Keller gekommen war und seinen Blick über das ausgenommene Wild, das anscheinend ein jagender Brauereimitarbeiter zwischen die Tanks zum Ausbluten gehängt hatte, schweifen lassen.

»Ja was gibt's denn heid auf d'Nacht, ja was gibt's denn heid auf d'Nacht? Heid gint's a Rehragout …«, hat er jetzt gesummt.

Dean spähte vorsichtig nach unten. Zu den beiden Polizeiautos war nun auch noch ein BMW hinzugekommen. Ein Rollstuhl wurde aus dem Kofferraum geholt und an eine der hinteren Türen geschoben. Ihn durchfuhr ein Blitz, als er seinen Cousin Garreth aus dem Wagen aussteigen und sich in den Stuhl setzen sah. Was hatte das zu bedeuten? Soeben kam der Kommissar mit zwei Männern, einem jüngeren und einem älteren, aus dem Brauereigebäude zu den parkenden Autos heraus.

Dean zog sich vorsichtig in Richtung Treppenhaus zurück. Er musste schnell in Keller 23.

Das Wasser ist unaufhaltsam gestiegen, und der Sanktus hat gerade alle Hoffnung verloren. Ihm ist klar gewesen, dass er wie immer selbst schuld war. Warum hatte er den Bichä nicht informiert und auf ihn gewartet? Zumindest, nachdem er den toten Bierbrauer entdeckt gehabt und erkannt hatte, dass sich der Keller 23 gar nicht im Bereich des neuen Lagerkellers befinden hat können und die Tür zum Raum mit dem Toten schließlich auch keineswegs aus Eisen war. Einfach Scheiße! Scheiß leeres Handy, Scheiß-Technik, Scheiß Selbstüberschätzung! Sein Körper hat inzwischen durch die Unterkühlung wie wild gezittert. Er hat sich kurz nach hinten umgedreht. Der Bummerl, der auch fast nur noch den Kopf über Wasser gehabt hat, hat ihm zugelächelt.

»Wirst doch jetzt ned aufgeben, Sanktus? Denk an deinen Buben. Kannst ihn doch ned ohne Vater aufwachsen lassen. Jetzt reiß dich zsamm. Herrschaft. Gleich sind s' da!«

Dann ist der Bummerl untergetaucht und verschwunden. Dem Sanktus war so, als würde das Wasser hinten im Tank golden schimmern.

»Und, Herr Bichlmaier, sind Sie fündich geworden?«, hat der Demuth gefragt.

»Nein, Demuth. Leider ned. Wir haben weder den Sanktus noch die Verena gefunden. Und er hat wirklich in diesen ominösen Keller 23 wollen, Herr Vane?«, hat der Bichlmaier verzweifelt gefragt.

»Indeed, Herr Kommissar. Meine Großmutter hat immer gesagt, ›at the end of the darkest cellar there is an iron door. The entrance into a gloomy tunnel which leads to cellar 23. Da kommt der Sparifankerl und holt dich!‹

Deswegen haben wir gedacht, dass Dean mit Verena dorthin ist. Sozusagen zurück in seine verkorkste Kindheit.«

»Sorry, jetzt a mal«, hat der Demuth gesagt. »Des mach ja scho sein, was die alte Dame da gsacht hat, aber schaldet doch a mal euer Hirn ein. Die Rosa Weichslbaumer ist 1940 ausgwandert. Richdich?«

Nicken allerseits.

»So, ihr subergscheiden Oberbayern. Jetzt schaut a mal zu dem Eingang da hoch und sacht ma, was euch auffällt?«, hat der Demuth frohlockt.

Jetzt fragende Gesichter.

»Da steht: erbaut 1951! Und wie soll na da der Keller drin sein, den die Rosa gekannt hat, ha? Rechnen sechs, setzen, oder?«

Der Demuth war in seinem Element. Betretenes In-den-Boden-Schauen des Rests.

»Nachdem der Franke an sich ja gründlich ärwat, also arbeitet, hab ich mich über die Brauerei schon a weng schlau gmacht und kann euch sachen, dass nur noch das Mälzereigebäude hinter dem Sudhaus aus der Zeit vor dem zwaden Weltkriech stammt. Wenn, na muss der Keller wohl da in der Näh sein, oder?«

»Na, auf geht's. Stehts ned nur umeinand!«, hat die Lena gerufen und in Richtung Brauerei gezeigt. »Aber welches Gebäude ist das denn?«

»Das Gebäude gleich hier rechts gegenüber des Sudhauses«, hat der Garreth mit sonorer Stimme eingeworfen und auf ein Gebäude, das rechts zur Hauptstraße hin abgeschlossen hat, gezeigt. »Da oben könnt ihr den typischen Kamin der Darre sehen. Das Ding, das aussieht wie ein Ritterhelm.«

Alle haben jetzt nach oben geschaut. Der Demuth ist los

und der Rest nach. Die Lena ist mit der Bine beim Garreth auf dem Parkplatz im Brauereihof geblieben. Der Murat und der Nikos waren zum Aufpassen abgestellt.

Der Demuth ist mit Überschallgeschwindigkeit in Richtung der großen Eingangstür zur Mälzerei, doch diese war fest verschlossen. Ein leises Fluchen ist ihm ausgekommen.

»Malz … irgendwie rüber kommen müssen …«, hat er gemurmelt. »Da muss es a Verbindung vom Sudhaus herüber geben. Los!«

Jetzt wieder alle dem Demuth nach in das Sudhausgebäude. Vor den kupfernen Pfannen hat sich eine Treppe befunden, die in die Bedienebene hinuntergegangen ist. Der Demuth hat sich halb über das Geländer nach unten geschwungen, weil ja keine Zeit zu verlieren. Die anderen Vollgas nach. Unter dem Sudhaus war es warm und hat leicht säuerlich nach altem Biertreber gerochen. Direkt gegenüber der Treppe hat ein neonbeleuchteter Gang zum Mälzereigebäude begonnen. Alle jetzt durch. Am Ende des Gangs hat der Demuth nach einem Lichtschalter gesucht. Die Gruppe ist nun vor einem Redler und einem Becherwerk gestanden, das unterhalb von Betonsilos angebracht war.

»Das sind wohl die alten Silos der früheren Mälzerei«, hat der Demuth doziert. »Die werden anscheinend noch als Lachersilos für das Braumalz verwendet.«

»Gut, Demuth. Und jetzt?«, hat der Kommissar gefragt.

»Hier war na einst auch das erste Sudhaus, also müssde sich entlang der Straße der Gär- und Lacherkeller angschlossen ham«, hat der Demuth weiter philosophiert.

»Also, da links hinter?«, hat der Graffiti gerufen. »Auf geht's, Manner!«

Die Gruppe ist jetzt durch einen weiteren Gang in einer Art gekachelter Lagerhalle mit hohen Fenstern herausgekommen. Hier sind, so wie es ausgesehen hat, Spezialmalze aufbewahrt worden, was die gelben Etiketten auf den Paletten mit weißen Säcken gezeigt haben.

»Des war des alte Sudhaus, oder?«, hat der Graffiti gefragt. »Schaut zumindest so aus.«

»Exakt, Herr Himsl«, hat der Demuth geantwortet.

»Also tät ich sagen, dass es durch die Tür dort oben wohl zur Gärung gegangen ist und dort unten durch die andere Tür zum Lagerkeller«, hat sich der alte Sanktjohanser eingeschaltet.

Alle jetzt durch die Tür unten und schon ist die Gruppe in einem kalten Kellerraum gestanden. Rechts und links sind Gestelle und Beine der alten entfernten oder umgezogenen Lagertanks herumgelegen. Wenn du nach oben gesehen hast, hast du die Schotten, durch die das Eis der Seen im Winter in den Keller geworfen worden war, gesehen. An der Decke sind aber auch alte abgeklemmte Kälteaggregate gehangen. Der Keller hat sich noch nach links verzweigt.

»Bis zum hintersten Ende hat s' gsagt, oder?«, hat der Graffiti gefragt und die ganze Combo nach links hinter. Hier waren die alten Tanks, die sich an beiden Wänden in zwei Reihen übereinander aufgetürmt haben, noch vorhanden. Sie waren anscheinend so klein, dass sie nie in den neuen Keller umgezogen wurden. Am hintersten Ende dieses Kellers war zwischen den Tanks eine Lücke zu erkennen.

»Da is a eiserne Dür. Kommt schnell!«, hat der Demuth gerufen. »Und dahinter a Dunnel!«

Der Graffiti hat die eiserne Tür mit Schwung aufgeschlagen und die Gruppe ist durch den düsteren Tunnel in den dahinterliegenden Keller 23 gelaufen.

Vor ihnen ist eine bewusstlose, gefesselte Frau an einem Holztisch gesessen, der mittig zwischen zwei Lagertankreihen platziert gewesen war. Auf dem Tisch vor ihr sind zwei unterschriebene Dokumente gelegen. Die Szene ist nur durch eine Kerze illuminiert worden. Der Graffiti, der Demuth und der Sanktä nichts wie hin und kurzer Gesundheitscheck. Die Verena hat noch geatmet. Ein kurzes Zwicken, wie du es in der Ersten Hilfe lernst, und sie war ansprechbar.

»Hallo! Wie geht's Ihnen?«, hat der Sanktä die Verena angerufen.

»Waffa aus, im Taaank, na Fangfuff!«, hat die Verena gelallt.

»Nix verstehen. Noch mal!«, hat der Pröbstl gerufen.

»Gnä' Frau, geht's a bisserl deutlicher?«, hat der Graffiti gefragt.

»Saanktus i Taank. Wasser aus!«, hat die Verena für ihre Verhältnisse deutlich artikuliert und auf den Satteltank gedeutet.

Der Graffiti, der Bichlmaier und auch der Sanktä verwirrter Blick, nur der Demuth hat anscheinend geschaltet. Er ist mit einem Satz zu dem Tank, an dem ein blauer Wasserschlauch angeschlossen war, gehechtet und hat den Tankeinlauf verschlossen. Dann hat er den Schlauch abgeschraubt und den Wechsel wieder geöffnet, sodass das Wasser in einem Schwall hat entweichen können.

Während das Wasser aus dem Tank geschossen ist, haben der Kommissar und der alte Sanktjohanser die Verena mit einer heruntergekommenen Bierbank, die sie im Keller gefunden hatten, hinausgetragen. Die beiden Dokumente, die auf dem Holztisch neben der heruntergebrannten Kerze gelegen sind, hat der Kommissar vorher noch eingesteckt.

Dean war durch den gleichen Gang vom Sudhaus herübergekommen, den die Gruppe vorher benutzt hatte. Von Weitem konnte er Stimmen hallen hören. Schnell hatte er sich hinter den Betonausläufen der großen Silos versteckt. Zwei Männer kamen aus dem Gang vom alten Lagerkeller. Sie beförderten etwas auf einer Art Trage. Erst jetzt wurde Dean klar, dass sie Keller 23 gefunden hatten und soeben Verena durch die große Mälzereitür, die von innen zu öffnen war, in Sicherheit brachten. Er hätte vor Wut platzen können. Sein Plan war vereitelt, denn es wäre wohl töricht gewesen, anzunehmen, dass der Kommissar die Dokumente übersehen hätte. Er hatte verloren, den Kürzeren gezogen. Dean Vane, der Verlierer. Wut, Wut, entsetzliche Wut. Sein Kopf fing an zu schmerzen. Dieser Druck! Diese Wut!

Der Sanktus hat Stimmengewirr hören können. Sein Puls ist vor Freude durch die Decke gegangen. Trotz dem Schlottern. Plötzlich war das Zischen des einlaufenden Wassers nicht mehr zu hören und er hat gemerkt, dass jemand den Wasserschlauch am Tankwechsel abgeschraubt hat. Jetzt ein Plätschern, und der Wasserspiegel im Tank ist minimal gesunken. Er hätte sich vor Erleichterung am liebsten hingesetzt, aber Flüssigkeit noch zu hoch für diese Aktion.

Nach gefühlten Stunden ist der anscheinend nicht enden wollende Wasserstrahl endlich versiegt. Der Demuth hat das Mannloch geöffnet und mit dem Graffiti den völlig durchnässten und immer noch zitternden Sanktus aus dem Tank gezogen.

Der Sanktus ist schlotternd auf den Boden gesessen und hat die beiden angeschaut.

»Was tuts denn ihr zwei da?«, hat er durch seine klappernden Zähne gefragt.

»Uns war langweilig«, hat der Graffiti gekontert. »Und wenn's deinen Spezl hier ned geben tät, hättst a schöne Wasserleich abgegeben, Sanktus. Dem darfst auf ewig dankbar sein.«

Der Sanktus hat ein leises »Merci« über die Lippen gebracht.

»Außerdem braucht dein Bub ja schließlich einen Vater«, hat der Graffiti noch gemeint.

»Der is übrichens bei der Frau Müller in Sicherheit«, hat der Demuth konstatiert.

»Danke, euch zwei«, hat der Sanktus gesagt und den beiden die Hand gereicht.

Der Demuth und der Graffiti haben eingeschlagen.

»Äh, Demuth?«, hat der Sanktus gefragt.

»Ja?«

»Wer hat Ihnen eigentlich mein Versteck bei der Evi verraten?«

»Der … Dean Vane.«

»Hab ich's mir doch denkt. Aber den kauf' ma uns jetzt!«

Die Verena ist im Bus auf dem Brauerei-Parkplatz gesessen, als der Rettungswagen angekommen ist. Die Sanitäter, die in einem Affenzahn aus dem weiß-roten Kastenwagen heraus- und auf sie zugesprungen sind, waren der Brauereibesitzerin eher wurscht. Ihre Augen haben unentwegt auf dem Garreth geruht, der inzwischen neben ihr Platz genommen hatte, ihre Hand gehalten und verliebt ihr Gesicht gestreichelt hat. Der alte Sanktjohanser hat nervös in den schwarzen Nachthimmel geschaut.

»Wann kommen die mit dem Buben, zefix? Wird doch hoffentlich alles passen«, hat er geseufzt.

»Der Graffiti und der Demuth wuppen das schon«, hat die Lena zuversichtlich gemeint.

»Ich schau wieder rein«, der Bichlmaier. »Männer, auf geht's!«

Ein paar Polizisten sind dem Kommissar in die Brauerei hinein gefolgt.

»Garreth, lass dich bitte auch mitnehmen. Es ist ja immerhin dein Cousin. Ich bin derweil schon bei den netten Sanitätern gut aufgehoben«, hat die Verena gesagt und dabei dem Garreth zugezwinkert.

Als der Sanktus mit dem Graffiti und dem Demuth auf dem einzig möglichen Weg zurück bei den Silorümpfen im Untergeschoss der alten Mälzerei vorbeigekommen sind, hat der Graffiti die Hand gehoben und die kleine Gruppe zum Anhalten aufgefordert. Dass er klatschnass war, hat den Sanktus nicht gestört, da nur den Dean als Ziel vor den Augen.

»Psst! Seids stad! Ich hör was. Hörts es ned?«, hat er vor Entsetzen gekeucht.

»Da leffd aaner wech«, hat der Demuth beigesteuert.

»Was?«, vom Graffiti.

»Da rennt einer weg«, hat der Sanktus gedolmetscht.

»Na dann, nach!«, hat der Graffiti gerufen und die Drei sind, so schnell es gegangen ist, durch den niedrigen Gang geduckt in Richtung Brauerei gelaufen.

Im Sudhaus auf der anderen Seite angekommen, haben sie kurz stillgehalten. Es war nur das leise Pfeifen der mit Luft betriebenen Ventile zu hören. Der Sudraum war fahl durch die Neonbeleuchtung im Hof sowie durch die Monitore der Schaltwarte beleuchtet. Draußen vor dem Fenster ist der Bichlmaier mit vier Polizisten gestanden und hat zum Sanktus durch eine der Scheiben der großen Schaufenster gesehen und gewinkt. Der Sanktus ist kurz zur Tür des Sudhauses in den Hof hinaus und hat dem Bichlmaier seinen Schlachtplan erörtert. Die Brauerei Weichslbaumer war nämlich an einem Hang errichtet worden, und die zwölf großen zylindrokonischen Gärtanks, die hinter dem Sudhausbau in einer Zweierreihe gestanden sind, haben direkt mit der Anhöhe am Ende des Geländes abgeschlossen. Über eine Leiter bist du von dort hinten auf die Begehbühne der Tanks gekommen. Also in die andere Richtung ein wunderbarer Fluchtweg für den Dean, weil hinauf auf das Sudhausdach und über die Tanks hinein in die Firmkirchner Prärie. Aber das hat ihm der Sanktus mit dem Bichlmaier versalzen wollen. Gut, dass er sich am Nachmittag noch auf dem Gelände umgeschaut gehabt hatte.

Der Garreth ist vom Murat in den Hof in Richtung Sudhaus geschoben worden, und die Lena ist den beiden gefolgt. Sie haben den Kommissar gesehen, der unerwartet nicht in das Sudhaus hinein, sondern in Richtung Ende des Brauereigeländes an den Gärtanks vorbeigelaufen ist.

»Garreth, da schau! Da oben«, hat die Lena gerufen. »Da ist einer auf dem Dach!«

»That's him! Das ist Dean«, hat der Garreth vor Entsetzen gekeucht.

Die drei Verfolger haben Fußgetrappel im Treppenhaus des Sudhauses gehört. Der Dean hat seinen Weg in Richtung Malzboden und Dach fortgesetzt. Also richtig gelegen, hat sich der Sanktus gedacht und hat mit dem Graffiti und dem Demuth die Verfolgung fortgesetzt. Er hat jetzt eine vollmundige Mischung aus Malz- und Holzgeruch in der Nase gehabt, als sie durch die Tür in den Malzboden, der sich direkt unter dem Dachstuhl befunden hat, eingetreten sind. Doch wo ist der Dean gewesen? Wieder Stille!

»Da zieht's«, hat der Demuth gemeint, und tatsächlich haben sie die halb geöffnete Tür, die hinter der Malzschrotmühle versteckt war und zu einem Flachdach geführt hat, gefunden. Auf dem Flachdach hat sich der Kondensator der Kälteanlage befunden, und eine kleine Treppe hat von dort aus auf die Begehbühne der großen Gärtanks geführt. Auf der Bühne hat der Sanktus einen schemenhaften Schatten ausmachen können. Dean Vane, der anscheinend nach unten auf den Brauereihof gesehen hat. Ein leichter Windstoß hat den Sanktus in seiner nassen Kleidung frösteln lassen.

21.49 Uhr

»Ja, sie w-wollten uns z-zerstören«, hat der Sanktus den Dean nach unten rufen hören können.

Die drei sind jetzt ganz langsam in Richtung Treppe geschlichen, um vom Dean unentdeckt zu bleiben, das Gespräch jedoch mitzubekommen. Ein kurzer Blick nach unten hat dem Sanktus versichert, dass der Dean mit seinem Cousin Garreth, der im Rollstuhl unterhalb der Tanks neben der Lena gewesen ist, gesprochen hat.

»Aber warum Weichslbaumer? Why have you killed him?«

»Er wollte dich u-umbringen und hat unseren V-Vertrag storniert. Ich habe seine Herztabletten gesehen, dann hatte ich den P-Plan m-mit dem St-Strom. Crazy, isn't it?«

»Aber warum, Dean?«

»An diesem Vertrag hängt mein L-Leben, meine Ehre, meine Z-Zukunft, all mein Geld. Wo wäre da denn noch der S-Sinn geblieben?«, hat Dean hinuntergerufen.

»Und die Anschläge auf die Brauerei. Hey man, bei der Ammoniakgeschichte hast du Hunderte von Anwohnern gefährdet«, hat Garreth nach oben zu Dean gerufen.

»Das war ich nicht. Ich würde so etwas n-nie tun, Garreth. You gotta believe me. Ich habe auch diesen Hubsy nicht getötet. Warum auch? Dem K-Kind hätte ich auch nie etwas angetan. Ich wollte seinen lästigen Vater stoppen. Ja, den hätte ich besser von h-hinten abknallen sollen, als er vor mir gekniet ist und gewinselt hat«, hat der Dean geschworen.

Als der Dean über den Schorschi gesprochen hat, ist dem Sanktus ein Schaudern durch den Körper gelaufen, das der Dean aus den Augenwinkeln anscheinend bemerkt hat. Er hat sich hastig zu den Dreien umgedreht und die Flucht in Richtung Anhöhe am Ende der Tankfarm angetreten. Doch von dieser Seite ist ihm auf dem Steg bereits der voluminöse Schatten des Kommissars, der ihm jegliche Fluchtmöglichkeit abgeschnitten hat, entgegengekommen. Der Dean jetzt wie ein von Panik befallenes Tier in der Mitte. Sein Blick nach rechts und links. Der Sanktus hat zum Garreth hinuntergeschaut, aber dessen Blick hat nichts Gutes verheißen.

Plötzlich hat der Dean seine beiden Arme waagrecht von sich gestreckt und seine Verfolger zum Einhalten aufgefordert. Sein Blick war komisch, nicht mehr ängstlich, eher künstlich. Der Schein, der von der Taschenlampe des Kommissars ausgegangen ist, hat sein Gesicht, umrahmt von der Dunkelheit, diabolisch wirken lassen. Dean hat seine Stimme erhoben und zitiert:

»All that glisters is not gold
Often have you heard that told.
Many a man his life hath sold
But my outside to behold.
Gilded tombs do worms enfold.
Had you been as wise as bold,
Young in limbs, in judgment old,
Your answer had not been inscrolled
Fare you well. Your suit is cold –«*

Mit diesen Worten hat er sich mit ausgebreiteten Armen rückwärts von dem hohen Gärtank fallen lassen.

* William Shakespeare, The Merchant of Venice, Act 2, Scene 7

4. AUGUST 2017 UND SPÄTER

Der Sanktus ist kurz nach Mitternacht heimgekommen. Die Kathi ist ihm schon beim Öffnen der Tür um den Hals gefallen und hat ihn schier nicht wieder loslassen wollen.

Er hat sich trotz der späten Stunde den Schmutz des Tages vom Körper waschen müssen und hat lange und heiß geduscht. Dann hat er sich schnell abgetrocknet und ist unter die Bettdecke. Mit ihren Kindern in der Mitte sind die beiden kuschelnd und erleichtert eingeschlafen. Den Schorschi hat der Sanktus besonders fest gedrückt. Der Bub hat selig in seinen Armen geschlummert.

Noch diese Woche würde er der Kathi einen Heiratsantrag machen. Das war klar für den Sanktus. Aber wie am besten und wann genau? Aber das ist kein Thema für jetzt gewesen. Morgen war auch noch ein Tag.

An diesem Tag ist ein Haftbefehl für die Sandra und den Preußen-Claas erlassen worden. Sie wurden zusammen in einer Pension in Tirol entdeckt, wo sie sich anscheinend von den Strapazen des Mordes am Hubsy erholen wollten. Auch die Aktion an der Kälteanlage der Benediktiner Brauerei hat man dem Claas nachweisen können. Er hatte den Trittbrettfahrer gespielt und anscheinend eine Rechnung mit dieser Brauerei offen gehabt. Nach langem Verhör hatte die Sandra den Mord an ihrem

Ehemann endlich gestanden. Sie und der Preußen-Claas waren schon lange ein Paar. Der Hubsy, ein sexuell Perverser, hatte die Sandra immer wieder an ihre Grenzen getrieben, gedemütigt und sogar verletzt. Der Claas war auf die Idee gekommen, den Hubsy aus dem Weg zu räumen und den Mord dem Dean unbekannterweise in die Schuhe zu schieben. Den Brief der Lebensmittelüberwachung hatte die Sandra gefälscht.

»Warum haben sich jetzt eigentlich die Mahler und die Simbacher bei dir melden sollen, wenn ihren Männern etwas passiert?«, hat die Kathi eines Abends den Sanktus gefragt.

»Ich weiß es nicht, Kathi«, hat der Sanktus geantwortet. »Die Brauer sind halt ein komisches Volk. Wahrscheinlich haben sie der Polizei nicht getraut und geglaubt, dass ich in Brauerkreisen eher was rausbring.«

»Der Gedanke ist ja aufgegangen. Wieder einmal«, hat die Kathi geseufzt und sich an ihren Sanktus gekuschelt.

Die Verena und der Garreth haben sich ein paar Tage Auszeit am Gardasee genommen. Sie haben die Zeit nutzen wollen, um Pläne zu schmieden, wie es mit Verenas Brauerei und der Red Head Brewing Company weitergehen sollte. Da Rosa nie enteignet worden war, gehörten ihnen nun 75 Prozent der Brauerei Weichslbaumer. Garreth war sehr zuversichtlich, dass er das fehlende Viertel von seinem Onkel erwerben können würde. Garreths Erpressung der Brauer-Lobbyisten und Politiker bezüglich der Abschaffung des Reinheitsgebots hat der Sanktus nie nachverfolgt. Sie hatten Dreck am Stecken und es verdient.

Die Advokaten-Lissy musste noch mehrere Wochen im Krankenhaus verbringen, trug aber, so wie es aussah, keine bleibenden Schäden davon. Und die Abstinenz tat ihrer Gesundheit durchaus gut.

REZEPT VON SANKTUS' »MÜNCHNER WEISSHEIT«, 12,5 % STW.

Zutaten für circa 5 Hektoliter (Sudgröße der »Haidhauser Bierwerkel«):

Mengen können nach Sudverfahren, Ausbeuten und Rohstoffqualitäten variieren

53 kg Weizenmalz hell
34 kg Gerstenmalz hell
8 kg Cara Red Spezialmalz
215 g Hallertauer Magnum 14 % Alpha-Säure
300 g–500 g Hopfen Amarillo (Pellets)
650 l Wasser (davon 300 l Hauptguss,
circa 315 l Nachguss)
3–5 l obergärige Hefe

Malz schroten und mit Hauptguss-Wasser bei 50 °C vermengen

Maische auf 62 °C bei 1 °C/min. heizen und 30 Minuten Rast halten

Maische auf 68 °C bei 1 °C/min. heizen und 10 Minuten Rast halten

Maische auf 72 °C bei 1 °C/min. heizen und 30 Minuten Rast halten

Zum Abmaischen auf 78 °C bei 1 °C/min heizen

Vorderwürze abläutern

Danach 315 l Nachguss kontinuierlich oder in 3 Güssen aufbringen

Bis 563 l Pfanne-Voll-Menge läutern

Aufheizen zum Kochen

Bei Kochbeginn Magnum der Würze zugeben

1 Stunde kochen bis circa 12,5 % Stammwürze erreicht sind

Gegebenenfalls Wasserkorrektur, Heißwürze circa 520 l

Nach der Whirlpoolrast auf 15 °C kühlen und Hefe geben

Hefe zuvor belüften

Amarillo-Hopfen gut zerkleinert in einem sterilen Stoffsack in den Gärbottich hängen.

4–5 Tage bei maximal 25 °C gären lassen.

Nach der Gärung Hefe abtrennen, Stoffsack entfernen und mit 50 l Speise gut mischen

Speise = heiß abgefüllte Würze des letzten Sudes

Abfüllen und 1 Woche bei 20 °C, anschließend zwei Wochen bei 0–5 °C lagern

Gutes Gelingen und Prost!

Euer Sanktus

BAYERISCH – HOCHDEUTSCH WÖRTERBUCH

aussackeln
ausnehmen

Bazi
Schlawiner, Schelm

Boandlkramer
Der Tod (aus dem Brandner Kaspar)

Brauer*spezeln*
Freunde aus der Brauerei

Capo
Chef, Vorarbeiter

deppert
dämlich, einfältig, doof

eingeschnappt
beleidigt

Fangermanderl
Kinderspiel Fangen, Fangsti

Gescheithaferl
Besserwisser, Neunmalkluger

Geschieß
unnötiger Wirbel, Aufsehen, Geschiss

Glezn
eigentlich Dörrobst, auch: Memme, Weichei

gmahte Wiesen
klare Sache, Durchlauf, einfaches Ziel

Goaßg'schau
dümmlicher, geistesabwesender Blick

Gschaftlhuber/Gschaftler
Wichtigtuer

Gspusi
Geliebte(r), Hausfreund

hinterfotzig
hinterhältig

hunzen
mobben, ärgern

Irgendwie und Sowieso
bayerische Fernsehserie

Karren
Auto

Kini
König, König Ludwig II.

ans Knie bazen
knicken

Krauterer
vor sich hin wurstelnder alter Mann

lax
lose, frei

Obacht
Vorsicht! Achtung!

odrahter
durchtrieben, gewieft

Pfiff
Schnitt Bier, circa 1/3 l in einem 0,5 l Glas mit Schaum

Plümo
Bettdecke

Presssack
bayerische Wurstspezialität

pressieren
eilen

pritscheln, Pritschler
plätschern, vergeuden, Vergeuder

Sanka
Krankenwagen

Saubazi verreckter
Schelm, Schlawiner

Schepperlaff
Kinderspielzeug, Affe mit Becken

Schlawittl
Schlawittchen

Schichtel
ältestes Varieté auf dem Münchner Oktoberfest

Schwaller
Mensch, der ununterbrochen redet

streicht er dir mal eine auf
wird er dich einmal verprügeln

tramhappert
schlaftrunken

vorführen
Dummheit, Fehler beweisen

Weisse, Weiße
Weißbier, Weizenbier

Werkel
Manufaktur, Betrieb

Zuagroaster
Zugereister, Wahlmünchner

DANKSAGUNG

Ich danke meiner Frau Petra und meinen Söhnen Quirin und Korbinian für ihre Ideen und die kritischen Kommentare sowie für Ihr Verständnis, wenn sie während der heißen Phase der Erstellung dieses Krimis einige Male zurückstecken mussten.

Ein Dankeschön gilt auch Claudia Senghaas, die die Morde in der Craftbier-Szene lektoriert hat und mir den vierten Sanktus-Band ermöglichte.

Ein besonderer Dank geht an Teresa, die den Sanktus seit Beginn kennt, nie ihre offene Meinung zurückhält und mir diesmal die Ehre erwies, als Vorab-Testleserin zur Verfügung zu stehen. Vielen Dank für dein kritisches und genaues Auge und vor allem für die Zeit, die du aufgewendet hast.

An Alex, meinen IT-Unterstützer, ebenfalls wieder herzlichen Dank.

Und zuletzt noch einen riesengroßen Dank an Euch alle, die dem Sanktus seit drei Jahren treu seid. Ich würde mich freuen, wenn wir uns einmal auf einer Lesung treffen würden. Alle Neuigkeiten erfahrt ihr unter:

www.der-sanktus.de oder auf meiner Facebookseite.

Der »Sanktus« muss ermitteln:

1. Fall: Brauerehre
ISBN 978-3-8392-1754-2

2. Fall: Altherrenjagd
ISBN 978-3-8392-1923-2

3. Fall: Schlachtsaison
ISBN 978-3-8392-2050-4

4. Fall: Hopfenkiller
ISBN 978-3-8392-2218-8

5. Fall: Weißbier-Requiem
ISBN 978-3-8392-2602-5

6. Fall: Pfaffensud
ISBN 978-3-8392-2851-7

DIE NEUEN Lieblings-plätze

ISBN 978-3-8392-0154-1

ISBN 978-3-8392-2730-5

ISBN 978-3-8392-0155-8

ISBN 978-3-8392-0158-9

ISBN 978-3-8392-0160-2

ISBN 978-3-8392-0159-6

ISBN 978-3-8392-0161-9

ISBN 978-3-8392-0163-3

ISBN 978-3-8392-0164-0

ISBN 978-3-8392-2626-1

ISBN 978-3-8392-0156-5

ISBN 978-3-8392-0157-2

ISBN 978-3-8392-0166-4

ISBN 978-3-8392-0166-4

ISBN 978-3-8392-2838-8

ISBN 978-3-8392-0168-8

GMEINER KULTUR

WWW.GMEINER-VERLAG.DE

Mensch, Kultur, Region